椿山课长还魂记

椿山課長の七日間

【日】浅田次郎 著

赖庭筠 译

重庆出版集团 重庆出版社

TSUBAKIYAMA KACHO NO NANOKAKAN
By ASADA Jiro
Copyright© Asada Jiro 2002
All rights reserved.
Original Japanese edition published by Asahi Shimbun Publications Inc., Japan
Chinese(in simple character only)translation rights arranged with
The Asahi Shimbun Publications Inc., Japan through Bardon-Chinese Media Agency,Taipei.
本书中译文由台湾高宝书版集团授权使用

版贸核渝字(2010)第 228 号

图书在版编目(CIP)数据

椿山课长还魂记/(日)浅田次郎 著；赖庭筠 译. -重庆：重庆出版社，2011.3
ISBN 978-7-229-03306-4

Ⅰ.①椿… Ⅱ.①浅… ②赖… Ⅲ.①长篇小说—日本—现代 Ⅳ.①I313.45

中国版本图书馆 CIP 数据核字(2010)第 231906 号

椿山课长还魂记
CHUNSHAN KEZHANG HUANHUNJI

[日]浅田次郎 著
赖庭筠 译

出 版 人： 罗小卫
策　　划： 华章同人
执行策划： 张慧哲
责任编辑： 刘学琴
特约编辑： 王春霞
责任印制： 杨　宁
封面设计： 汝果儿设计工作室

重庆出版集团
重庆出版社　出版

(重庆长江二路 205 号)

中青印刷厂　印刷
重庆出版集团图书发行公司　发行
邮购电话：010-85869375/76/77 转 810
E-MAIL：tougao@alpha-books.com
全国新华书店经销

开本：880mm×1230mm　1/32　印张：10.75　字数：330千
2011年3月第1版　2011年3月第1次印刷
定价：28.00元

如有印装质量问题，请致电023-68706683

版权所有，侵权必究

娑罗道

想不起来。不管怎么想，就是想不起来……

椿山和昭一面走在开满纯白娑罗花的路上，一面拼命地想着。这里到底是哪里？而我又是要去哪里呢？

眼前这条宽广的马路，单向就有三个车道，它笔直得就像是一直延伸到地平线的那一端；偶尔会有些速度很慢的车子经过椿山的身旁，行道上人影稀疏，他们行走的模样看起来也十分悠闲，大伙儿就这样缓缓地走着。

倏地，椿山察觉自己也是以相同的步调向前迈进，而后他在一棵行道树底下停住了脚步。他抬头仰望水嫩欲滴的绿叶，原来娑罗树也能长得这么高啊，此时，他想起了家门前的那棵娑罗树，白色的花苞已然微微绽放。这让他好不容易想起了一天的开始，就在今天早上，当他要出门的时候，在门口和妻子说了这样的话：

"这是椿树吗?"

"不是啊,这叫做娑罗树。"

"咦?没有听过这种树,不过还真是漂亮呢。"

"以前住在这里的人说,这种树一到夏天就会开出美丽的白花,所以希望我们不要把树枝截短。"

那是一个幸福的早晨。刚好比椿山小一轮的妻子,自从搬进这栋位于市郊的独栋房子以后,显得更加神采奕奕。儿子起初还眼泪汪汪地吵着不想转学,后来也爱上了这种公寓生活享受不到的悠闲感。椿山每天都会与儿子手牵着手,一起走到山坡下的分岔路口。

"今天早点回来哦,我们继续玩游戏。"

自从儿子升上二年级,就不再觉得背个大书包很痛苦了。

"今天不行啊……爸爸要和重要的客户一起吃饭。"

"又要吃饭?"儿子不禁叹了口气。

"爸爸,你不能喝太多酒哦!血压都已经那么高了。"这孩子简直就像他妈妈的翻版……到了路口,儿子松开他原本紧握的小手。"那你还是要早点回来哦!"

椿山边走边回首了几次。"要迟到啦,拜拜。"

不知道为什么有别于以往,儿子今天伫立在路口目送着椿山,一直到看不见他的身影为止。后来呢?还发生了什么事?椿山凝视着娑罗树盛开的花朵继续回忆……

对了,今天是"夏季大特卖"的第一天。椿山在一间百货公司工作，"夏季大特卖"是每年都会举办的促销活动，其规模之大，其他百货公司根本无法相提并论。他们会在这个连续七天的活动上砸下大笔的预算，是因为这个活动举足轻重，攸关女装部能不能达成上半年的业绩目标。

话虽如此，但全馆目前的业绩比起去年来说，足足少了一成左右，在这么不景气的情况下，为什么会拟出一个比去年还要高出20%的业绩目标呢？这个数字到底是怎么来的？这是上个星期椿山在开会时质问部长的问题。如果无法完成任务，椿山就是头号战犯，因为女装部第一课负责的是少女装与淑女装，光是这两个部分就占了女装部四成的销售额。

当然，已经拍板的目标又不能说改就改。行情好的时候，课长们可以自己审定每个星期的目标，也几乎都能达到预期的业绩。但近几年开始，却是由椿山无法插上话的部长级会议来审定业绩目标，也就是说，那个三上部长轻松地升迁之后，接下他卖场课长一职的椿山就此坠入万丈深渊。

部长笑着说，只要达到目标就可以功成名就啦。不，才没有那么简单，事实上，百货公司近几年的业绩不断下滑，一直处于无法达成前一年业绩数字的败战状态，很多负责卖场的课长不到一年就被换掉，可能是被调到乡下地方或是其他相关企业，可以说简直就是用裁员来平衡收支。

不管怎么样，椿山搭电梯回三楼卖场时这样想着。虽然一直到四十六岁才当上总店的女装部课长，但好歹这也是百货人的骄傲。当初高中毕业的同期生，现在都还在负责送货、品管或是行政庶务的工作，相较之下，椿山已经算是"鹤立鸡群"，甚至还有能力买下中古的独栋房子。他不敢期望未来还能多显亲扬名，但他心想绝不能在这个时候被打倒，绝不能让这些小小的幸福被破坏。

若是以年资来看，椿山比部长资格要老，想当初，还是椿山教他怎么在卷标上打价格、怎么操作手推车的呢。其实能力并不是重点，让他们转眼间成为上司与下属关系的原因无他，只因为部长是庆应大学经济系的毕业生，是百货业界的候补干部。尽管再怎么不合逻辑，还是得默默承受……

上午十点，决定命运的时刻即将来临。这样讲一点也不夸张，因为特卖活动首日的业绩目标比任何一个周末都要来得高，而且百货公司活动的成功与否，检验宣传及广告的效果如何，从第一天的销售额就能大概预测整个星期的状况。

如果这个活动失败了，就不可能达成上半年度的业绩目标，若是在岁末时又惨遭滑铁卢，那么，椿山课长就没有什么"明年"可言了。

原本椿山很想一一告诫七个女店员以及三十个派遣员工，这次的特卖活动有多么重要，但他仍然还是把指示细节的工作交给岛田股长。岛田又年轻又高大，而且拥有异于日本人的面貌，就像是自大正时代起就站在中庭的那尊罗马雕像一般。与其端出椿山的扑克脸，岛田的一个微笑更能动员卖场的女兵们。

刚开店时的来店人数还算理想，上午十一点，椿山看了看当时的结算报表，便相信胜利在望。"什么卖得最好？"

岛田指了指手扶梯的人潮回答道："手扶梯旁的花车商品，还有特卖会场的万元均一价商品。"

"货还够吗？"

"今天应该没有问题吧！"

广告策略奏效，使得特卖商品销路非常好。花车里摆放的是夏季针织品以及车缝成衣，而八楼的特卖会场则准备了十大排的长衣架，挂满了单一价的套装与连身洋装，全部都只要一万日元，由于都是不计成本的厂商赞助品，所以数量有限。岛田看着椿山说："嗯……我还是跟厂商联络一下好了。"

"不用不用，我来联络。这下子一定得说服他们才行。"

岛田还是太嫩了，没有办法胜任这种必须强人所难的工作，于是，椿山课长在展示柜后方蹲下，开始打电话给素有往来的厂商。

"我知道你很为难，可是，我们之间的交情不只如此吧？样品或过季品都没有关系，只要打烊前再送一百件万元商品过来就好了。拜托！其他人也很帮忙啊。"

行情好的时候，百货公司的采购根本不需要这样低声下气。椿山就这样弓着身子不断地打着电话，汗流浃背的他，就连西装外套都像是能拧出水来。唉，如果要继续这份工作，就一定得减肥才行！

在那之后……又发生了什么事呢？清爽的微风吹拂着道路两旁的娑罗树，令人完全无法想象特卖活动会场的激烈战况。椿山将手掌举至额前，转身向后方的来时路望了一望，这里到底是哪里呢？

由于行驶在宽广道路上的车辆都以龟速慢慢前进着，椿山心想，会不会是什么抓超速抓得很严的观光胜地呢？人们缓缓地走在若隐若现的娑罗树影下，并保持着适当的距离。椿山忽然惊觉，这条路上竟然没有错身而过的行人，反向车道也完全看不见车子的踪影。他唤住正要经过身旁的年长男性，"不好意思，有件事情想要请教您一下……"

也许是百货人的天性，椿山的口吻极为谦和，当然，他也没有忘记在脸上挂着有礼的微笑。"大家是要去哪里呢？是不是要去同一个地方呢？"

该名长者惶惶不安地说出了一个使椿山着实感到意外的答案。"我才想说要找个人来问问呢！"

"咦……也就是说，您也不知道为什么您现在会在这里吗？"

"对啊！完全不知道啊，只是觉得好像一定要跟着大家往前走才行，而且，不知道怎么搞的，我的心情好轻松哦。"

愁眉舒展的长者一面微笑，一面亲切地挥着手向椿山告别。

尽管没有得到一个令人满意的答案，但椿山还是稍稍松了口气，对于长者的那句"不知道怎么搞的，我的心情好轻松哦"，他感同身受。此外，他也觉得好像一定要往前走才行，于是他离开行道树，起步追赶前方的人群。

百货公司于晚上七点半打烊，顺利达成首日的业绩目标，即使没说出口，那种感觉还是非常畅快。可是部长在看结算报表时的嘴脸，好像这一切都是理所当然，就连一句"辛苦了"也没有说，椿山当场实在很想给他两拳。

"三上你不要搞错，现在的行情和你当采购时完全不一样，你到底知不知道我们有多辛苦啊？"

但事实上，椿山课长就连抱怨的时间也没有，第一天的活动结束之后，他手边还有成堆的工作得处理。

第一个要做的就是重新配置卖场，将热卖商品摆在前方，而销路较差的就移到后面，椿山因此在最重要的三楼卖场与八楼特卖会场间来来回回走了好几趟，并适当地给予员工们指示。

看着满头大汗的椿山，岛田股长感慨地说："再怎么样节省经费，一打烊就把中央空调关掉也太夸张了吧。"

"我八点要跟厂商聚餐，之后就交给你喽！"

"好的，没问题，我会拨手机跟您联络。"

"万元商品的进货怎么样了？"

"有三个厂商已经把货送来了，现在就只差三光商会和Maple两家，情况还真是不错呢。"

"那是当然的呀，现在行情那么不好，每家公司手上都抱着一堆呆货，我今天晚上就是要跟三光商会聚餐，一定要他们乖乖地把库存吐出来。"

"课长,那就拜托您了,这可是事关重大呢!"

其他店员都认为反正不管怎么样,今年的业绩一定无法超越去年,所以整个卖场死气沉沉的,但也因为如此,椿山与岛田更得打起精神来才行。椿山与岛田两个人并肩走在停止不动的手扶梯上,椿山开口问道:"你是部长的大学学弟吧!"

"是啊……",岛田有点难为情地低声说道,"部长是我学长没错,怎么了?"

"那你就赶快升一升,接下我手里的棒子吧,我真的快累死啦,好想去仓库点点货就算了。"

椿山刚进公司时,大学毕业与高中毕业的员工大概是一半对一半,学历就是人事调整的决定性因素,但在十年之后,百货公司就不录取高中毕业生为正式职员了,所以岛田也不可能会了解低层员工的心情。

"课长您不累吗?"

"其实也还好,只是我得减肥才行,我这是压力型肥胖啊……"

一想到聚餐,椿山就怎么样也提不起劲来,经济不景气使得猪羊变色,百货公司与厂商的立场有了一百八十度的大转变,他心想,三上部长一定没有向厂商低过头吧。

当他只身走出员工专用出入口,踏入深夜的街道,便开始觉得头痛。那巨大的痛楚在他点燃香烟之后,更是自颈部不断地冲上脑门。

岛田那句"您不累吗",让他心里一惊。说实在的,已经连续两个星期都没有放假了，会觉得疲倦也是很正常的事，但椿山心想这种事竟然还要部下来提醒，他真是脸上无光啊。他一只手撑着脖子，另一只手试着翻开记事本，心想，等特卖活动结束后，休个三天假好了，自从加入健身俱乐部，只去过一次而已，不如趁这个机会，到俱乐部去运动一下，看看能不能瘦个3公斤。

尽管时间已经超过八点，聚餐也迟到了，他还是觉得得在门口抽一根烟再走。墙上贴着一张"禁止下班后边走边抽烟"的公告，唉，百货公司就是爱定这种莫名其妙的规定。结果下班时出入口外都会出现许多萤火虫围绕着石油空罐，椿山觉得这种景象更不像样。

过了一会儿，他将还很长的香烟放在石油罐上，迎向带着微微凉意的夏日夜晚，为了拭去秃额上的汗水，他一面走一面拿出手帕。此时，几个女店员经过椿山的身旁。

"辛苦您了！"

"嗯，你们也辛苦了。"

三名三光商会的员工已早一步抵达离百货公司不远的餐厅，并进入包厢用餐。

"椿山先生，我们已经先开始了呢！"

"真是不好意思，我迟到了。"

想当初市场好的时候，这些厂商怎么可能先动筷子，一定都会捺定性子，正襟危坐地等着，这几年来，百货人的声势已经跌入谷底了。

真想让三上部长看看这种场面……在过去，就算无法达到业绩目标，他大可把错推到厂商身上——卖不出去不是百货公司的错，而是因为你们的商品太差了，所以三上每次面对厂商时都是一副目中无人的态度。

"椿山先生，要我们再送一百件万元商品，也太为难我们了吧……"

"哎呀，不要一开始就讲这种话嘛，我们也是很拼命地在做啊！"

"今天我们可是仁至义尽，再来可能就没办法了哦。"

"不不不，接下来我们才更要拜托贵公司了呢。"

椿山替对方斟酒时，忽然觉得非常想吐。"不好意思……"

他急急忙忙起身走出包厢，就连鞋子也来不及穿，方才喝下的啤酒在腹中翻搅，真奇怪，怎么会忽然觉得想吐呢？他一进洗手间，随即像是中毒似的吐出许多秽物，连腰都闪到了。

拿出手机，他拨了通电话给岛田，"你能不能马上赶过来？我身体不太舒服，应付不了了……"

岛田问道："您还好吗？"当然就是不好才会打电话给你啊。

"我没关系，反正你一定要说服三光他们把货送来，有多少要多少，不惜代价……"椿山说出餐厅的名字后就倒地不起。他不断地冒冷汗，也无法叫出声来，只能把手伸出门外，勉强地挥了一挥，此时，餐厅的服务生尖叫大喊："是三光商会的客人！"

等一下，三光商会的客人……吗？这样说来，我才是被招待的人吗？虽然照理来说应该是这样没错……

接下来只听见一阵阵急促的脚步声，好多人围在他的身边，"你怎么了？椿山先生！"

"不能移动他的身体，快点叫救护车来！"

"喂！撑住啊！救护车很快就来了！"

他全身无法动弹，三个男人与服务生的脸，遮住了日光灯的光芒。

"是脑溢血吗？"

"也可能是心脏病，脸色都发青了。"

"救护车怎么这么慢啊，该糟了！"

我只是太累了，只要让我躺一会儿，休息一下就会没事的啦，眼前重要的是岛田能不能说服他们呢？椿山微微动了动嘴唇。

"他说什么？"

"椿山先生，你先不要说话了。"

"到底在说什么？啊？"

一名男子试着将他的耳朵凑近椿山，只听见椿山如风一般轻声说道："万元商品，拜托，有多少……"

突然，他眼前迅速浮现妻子与小孩的脸庞，紧接着就是一片黑暗。

右前方有间白色的房子，是一栋四层楼、外表清洁的建筑物，给人一种公务机关或学校的感觉。

神奇的是，所有行人与车辆都一一被吸进这栋房子的入口，但让椿山感到更不可思议的是，他全身上下每一个毛孔都感到舒畅无比，尽管怎么样也想不起自己在餐厅昏倒后为什么会出现在这里，此刻的他觉得自己就像回到了青少年时代，无忧无虑、好不轻快。

如同百货公司广播般的澄净声音，自房子顶端的扩音器流泻，"欢迎大家来到这个地方，请大家不要担心，依照人员的指示向前行进；也请不要与身旁的人窃窃私语，有任何不了解的地方都没有关系，只要沿着指定的方向整齐前进就可以了。"

一位穿着整齐的老妇人拉了拉椿山西装的袖子，小心翼翼地问："请问一下……"

"什么事情呢？"

椿山下意识地在身前交叠双手，一如他在卖场时的姿势。

"我是从千太木日本医大来的，这到底是怎么一回事呢？我真的是满头雾水……"

可以感觉得出来，这位老妇人应该出身富裕。而她的问题让椿山犹豫了，因为回答"不知道"、"不明白"是百货人的禁忌。

"似乎有非常多年长者呢，其实我今年也七十四岁了，我想您这么年轻，应该比较了解情况吧。"

"真的是非常抱歉……"椿山边说，边将老妇人的手自西装袖口移开。"您说您是从日本医大前来的，请问是学校的医院吗？"

"对啊，我得了很严重的肝癌，腹部还积了非常多的水……哎呀呀，积水都消失了呢！"老妇人抚着她的紧身裙，忍不住笑了出来。

"其实,我的身体原本也很不舒服呢,现在却觉得好轻松,而且一点儿也不觉得累。"

"大家明不明白这是怎么一回事呢……"

"嗯……其实看表情就大概能知道谁明白、谁不明白了。"

此时,他们看见门旁有一位穿着制服的职员。

"我们问问看那位先生好了。"

"问这里是哪里吗?我觉得他可能不会回答我们啊……"

老妇人还是不肯放弃,她拉着椿山的手靠近那位先生,那位先生虽然看起来像是个警官,但他的表情却如同僧侣般平静。

"请不用担心,沿着这条路直走就可以了。"

"可是……"

老妇人不顾他的笑脸,直接问道:"我不知道其他人是怎么想的,可是这一定有哪里搞错了。你叫我们不要担心,可是一直到刚才,我身上都还插满管子躺在加护病房的床上,这到底是怎么一回事呢?"

椿山打从心里觉得自己能够碰到这位老妇人,真的是太好了。也许是上班族的习性,他总是不自觉地听从他人的指示,没有办法理直气壮地要求一个合理的交代,而她替他说出了心里所有的疑问。

"我该不会是在做梦吧!一直到刚才,我都还觉得自己是在做梦,但与这位年轻人谈过之后,才知道这根本不是梦……我一定得赶回医院才行啊，我的儿子、媳妇还有孙子，大家都来医院看我了，更何况我的二儿子，还是放下手边的工作，特地从美国赶回来的啊！你一定要帮我想想办法才行啊！"

椿山心有戚戚焉，他也觉得这一定是哪里搞错了，明明自己还在餐厅跟厂商讨论万元商品的事情，原本以为自己是因为喝了劣酒才会昏倒，可是又不像是这么一回事。而且，如果只是因为喝醉就失去一个晚上的记忆，那也太可怕了，身为一个课长，怎么可以在特卖活动的第二天就旷工呢？我一定得快点回到卖场才行！

"请冷静一下，不要那么大声。"

职员试着安抚老妇人的情绪，并将他们带到一棵高耸的婆罗树下。大门旁的两棵大树，也开着满满的白色花朵。

"你不要再啰唆啦！真是搞不清楚状况啊你。"

一名穿着短褂的老人家恰巧经过他们身旁，对老妇人的发言嗤之以鼻。

"听清楚了，老太婆，你已经往生啦！不要拖拖拉拉的，快点往前走。"

"往生"这两个字狠狠地刺入椿山的胸口。

"老太太，您了解了吗？"

站在如云如雾的花海下，职员轻轻地拍了拍老妇人的背，椿山用眼角瞥了她一眼，只见她的嘴角挂着一抹苦笑。

"您还好吧？"

老妇人噙着眼泪苦笑道:"原来……我已经死了啊……"

好不容易,等老太太重振精神后,两人抬头凝望盛开的花朵,娑罗双树的花儿,在初夏的微风中摇曳生姿。

建筑物里满是老人的身影,老妇人开口说道:"果然都是些老人家呀,你就真可惜了,今年几岁啦?"

"四十六岁。"

"哎呀,真是年轻啊,一定是太勉强自己了吧。"

"算是吧,可大家不都是这样一路走来的吗?"

右侧大厅挂着"一、申请"的牌子,一名身着深蓝色制服的女子在人群里高声说道:

"如果有不清楚的地方,请随时提问,采用佛教仪式请填白色的表格、基督教请填黄色的、神道教仪式请填粉红色的,其他宗教或没有宗教信仰的人,请填蓝色的表格,谢谢。"

人们围站在高度及胸的桌子旁各自填写着表格,老妇人拿了一张白色的表格给椿山。

"大部分的人都是采用佛教仪式,你应该也是吧!你是哪个宗派呢?"

"嗯……是哪个呢?应该是不动……"

"如果是不动明王的话,那就是真言宗了,在这里画圈。"

看来多活几年果然不一样,比起老人家来说,年轻人们显得倍加狼狈,并需要倚赖老人家们来指点迷津。

"我是净土宗,南无阿弥陀佛。你不知道自己家里的宗派吗?"

"说起来真是不好意思,可能是因为我母亲在我小学的时候就过世了吧,我是由父亲一个大男人独自带大的。"

"哎呀呀,我的天,也就是说,你比你爸爸还要早过世吗?"

"因为他得了老年失智症,现在住在医院里,所以我想他可能也不知道这些情况吧!请问一下,如果不清楚自己的法名,就是表格里姓名与现居地后面的那个格子,该怎么办呢?"

"咦?对啊……我也不知道自己的法名(法名有两个意思,一为皈依佛门后所取的名字,二为僧侣为亡者所取的名字——译者注),因为我根本就不知道自己已经死了嘛。那个……"

老妇人唤了声女职员。虽然现场十分忙碌又混乱,女职员却始终挂着微笑,这让椿山打从心底佩服,觉得她真是服务业界的典范。

她熟练地翻着手里的资料夹,说道:"好的,法名是吧?让我来帮您查查看,嗯……您是日本东京都杉并区的岩濑乃璃女士吗?好的,您的法名是明观院恒乐妙容大姊。"

"哎呀",老妇人着实吓了一大跳,眯着眼窥视自己的法名。

"竟然给我取了个这么伟大的名字啊……真是太感谢了……"

老妇人的法名是足以称为"院号"的高级法名,虽然说用金钱来买佛祖们的名字非常俗气,但一旦成为切己之事,每个人都没有办法置身事外。

椿山瞄了瞄老妇人的法名说道:"这个名字应该很贵吧?"

"至少要一百万呢!哎呀,真要好好谢谢他们。"

"一百万？真的假的？"

"不会错的，因为我五年前才请人家取了我先生的法名。"

椿山想起家中佛坛里摆放的母亲牌位，当他母亲过世时，他还只是一个小学生，所以根本不可能记得什么法名的价钱，只记得那是一个很清爽的名字。

而为了搭配母亲的法名，再考虑到现在的经济状况（他们家甚至还没有缴清房贷呢！）所以椿山推测自己不可能会有什么了不起的名字。

"嗯……日本东京都多摩市的椿山和昭先生，您的法名是昭光道成居士，了解了吗？"

"果然……"，椿山心底一沉。

"不好意思，有件事情想要请教您一下……"

他从西装口袋里拿出记事本，一面将自己的法名写上去，一面开口询问那名女职员，也许，他所要问的这个问题对她来说，就像民众在百货公司问哪里有洗手间一样普通。

女职员仍然一脸诚恳地问道："有什么问题呢？"

"接下来，我们会因为法名层级不同，而受到差别待遇吗？"

"不会的。"她脸上柔和的表情消除了椿山的不安。

"绝对不会发生这样的状况，能够影响各位往后遭遇的只有这辈子的所作所为。至于法名的价格等，在于在世的人们，对各位的过世抱持着什么样的想法，也就是说，是'那一边'的事情。"

"原来是这样啊……"老妇人显得有点失落。

"但这绝对不是毫无意义,在世的人们通过这样的布施来表达对于亡者的敬意,对于他们来说,这些事情一定会成为心灵上的支柱。"

椿山默默地在心里做了笔记,当人们死去,举办葬礼的所有花费——包括供养、布施等等都是"那一边"的事情,是在世者将对故人的敬意与思慕具体化的表现。

"填完表格之后,请沿着地板上绿色的箭头前进。"

那名女职员轻轻地将两人推向前去。

"真是麻烦您了。"

"非常谢谢您。"

椿山与老妇人穿越玄关混杂的人群,来到标示"二、照相处"的地方。

"还要照相吗……"

"照片是要用在哪里呢?"

这边的职员看起来已经有些年纪,他面对不安的群众开始说明:"在这里,我们将会拍下各位过世时的模样,也就是说,只是为了将各位目前的样子存档而已,所以不用特地上妆,也不用刻意地微笑,请大家自然地坐在照相机前面,谢谢。"

由于现场有数间照相专用的房间,因此队伍被切成好几排,过没多久,摄影工作就结束了。他们踏出房门,继续沿着狭窄走廊上的箭头前进,最后,走入一间宽敞明亮的大厅。在这之后,前进方向被分成了好几条，显得有些复杂。站在大厅中央的职员声如洪钟地说道："自杀的人必须接受审查之后才能继续向前进，所以，请先到标示着三号的地方。"

一名高大驼背的中年男子看着那位职员，很不耐烦地问说："审查什么鬼啊？"

"我们会审查各位自杀的原因是否合情合理。"

"……不要开玩笑了你！"

"这绝对不是在开玩笑，现在日本每年足足有三万多人自杀，不能与一般死亡混为一谈，所以今年开始必须先接受审查才行，请您包涵。"

"搞什么嘛，到底是要审查什么？如果没有合情合理的理由，那又怎么样？"

"这也是从今年开始实施的新规定，如果无法通过审查，就必须要重新再来。"

"重新再来？"

"就是再一次经历生老病死，但这次的际遇将会更加严峻。"

那名男子闻言便吓得全身僵直。

"请振作一点，只要自杀原因合乎情理，通过审查之后就可以马上回到一般程序了，因为是第一年实施，多多少少都会放水的，好了，请往前进吧。"

当那名垂头丧气的男子向前走去，职员展开手里的资料，一个一个唱名。

"明观院恒乐妙容大姊——"

这不是老妇人的法名吗？椿山回头观望人群，呼唤站着发愣的老妇人，"喂！在叫你了哦！"

"咦……哦哦，有！"

老妇人神采奕奕地举起手来。

"明观院恒乐妙容大姊不需要接受讲习，请直接搭四号的手扶梯向上，这几十年来辛苦您了。"

全大厅的职员都拍起手来，老妇人低着头向四方说道："谢谢大家的照顾。"但她还是略显不安地说："请问一下，这是怎么一回事呢？"

职员带着微笑回答："这就表示您不需要接受讲习，您度过了一段很完美的人生，恭喜您了！"

"辛苦了"的慰劳声四起，椿山虽然搞不清楚状况，但觉得一定是件可喜可贺的事吧！因此，他也跟着众人拍手欢送老妇人。

"真是太好了呢！这一定就是人家说的'往生极乐世界'吧！"

"是这样吗……不过我这一辈子的确是没做什么坏事。咦？那你呢？"

就在这个时候，职员正好叫到椿山的名字。"昭光道成居士在吗？"

"我在这里。"

"请到二十六号教室接受讲习，教室在二楼。"

椿山拿了讲习券后陪老妇人走到手扶梯前，而大部分的人都往楼梯走去，看着他们的背影，老妇人开始觉得很抱歉，"只有我一个人啊……这样好吗……"

"我出生在很艰苦的时代，从小到大没有上过学，一直很努力地工作，战争结束后在废墟认识了一个归国军人，就是我的先生，没想到他又酗酒又爱赌博，我一个女人家带着三个小孩，好几次都想说死了算了。"老妇人在短短数秒内回顾了自己的一生。

也就是说，出生在悲情年代的老妇人，尽管历尽沧桑、饱尝风霜，还是心存仁慈地让混账先生带着价值百万的法名往生西方，这一切，孝顺的孩子们都看在眼里，因此老妇人在临终时也获得了相同的待遇。

"明观院恒乐妙容大姊，不好意思……"

"好饶舌呀，不能叫得简单一些吗？"

"那，妙容女士，也许我不应该说这些话的，但我还是觉得您往生极乐世界非常名正言顺呢。"

老妇人用手顺着丰盈的白发，微微地摇了摇头。"才没有呢……我这辈子给其他人添了许多麻烦，也曾经违背良心，就算是现在，有时候我还是会想起那些让我难堪、伤心，甚至是痛苦的事，太多太多了，说真的，我觉得我很想跟大家一起参加讲习呢。"

没多久，大厅就再也听不见掌声与赞叹了，人们只是静静地拿着讲习券，一步一步走上阶梯。椿山试着遥望手扶梯的尽头，然而，天空中的光芒过于耀眼，他只能猛然闭上双眼。

"昭光道成居士，等讲习结束之后，我们一定还会再见面吧？"

老妇人握住了椿山的手。

"您说呢……"虽然椿山没什么自信，但他现在只有一个念头——我不能就这样往生了。"还有很多责任在我身上呢，工作的事，还有我的家人……"

仔细想想，我可爱的孩子还只是个小学生，我又是如此深爱我年轻的老婆，而且，住在赡养院的老爸怎么办？如愿买下的房子还剩一堆贷款没缴……天啊，万一被人发现我竟然在书桌的抽屉里藏了那么多黄色书刊还有Ａ片，那怎么得了？虽然我没有私房钱，可是我瞒着老婆借了些信用贷款啊；工作也是，"夏季大特卖"可是上半年最重要的活动，绝对不能搞砸了，偏偏部长又什么都不会只会出一张嘴，现在这么不景气，少了我，根本不可能有人能承担这么沉重的业绩目标，还有……还有……

虽然内心纷乱不已，但椿山课长为了维护百货人的形象，还是死命地挤出笑容，弯腰对老妇人说："妙容女士，我们一定会再见面的，这段时间真是谢谢您了。"

"那就先这样子吧。"老妇人不舍地放开了椿山的手，缓缓地走向手扶梯。椿山不禁开口，"一路小心。"

站在手扶梯上的老妇人轻轻地挥挥手，她没有回头，只是任由自己的身躯，就这样融入天空满溢的霞光之中。

椿山心想，不，我不能就这样往生了。

当他环顾四周确认方向的同时，站在楼梯口的女职员开口呼唤他的名字，这名中年女性看来十分精明干练，仿佛这里的事情她无所不知、无所不晓，椿山还注意到她制服上有着三颗星星。

"昭光道成居士，"语气中含有极高的责备成分，"您还在这里做什么呢？二十六号教室的讲习要开始了哦，请快点沿着五号箭头前进。"

不知道为什么，椿山总觉得要是乖乖地听她的话，似乎一切就没有挽回的余地，所以他选择了抵抗。"不，请等一下。我不能就这样成佛什么的，还有太多事情没有解决……"

"没有这回事。"女职员语调威严地说。

"这不是你要怎样就怎样的事情，每个人的寿命在出生的时候就已经决定了，而你的寿命就是四十六年。"

"怎……怎么会这样……"

"真是的，不要再挣扎，快去听讲习就是了。如果听了讲习，你还是觉得无法认同，觉得自己有正当的理由不能往生，那么我们会再个别处理。"

好吧，椿山心里明白，自己有太多"不能就这样往生的理由"，而且他不会再让自己因上班族长年累月的习性，而不敢择善固执了，接下来要面临的可是最重要的关键时刻。

"我明白了，你们会听我说明我的立场，是吗？"

"那是当然，但若是不合乎情理，就不会被视为特例。"

女职员仍是一副冷漠表情，椿山不甘示弱，挺起胸膛大声说道："我的要求合情合理！我有正当的理由！"

椿山爬上灰暗无光、十足"官僚"派的阶梯，眼前出现一长排标着号码的教室，亡者们对照讲习券上的号码，一个个走进不同的教室里。这里也有身着制服的职员密切地提醒着大家，"请仔细对照讲习券上的号码，不要走错教室了。"也许是因为大部分亡者都是老人吧，大家就像是做好了心理准备，默默地听从职员的指令，但是连问都不问一下也太奇怪了吧，于是椿山在那名职员面前停下脚步。

"请问一下，讲习是什么意思呢？"

"什么？"那名职员上下打量椿山，不管是从年龄来看，还是从百货人一身整齐的西装来看，在众多的亡者中，他的确算是一个异类，也难怪他会问这种出人意料的问题。因此，职员扬起嘴角答道："首先，我们会先说明您现在所处的状况。"

原来如此，这跟在百货公司里解说方向一样，他们也会先告知顾客们目前的所在位置。"那，这里是哪里呢？"

"这些事情，我们都会在讲习室里说明的。"

"刚刚我认识了一个老太太，她直接搭手扶梯升天了，所以她不用接受讲习吗？"

"啊……那位太太不用接受讲习，很少有这种人呢。"

"也就是往生极乐世界的意思吗？"

"是的，没错。"职员笑弯了眼，看来不用接受讲习的亡者真的很稀有，是件值得每位职员给予祝福的喜事。"大致上来说，如果可以不用接受讲习，就表示那个人对于自己的一生感到很满足，所以也就不需要我们来说明东说明西了。"

换句话说，他们身后没有留下任何遗憾，的确，这种人真的很少。

"说完现在的状况之后，讲师们就开始上课。嗯……您是要到几号讲习室呢？二十六号教室是吗？"瞄了一眼椿山的讲习券后，职员用手指向走廊的另一端，"大概再走五十米左右就会看到了，教室在右手边，请千万不要走错了，因为每间教室的讲习内容都不一样。"

"讲习内容不一样？那是什么意思？"现在就连椿山也觉得自己既啰唆又缠人了，可是他又不想把疑问放在心里。

"讲习的内容依照五戒分班。"

"咦？总共有五层教室吗？"

"……不，不是这样啦，您误解五戒啦！什么跟什么嘛。"

"现在不是说绕口令的时候吧，你难道不能说得简单一点吗？"（日文中"五戒"、"五阶〔五层〕"、"误解"三者发音相同——译者注）。

"不好意思，五戒指的是佛教的五个戒律，也就是不杀生……"

"我没有，我没有。"

"这个我明白，如果杀了人就只能去走廊尽头的那间一百号教室。"

"咦？不是应该要下地狱吗？"

不，职员左右晃动他富态的下巴，有点得意地说："这里的判决不像人世间所想象得那么严格，没错，杀了人的确是罪不容诛，但如果有情非得已的理由，还是可以被原谅的，而为了让大家对于自己的恶行有所自觉，才要大家接受讲习。"

从刚刚开始就一直听到他们说什么"正当的"、"情非得已的"……看样子，这里的法官们应该十分宽大为怀。

"接下来是不偷盗。"

"我没有，我没有。"

"不邪淫。"

"没有，没有。"

"还有，不妄语、不饮酒。"

椿山心想，符合以上所有条件的人真的可以说是稀有动物，那方才的老妇人就是这样吗？因为她一生严守这五个戒律，才能如愿往生极乐世界，那真的很少人可以达到那个境界吧。

"我们当然也会考虑到程度的问题，就算偶尔编造一些善意的谎言，或是喝点小酒都没有关系，只要不造成其他人困扰就好了。但还是最多人到这两个讲习室呢。"

椿山觉得自己既喜欢喝酒，又常常说谎，所以应该是他们之中的一员吧，但随后他却从那名职员的话中得知了一个意外的消息，"二十六号教室是邪淫者专属的讲习室。"

嘎？椿山忍不住从喉咙发出声响，却一时说不出话来。

"哎呀，您怎么了？"

虽然椿山知道跟他抱怨也没有用，但他怎么样都无法冷静下来,"这一定是搞错了吧!什么邪淫啊……什么跟什么……我跟你说,虽然这不是什么值得高兴的事情,可是我一点儿女人缘都没有,拜托你也看一下我的长相还有身材吧,而且我最讨厌土耳其浴啊那些风月场所,那根本就是把白花花的银子丢进水沟里嘛!说不定还会得病……你说话啊你!难道自慰也算是邪淫吗?"

恼羞成怒的椿山开始大吼,而经过他们身旁的亡者们则是忍俊不禁。职员拍了拍椿山的背,企图安抚他的情绪,"不管怎么样,请快点去参加讲习吧,若是您有任何意见,我们还有复审的制度,到时候您就可以主张自己并没有犯下邪淫罪,时间到了哦!"

椿山连一句道谢的话都说不出口,就这样走向讲习室。

邪淫?椿山连想都不敢想,虽然他的确很享受鱼水之欢,但他也能够很有自信地说,那些都是正常的性行为,而且他现在都还记得那些曾经与他发生关系的人,她们的脸、她们的外表……那就表示自己的性伴侣人数实在少之又少,说实在的,这对一个四十六岁的健康男性来说,甚至可以说是"缺乏经验"吧。

"不可能,绝对不可能。"椿山一面向前走一面自言自语,总而言之,讲习的内容根本不重要,他的遗憾实在太多了,不能就这样往生西方。就算接受复审,他也决定对邪淫的事只字不提,只要好好说明他不能往生的原因,再怎么想,他都觉得自己有"正当的理由"。

讲习室是一间有着长条桌椅的阶梯教室，几乎已是座无虚席，椿山从后门进入，选了个一眼就能看见教室全景的靠窗位置。

教室里，男性与女性占的比例相差不远，没想到人世间还是维持着微妙的公平，但在场的极大部分都是老人家，椿山却在四十六岁时就失去生命，一想到此，椿山的不满更加高涨。眺望窗外，美丽的景致尽收眼底，盛开白色花朵的婆罗树下，是一片广阔的如茵碧草，遥远地平线的彼端，勾勒着针叶树林的无边无际。

这时，只见一名个子不高的小男孩跑上教室里的阶梯，"要迟到了，要迟到了。"他喘着气，学着大人的口气问道，"请问这里有人坐吗？"

"嗯……没有人坐，请。"

"谢谢。"

嗯，是个彬彬有礼的孩子，而他身上的短裤与白色开襟衬衫，应该是哪所私立小学的制服吧。

就座以后，男孩脱下他的帽子，开始擦拭额头上的汗水。

"我还以为我迟到了呢，真是太好了。"

椿山想起自己的儿子与他差不多同年，对着他亲切地笑了笑。

"你几年级啦？"

"二年级。"男孩嘹亮的声音让椿山不禁心里一沉。

"为什么你……"

虽然想想便知道他为什么会来到这个地方，但这个年纪怎么会是要在这间教室接受讲习呢？而且刚才在路上、在屋子里都没有看见小孩子的身影啊。

"虽然我乖乖地走在斑马线上,但是那台车没有停下来。"男孩的脸上看不见一丝丝的忧伤。

"你知道这是什么地方吗?"

"嗯,"男孩点了点头,"我已经死了。"

椿山连想都没想就站了起来,示意门边的职员到他身旁。

"请问有什么事呢?"

"你过来一下,我有事要问你。"

在亡者们的注视下,那名女职员走了过来,椿山对着她悄声说道:"你们对这个孩子做了什么?"

"一切都是寿命。"

"不是这件事,这种小孩怎么可能犯下邪淫罪呢?你们也太随便了吧!"

女职员确认了一下男孩手中的讲习券。"不,没有错,虽然这个孩子没有犯下邪淫罪,但为了让他了解自己目前的处境,才会安排他到这个教室听讲的,但他只需要听前半部分就可以了。小朋友,你听到了吗?你只要听大概十五分钟就可以了,到时候我会叫你的名字,你就到走廊上等讲习结束,知道吗?"

"喂!你们不要只想到自己好不好?他还是个小孩啊!"

椿山已经气得脸红脖子粗,不知道到底是谁有权决定每个人的命运,而这就已经够人受的了,还要忍受这些官僚式的做事风格,实在令人火冒三丈。

"叔叔，没关系的，我无所谓。"男孩一脸尴尬地拉着椿山西装的袖子。

"哎呀，这小朋友还比较懂事呢，你叫什么名字呀？"

"根岸雄太。"

职员望了望男孩的讲习券，"不是哦，我是说你的法名，那不是雄太吧。"

"我忘记怎么念了。"

"莲空雄心童子，要记住哦。"

男孩像是在唱歌般默念着这几个字。

"那我十五分钟后会叫你的名字哦！"

女职员对椿山投以怪异的眼神后，自顾自地走下阶梯。

男孩还是念念有词，椿山从记事本里撕下一张纸，写上男孩的法名与注音，将纸片交给了他。

"谢谢。"

椿山的脑海浮现出在百货公司里遇到走失儿童的景象，一把抱住了男孩的头，男孩让他再次想起自己与之同年的孩子。

"怎么会这样呢，他到底是哪里得罪你们了……"男孩的开朗让椿山开始啜泣。

"叔叔，你不要哭嘛，都没有人在哭啊。"

"就算大家觉得无所谓，可是叔叔就是没有办法接受，什么寿命，怎么可以随随便便决定别人的生命。"

"叔叔，你这样人家会觉得你很难办哦，你看，大家都在看你了。"男孩从短裤口袋里抽出白色手帕，放入椿山手里。

"你难道不伤心吗？"

"伤心啊，可是我刚刚在一楼哭的时候，那个姐姐跟我说，只要我一哭，爹地妈咪就得哭上一百倍，所以我就决定再也不哭了。"

呜……椿山一听到这件事，哭得更伤心了，如果她说的是真的，那我老婆小孩现在该有多伤心呢？

男孩的手来回轻抚着椿山的背部，"不要哭啦，叔叔。"

这个时候，穿着鲜蓝色运动上衣的讲师走上教室的讲台，他全身上下散发一股很俗气的味道，粗框眼镜上浮着一层厚厚的油雾，活像是个在新桥站乌森出口旁摊贩吃东西的中年男子。

"大家好。"他的声音一如他的外表，俗气又混浊。亡者们还是大声地回应道："老师好。"

"首先，让我说明一下整个讲习的流程。虽然大多数的人心里都明白，但刚开始的十五分钟，我还是会先说明各位在这里的状况。"

亡者们不约而同地露出苦笑，但椿山却觉得莫名其妙。

"之后，我会请各位看十五分钟的幻灯片，到时候麻烦坐在窗边的人将窗帘拉上，谢谢。"

好——坐在窗边的人齐声回答，当然，椿山的嘴唇连动都没有动一下。

"接下来的一个小时，我会好好地训练大家！经过公平的审查,大家被判定犯了邪淫罪,以前,只要破了五戒中任何一戒,不用说一定是要下地狱的。但最近冥界的制度有了很大的改变,首先就是请大家接受讲习,只要大家在听了讲习之后,按下桌上那个'反省按钮',大部分人的罪孽都可以消除。"

亡者们就像是松了一口气般,但椿山只是在内心里喃喃自语:"开什么玩笑。"

"然而,大家听清楚了,虽然大部分人都能被原谅,但也会有例外,嗯……横滨市鹤见区的广岳院智荣诚宪居士,在这里吗?"

教室一角有个衣冠楚楚的老人不安地举起手来。

"你除了正房以外,竟然还有四个偏房,会不会太夸张,生了八个儿子。在你七十九年的人生当中,有两名女性因为你上吊自杀,为你伤心流泪的,那更是不计其数,这样子……"

"真的不会被原谅吗……"满脸通红的老人感到垂头丧气。

"不管你再接受几次讲习,结果是不会改变的。"

讲师用手倾斜鼻梁上那副眼镜看着手边的数据,看样子,那副眼镜应该是远近两用的吧。

"名古屋市中村区的静明寂水信女,真是好听的名字,在不在现场呢?"

有,举起手来的是一名自命不凡、衣着华丽的女性。

"您看起来很年轻呢,几岁了?"

"没有没有,我不年轻呢,今年已经六十七岁了。"

教室里掀起一阵惊叹声,因为她的外表看起来也才五十出头而已。

"哎呀呀，我可是花了大把钞票在脸上呢！"

虽然这名女子想掩饰自己低俗的教养，结果还是狗嘴里吐不出象牙，说了不怎么入流的话。

"您离过三次婚，而且对象全都是独居老人，这不太寻常吧。"

"不好意思哦！我一直都是照顾老人的义工，尽全力让他们孤独的心灵与身体获得满足，你们竟然这样怀疑我！"

"您的不满请在复审时提出。可是您知道吗？只要您先生一过世，您就会马上将房子脱手，继续寻找下一个对象，这些事情我们都看在眼里，所以您呢，必须接受复合讲习，请先做好心理准备。"

"复合讲习是什么东西？"女子略嫌不耐烦地问道。

讲师瞪了她好一阵子之后，说出不怎么讨喜的话：

"这里结束后请到五十六号教室参加'妄语'的讲习，再到七十八号教室参加'偷盗'的讲习，最后……"

讲师的声音明显地晦暗许多。"请到走廊尽头的一百号教室，了解了吗？你得参加'杀生'的讲习才行。"

女子"啊——"的一声趴在桌子上，而讲师的声音、表情瞬间变得缓和。

"话虽如此，但大部分的人都可以放心。接下来，正如大家所看到的，目前各位的所在位置是现世与来世的中间，也就是人们俗称冥界的中阴世界，其实只要没有意外，各位都能往生极乐世界，但在那之前，我们会彻底审查各位生前的所作所为，让大家接受讲习、反省自己的过错，借此获得焕然一新的灵魂。而这里就是承办这一切业务与手续的地方，以往，这里被称为'中阴界公所'，但现在为了使我们的视野更加国际化，这里已经改名为'Spirits Arrival Center'，简称'SAC'。"讲师先将三个英文字的拼音写在黑板上，再用红色粉笔把"S"、"A"、"C"圈了起来。

第一排的白发老人举起手问道："我可以问一个问题吗？"

"可以的，请说。"

"我以陆军校官的身份参加了之前的战争，做了许多违背人常的事情，只要参加短短九十分钟的讲习，就可以往生极乐世界吗？我的罪障难道……"老人还没把话说完，就羞愧得无地自容，只能重重地低下头来。

"战争算是特殊的社会现象，几乎不会被问罪。"

"不，话不是这么说，不管佛祖菩萨愿不愿意原谅我，苟活下来的我……竟然只要接受九十分钟的讲习就能往生极乐世界，这种事情……我的良心与名誉都不能接受……"

教室里忽然安静下来，好一阵子，整间教室只能听见老人的啜泣声。

"这些事情也请您在复审时提出，只是呢，青森县北津轻郡的武光院知应法义居士，没有人说你可以给自己乱立罪名哦，你的罪只有邪淫而已。"

老人方才清廉的主张与"邪淫罪"之间也太矛盾了吧，亡者们忍不住笑出声来，但椿山却只说句"无聊透顶"，并打了个大大的哈欠，这样子一个一个回答他们的问题，到底有完没完，官僚体制就是这样，连做件事都抓不到要领。

"虽然说起来也许不是很好听，但身为一个男子汉……"

被视为笑柄的老人说道："为了洗去我的罪孽，我充分地显示了我的男子汉气概，让我这一生还算是有点贡献。"

多么狡猾的幽默啊，老人巧妙地为自己矛盾的一生做出结论，尽管觉得无聊，椿山还是暗暗地佩服起他来。

"叔叔，这些是什么？"

男孩望着椿山的脸问道，话说最近儿子也常常问起这种类型的问题，每每都让椿山直冒冷汗，面对这种令人理屈词穷的问题，椿山只能干咳几声，说："等你长大就知道了。"

天啊！椿山背脊一阵凉意，这个回答也太残酷了吧！

讲师继续说着，"已经过世的各位为了往生极乐世界，就必须在这个SAC里接受讲习。死亡是人们未知的必然，我想各位生前多多少少都曾经担心，甚至是畏惧过，因为没有人知道死后的世界会是什么样子，怎么样？一点儿都不可怕吧，也许您还会说'也没什么了不起的嘛'，百闻不如一见，也许就是这个意思。但事实上，这里的确曾经是个很残酷的地方。人世间还是封建社会时，这里也被所谓的'六道轮回'、'因果报应'等思想给绑得死死的，当时的SAC就是个惨不忍睹的刑场。之后，随着人世间的发展，我们也一直不停地在进步，近百年来，SAC在思维与机制上经历了显著的改革,现在不管是谁都可以往生极乐净土,这套制度对人们来说实在是如梦似幻,这段改变前后的历史在《中阴界公所的历史》,以及《SAC 百年改革》里有深入浅出的说明,各位若是有兴趣,请一定要到一楼售卖部购买。"

讲师将这两本书举在手上,其中一本的价钱是一千八百元含消费税,另一本未含税时是六百七十五元。

椿山像是忽然想起什么,伸手掏了掏他的西装口袋,当然他不是要买那两本书,但这里的消费似乎与人世间没什么两样。椿山拿起皮夹检查了一下,这才终于松了一口气,他身上还有点钱,应该可以撑一段时间,但这里应该不能使用现金卡或信用卡吧。

令他不甘心的是那几张还没请款的发票,因为平时工作实在太忙了,有很多钱都没跟会计结算呢。想当初,他每天耳提面命地交代部下一定要常常做报销,讲到嘴巴都酸了,但他自己的皮夹子里竟然还有两个月前与顾客喝咖啡的发票……虽然说身为课长,多多少少可以报公账的私人消费发票合算起来金额并不大,但总还是有点老大不情愿!

尽管如此,这个地方会不会也太人性化了?

"当然,现在还是有所谓的'地狱',而亡者落入地狱的概率,与在人世间判决有罪差不多,这点请大家务必记在心上。"

讲师的说明告一段落后,方才那名女职员喊了一声男孩的名字。"莲空雄心童子——小莲!"

男孩抬起头来,还是没能听惯自己的法名。

"在叫你了哦，快点过去吧！"

男孩回报椿山一个微笑，说："我还活着的时候，大家都叫我小雄，现在却变成了小莲。"

"希望你能够早点记住哦！"

"没问题的，叔叔，谢谢你。"男孩雀跃地步下教室里的阶梯。

"好的，接下来我们要放幻灯片了，请窗户旁的人帮忙拉一下窗帘。"讲师一手拿着激光笔，一手则在操作机器，当黑板前的银幕缓缓降下，他秀出第一张幻灯片，上面写着：《邪淫罪》。

椿山一只手托着下巴，又打了一个深深的哈欠，他心想，搞不懂他们是用什么标准来评判的，但是他确信自己的经验还不足以被人说成这样，真想叫这些混账官僚醒一醒。

但下一秒钟，椿山的瞳孔在黑暗中瞬间放大了好几倍，因为第二张幻灯片上，那粉红色的字体写着副标题——以昭光道成居士为例。那不是在说我吗？椿山下意识地吞了口口水。

"好的，今天我们要介绍在场其中一位男性的故事，享年四十六岁，长年工作于东京都内有名的百货公司，乍看之下，他的确是个品行端正的人物，但就在当事者也没有察觉的情况下，犯下了滔天的邪淫罪，被害者就是……"讲师说到这里，准备按钮切换成第三张幻灯片，这中间空白的几秒钟，椿山就像被人掐住了脖子，无法呼吸，"与加害者同时进入该百货公司上班的佐伯知子小姐。"

没错，幻灯片上放的是佐伯知子工作证上的照片，算一算，她至少已经有十年没有换过新照片了。

"除了当事者外,没有任何人知道他们真正的关系,周围的人只觉得他们是交情很好的同期员工,但事实上他们之间的关系早已超越了纯友谊,一直到昭光道成居士结婚前,他们淫乱的肉体关系至少维持了长达十八年之久。"

椿山早已忘了还有佐伯知子这号人物,那就代表对现在的他来说,这个人一点儿也不重要。的确,站在客观的立场来看,讲师的说明与事实并无出入,但椿山却无法接受冥界把两人的关系判为"邪淫"。然而,他当然不会笨到选择在这个时候成为全场的笑点,因此他打算听完他的说词再作回应。

下一张幻灯片是摄于椿山葬礼时的照片,他一点儿记忆也没有,只觉得很感兴趣,怎么说这都是自己的葬礼嘛。

葬礼在郊外一处小而庄严的场地举行,椿山认为这倒还蛮符合自己的形象,再放了几张投影片之后,他的心情是越来越糟,因为来参加的同事也太少了吧,除了岛田股长与几个女职员以外,遍寻不着三上部长与其他公司干部的身影。

不可能是恰巧没有拍到,因为以一个四十六岁的男性来说,如果他的葬礼没有什么同事来参加,也就不会有多少人来参加了。

台上的讲师就像是看透了椿山的不满,徐徐地开始说明,"如果说葬礼能看出一个人的故事,那这场仪式还真是寂寥呢。但这背后其实有情非得已的苦衷,因为就在当时,昭光道成居士工作的百货公司正在举办大型的特卖活动,忙碌的工作让大家都累得像狗一样,所以绝对不能说他缺乏人缘,有许多人特地在前一天的午夜时分到这里来悼念他。"

原来是这样啊,椿山叹了一口气。他想起自己是在特卖活动的第一天,也就是星期四晚上倒下,如果就这样举行葬礼的话,时间一定是排在周末,在这种非常时期,公司还愿意派岛田股长和几个女职员前来参加,也真的是尽了最大的诚意。

下一张幻灯片照着众人抬出棺木的画面,画面中,一个个亲友将花放入棺木之中,而讲师用手中的激光笔指着其中一名女性的脸说:"这就是佐伯知子小姐,大家看看她有多么伤心啊。"知子用手帕遮住了口鼻,愣愣地看着棺木。

"好的,我们现在来说一下这两个人是怎么认识的……"讲师语气一变,切换至下一张幻灯片,那是一张摄于二十五年前的新进员工团体照。

"这位就是昔日的昭光道成居士,而站在他身旁的就是佐伯知子小姐,明明当时有这么多人,他们两个人却偶然地站在一块儿,也许这张照片在冥冥之中正暗示着两人的未来。"

接下来的幻灯片拍于一间昏暗的酒吧,感觉很像是八卦杂志上那些偷拍来的照片。

"两年后,知子小姐因为失恋而感到非常痛苦,当时,身为好友的昭光道成居士便挺身而出一路陪伴着她,两人也因此开始交往,哇哦,这种事情还真是很常见呢。"

黑暗之中笑声四溢。这种事情的确不少,但椿山自认绝对没有恶意，只是恰巧两人气味相投，当知子向椿山倾诉她的感情烦恼时，椿山站在男人的立场给她建议而已。他们两人从一进公司就非常投缘，年纪相仿又都是高中毕业，不可思议的是，他们连对上司的看法、看电影以及吃东西的喜好都一模一样，也许就是因为太像了，他们并没有把对方视为异性。

"嗯……也许就是顺其自然吧，这两个人在当天晚上跨越了纯友谊，开始发展成男人与女人的关系，但由于办公室恋情在当时被视为禁忌，专柜小姐占大多数的百货公司更是如此，所以如果不是以结婚为前提展开交往，就得保密到家才行。"

椿山心想，不，不是这样的，虽然我们一直保持着来往，但绝对不是情侣之间的感情，只是大约一两个月会发生关系的亲密友人。他脑海里浮现出知子的枕边细语："喂，椿山，我好像喜欢上一个人了。"

"真的吗？谁啊？"

"就是银座分店的主任啊，上次跟他们合作时认识的，虽然还没有发生什么事，可是我想说认真考虑一下也好。"

"这样啊……"

在他们持续发生关系的那几年，有过好几次类似的对话，当然，椿山也曾经告诉知子自己对谁有了好感。每当他们提到这种事情，隔天他们就马上变成"好朋友"，也许吃个饭，报告一下彼此感情世界的发展，但几个月之后，他们又会恢复原本的关系。

这到底哪里邪淫了？椿山在心里大喊，说穿了，在这个歌颂

"性自由"的时代,人们皆无视规矩绳墨、道德伦理,整个社会就像是全体总动员参加了一场车轮混战,在这样的大环境之下,他怎么样都无法将两人的关系与"邪"字画上等号。

应该说就是因为两人之间没有无聊的感情牵绊,才能维持坚若磐石的关系,只要在感情上遇到挫折,转个身,随时都能钻进对方被窝里获得慰藉与温暖,椿山好几次都是因为这样逃过了情伤,他认为知子一定也是这样,回头就有人抚慰自己,情场失利也就不是什么可怕的事。椿山一直到有了年纪之后,才开始认真考虑结婚的事情,而知子也是由衷地给予祝福。当然,椿山是在被窝里告诉知子自己也许会结婚这件事情的。

"真的吗?我知道你说的那个服务台小姐哦,长得很高又很漂亮,好像是从画里走出来的美女呢,椿山加油啊!接下来可要一决胜负了。"

"嗯,其实我也不是真的那么想结婚,只是觉得自己都已经三十八岁了,还打个光棍总是不太好,佐伯,你说是不是?"

"这不是好不好的问题吧,总而言之,这是一个机会啊,不过你也真是厉害,怎么能追到那么年轻的小姐啊?"

"还不算追吧,只是一起吃了几次饭,小酌了几次而已,她好像说她结婚之后就会把工作辞了。"

"哎呀……那不就是在暗示你赶快求婚吗?"

"对吧!我也是这样想。"

"对了,你该不会是想脚踏两只船吧,我可不喜欢这样哦。"

"没有这回事,我不会劈腿的,所以……"

"No problem！我知道了,你要跟我报告进度哦,哎,连椿山都考虑要结婚了啊,那我也得好好打算才行了。"

眼前三十八岁的知子散发着成熟女人的魅力,比二十岁的知子要美上好几倍,在告别的那一瞬间,椿山心底掠过前所未有的失落。

椿山并没有向知子报告感情发展的进度,应该说两个人彻底地失去了联络。站在三十八岁的关卡面前,两人是否应该抛下过去所倚赖的那块磐石了呢？对椿山而言,或对知子来说,两人之间的关系在这个时候也该作个真正的了断。

知子在珠宝部门工作,因为楼层不同,他们基本没有在店里碰过面,就只有一次。那时椿山为了买戒指而踏入七楼卖场,因为刚好是秋天的结婚季,百货公司正在举办钻石的展览活动,尽管椿山为他的荷包感到心痛,但他又想说算了,至少能帮知子做做业绩啊。百货公司的珠宝虽然稍嫌贵了些,但有质量保证,而且可以用员工购物券折抵一成的价格。

知子诚恳仔细地帮这对新人挑选了商品之后,她悄悄地跟椿山还有他的未婚妻说,"你们不要在这里结账,我会请厂商直接送到你们家,可以省下一半的钱呢。"依她卖场股长的职权的确可以这么做,先将他们选定的商品贴上退货标签送回给厂商,再请厂商处理后续的事情,也就是说,厂商看在她的面子上,可以不通过百货公司直接跟椿山交易。

"那这样就不能算是你的业绩了吧?"

"业绩?拜托,我最近也想说赶快找个人嫁了,到时候就要跟这里说拜拜啦,省下来的钱用在度蜜月上吧,你们两个要幸福哦!"

不管说要嫁人是真的还是假的,佐伯在那之后还是一直担任珠宝部门的铁腕股长。椿山又在心里念道,这怎么会是邪淫呢!

接下来,从他们在珠宝卖场买戒指,一直到他们度蜜月、过着新婚生活的幸福画面,讲师连续放了好几张投影片。

"很可惜的,昭光道成居士是一个很粗心大意的人,也许他一直到现在都还想不通他到底为什么会犯下邪淫罪吧!实在是很迟钝啊。"

这个时候,一张昏暗的投影片切断了家庭美满的景象,也让椿山瞠目结舌。在那间椿山再熟悉也不过的单房公寓里,知子一个人趴在玻璃桌上,那是一幅没有颜色也没有灯光的灰色画面。

"这十八年来,知子一直等着椿山向她求婚,说什么恋爱啊感情的,那些都是为了吸引椿山注意而编造的谎言,但椿山最终还是选择抛弃了她。"

教室里嘘声四起。

"真是可怜呢……"

"这个男的也太过分了吧。"

"难怪说他是邪淫啊。"

前方老人们的话语,不断地重击着椿山的胸口。

"你们也听我解释一下吧,这种判决只能算是片面之词啊。"椿山无法相信佐伯知子竟然会默默地爱上自己,没错,如果一个若即若离,与自己来往超过十八年的男人结婚,无论是谁都会觉得非常震惊,但若换作是我,大醉一场也就没事了吧,这怎么能算是邪淫呢!又不是在清算什么风流债。

讲师请人打开窗帘之后,一面擦拭着自己充满油垢的眼镜,一面盯着椿山说道:"虽然昭光道成居士也许会感到不满或委屈,但SAC的判决一向都非常公平,他践踏一名女性纯净的心灵长达十八年之久,明明不爱她,还不停地与人家发生纠缠,SAC才会做出这样的判决。好的,各位现在应该都明白为什么自己会坐在这边了吧,请仔细想一想自己的人生是哪里出了错,并不是只有出轨、不正常的性行为,或金钱交易的肉体关系才能算是邪淫,若是自己的行为伤害了别人,或者我们为了满足一己之私欲,而利用对方付出的真心,这才是邪淫真正的定义。"

讲师为了让亡者们好好反省,沉默了好一阵子,老人们有的开始忏悔,有的像是恍然大悟般猛点头。

"我想问一个问题。"撑着桌面好不容易站起身来的是一名看来像是寿终正寝的驼背老人。

"如果像我这样活到一百岁,根本就不会记得自己伤了哪个女人的心,或是让哪个女人开心过啊。"

"冲绳县那霸市的释誉知荣信士,享年一百零二岁啊?"

讲师翻着资料,感到有些惊讶。

"你能不能也让我看看我的照片呢？"

"这里刚好没有您的资料，之后我会再个别向您说明的。"

"你在说什么啊？如果我不知道发生过哪些事，那我怎么按这个反省钮啊？"

"但您应该多多少少都会有些印象吧。"

想了一会儿，老人苦笑道："也许吧。"

"请您坐下。"讲师等老人坐下后，环视亡者们开始说明，"接下来，我将会说明 Spirits Arrival Center 公平的审查制度。首先，释迦牟尼佛并没有办法经由天上的莲花透视每位的人生，事实上，SAC 派遣了大量的调查员到人世间，最终由审查委员会根据他们翔实的报告作出判决。"

当亡者们听到这出人意料的消息都大吃一惊，其中一人提出了他们共同的疑问。

"喂！什么调查员啊！难道是透明人吗？"

"不，他们都假扮成在世的人类，而且掩饰得很好，就像是一般的普通人在人世间生活着。"

"什么？你的意思是说我们的朋友之中，也许有人是调查员假扮的吗？"

"嗯……不管是不是朋友，总而言之，都是大家身边亲近的人。"

啊？众人纷纷脱口而出，椿山的脑海里浮现出那些生前还算亲近的人们，他们一张张的脸庞，若是能够调查自己的隐私，那

45

应该要有侦探还是间谍的本领吧，他不断想着自己的周遭，有没有谁可能是 SAC 调查员假扮的，百货公司的部下或上司？老顾客？酒吧的妈妈桑，还是吧台小弟？啊……会不会是隔壁那个我只认得脸叫不出名字的男人啊？

"太下流了！"

突然怒斥出声的是那个刚刚在玄关前遇到的穿短裤的老人，虽然他的样子比较像是酒品不好，但也还是被判成了"邪淫"。

"你们这些家伙，偷偷地调查别人的隐私，这就叫做侵犯人权！你们给我小心一点！"

椿山还想着那个讲师会不会被吓到？没想到，讲师猛力地用手上的资料夹拍打桌面，大声地吼道："你给我闭嘴！人权？你都已经死啦！还在那边抱怨什么！"

多么刺人的一句话啊！这句话让全场马上恢复安静，讲师的脸上又堆起笑意，"希望接受复审的人，等一下请留步。"

在那之后的说教又臭又长，真的可以用"老太婆的裹脚布"来形容，椿山只是漫不经心地听着，反正不管怎么样，自己不能就这样往生了，他的心意已决，在脑海里不断盘算着复审时的说词。

"耶稣要人们学着去爱，释迦牟尼佛教导大家慈悲的道理，而孔子的中心思想则是一个仁字，这些都是希望我们拥有将心比心的宽大胸襟。各位耽溺色欲，犯下了可怕的邪淫罪，原本只要触犯五戒中任何一个，都必须落入万丈地狱受苦受难，但由于现代文明不断发展，人类也随之进化，已经没有那么多人需要被这样折磨才知道忏悔了。我们的讲习即将迈入尾声，现在，希望各位好好反省。"

话也讲得太好听了吧，不管文明再怎么进步，坏人是不可能减少的，还不如说是因为亡者越来越多，才会利用这种自我忏悔的方式来简化作业吧，由于现在医学以及营养各方面都很发达，亡者亦逐渐高龄化，这些聪明的老人当然不会辜负人家的一片好意，他们早就在心里暗自想着，总之，先按下反省按钮再说。

"现在，请大家看一下桌面上的红色按钮，这个教室里目前有一百个人，如果你已经为自己犯下的邪淫罪感到后悔、觉得抱歉，待会儿请在反省过后按下按钮，只要按下这个按钮，各位的罪孽就会被消除，准备好了吗？"

椿山觉得这真的是官僚到夸张的地步，说什么男女关系淫乱、酒品不好、谎话连篇……这些事情虽然从宗教观来看的确是犯了罪，但却没有实质上的罚则吗？难道就只是这样而已吗？

因为自己没有犯下其他罪，不用参加"复合讲习"，所以只要按下了这个钮，似乎就可以往生极乐世界。

"那么，请按钮。"

椿山将自己伸长的手指缩了回来，唉，这种个性真的给自己带来了很多麻烦，可是不管怎么说，他就是无法认同自己与佐伯知子之间的关系被判为邪淫。

黑板上的电子显示板开始跳出数字，而且一瞬间就跳到了

"80",接着,数字切换的速度减缓许多,最终在"99"停了下来。

"现在我会在大家的讲习券上盖章,请在讲台前排成一排。"

讲师不着痕迹地瞄了椿山一眼。亡者们整齐地排成一排,等讲师在自己的讲习券上盖章之后,便走出阶梯教室。不可能只有椿山觉得无法认同,只是大家怕麻烦而已,他们也不管自己内心真正的想法,反正只要可以拿到章就好了。

这种遗传的个性真的让自己很吃亏,为了保持正派,他没有办法混淆黑白,也不会逢迎阿谀来讨上司欢心,就一个上班族来说,真的是不及格啊。

讲师一边整理讲台上的资料,一边说:"昭光道成居士,您怎么了呢?"

"我希望接受复审。"

讲师不耐烦地看了他一眼,虽然复审是亡者们的权利,但讲师的工作也许就是要负责说服这些人吧。

"您是说您觉得自己没有犯下邪淫罪吗?"

"没错!而且……"椿山站起身来向讲台走去。

"我不能就这样往生了,还有很多事情没有交代好。"

讲师狠狠地皱起眉头,我们在人世间也常常看到那副扭曲的嘴脸,明明按照规定可以办理的事情,有些公务员就是不肯增加自己的工作。

"我跟您说,我劝您还是放弃比较好,一来,不可能会发生什么好事,而且也会让大家觉得很困扰,最重要的是,您要承受的风险太大了。"

"不管怎么样，拜托您了！"他将讲习券放在讲桌上，讲师叹了一口气，在上面盖了一个"复审"的印章。

"大门外左手边有一间别馆，你到那边去吧。"

椿山从讲师手上用力拉出讲习券，他回头望了望结束讲习的亡者，他们脸上的表情与其说是不安，倒不如说是对于往生极乐世界的期待。上升的手扶梯挤满了人，他们惊讶地看着椿山，而椿山也回过头去眯着眼遥望他们，他们就这样一个一个被吸入布满天空的光芒里。

你们真的都没有任何遗憾吗？难道你们的人生就这么简单吗？只要自己能到极乐世界，其他事情都无所谓了吗……

合理的原因

办理复审的别馆位于主建筑物的东方,那儿的娑罗又是一派群花乱舞,吹过青绿草地的轻柔微风,让椿山不由自主地想起在夏威夷度蜜月时的氛围。

大门旁仍然人头攒动,通往别馆的路上,却是一个人影也没有,尽管老人家在亡者里占了大多数,但人们真的能够如此坦然地面对死亡吗?

别馆是一栋三层楼的建筑物,也许平时被当做仓库或资料室吧,整栋建筑阴郁寂静,弥漫着一股凉意。

就像是拒绝访客般,屋主任用百日红的花叶插满玄关,在盛开的花朵下面有布告栏,上头列了些项目,一名男孩独自拭着汗站在布告栏前方。

"嘿!小莲,你在这里做什么?"

虽然椿山叫不出他那一长串的法名,但他仍然记得方才那名女职员是怎么唤他的。

"啊,刚刚的那位叔叔……这些字没有注音,我看不太懂。"男孩纤细的手指指向布告栏,他头上那顶绣着私立小学校章的帽子闪烁着光芒,椿山张望了一会儿,附近没有任何服务人员。

"你这样不行哦,怎么可以在这边逗留呢,快点搭手扶梯到……"椿山的话才讲到一半,就看见男孩另一只手握着一张盖有"复审"大印的书面资料。

"为什么?"

"我不想死。"

小莲挺着一身的白制服,斩钉截铁地说出这句话,他说得如此理直气壮,就像是生而为人理所当然的坚持,椿山一时之间竟想不出该如何回应。

"小莲,你知道吗?我了解你的心情,但已经死掉的人是没有办法复活的。"

"那叔叔来这边做什么呢?"

"我是……因为忽然猝死,工作上的事情、家里的事情还有贷款什么的,总而言之,我不能撒手不管的事情太多了,而且还有些怎样都无法认同的事情,不管是变成鬼还是什么,我一定要再回那边一趟,好好作个了结才行,其实叔叔也不想死啊,但现在就连葬礼也结束了,复活也只能变成一堆骨灰而已。"

男孩嘴角一抽,眼眶中泛起一层泪光。"可是我不想死啊……"

"好啦,好啦,我知道了,那你不要哭嘛,好,我念这上面的字给你听,你再好好想一想。"

好,小莲简洁有力地回答之后,用手抹去脸上的泪水。

"听好啦……申请复审的各位请注意,针对各位死亡的既成事实,不得向本审查部提出复审申请。"

"什么意思?"

"就是不能要求复活的意思。"

小莲穿着开襟衬衫的胸口一沉,悄声地叹了一口气。

"SAC的特别审查官将会严密审查申请者所提出之情事,诸如在人世间放不下的事情,或一定得善加处理的事情,以确认申请者是否符合'就算死也无法瞑目'之条件。申请复审是各位的正当权利,但事后不得对审查结果提出任何异议……也就是说,如果没有合理的原因,不要啰里啰唆地抱怨,赶快前往极乐世界吧。"

"意思是光抱怨没有用吗?"

"嗯,应该是吧,而且大部分情况都不会被许可吧。"

"若是被许可了,那会怎么样呢?"

"我怎么知道!"

男孩聪明得让人觉得心烦,虽然不知道是哪里来的少爷,但应该受了良好的教育吧。

"反正,就是这么一回事,你快点回到刚才那边搭手扶梯吧。"

"不要。"小莲大声地喊道,"我不知道叔叔你怎么样,但是我应该有'合理的原因'。"

"……你听我说,你该不会需要缴房贷吧,该不会有个儿子还是小学生,而且要养一个失智老人吧。"

"又不是只有那些事情算是合理的原因。"

"我知道了,随便你。"椿山深深地觉得还好他不是自己的小孩。

两人走在玄关的冷空气中,打了蜡的地面有红色胶带贴成的箭头,这栋建筑看起来像是古老的医院或是学校,昏暗而肃穆。

他们走近标示着"复审室"的房间,一名脸色凶狠的粗壮男子伫立于门前,应该也是来申请复审的吧,年纪看起来与椿山差不多,果然越年轻越不能接受事实吗……

那名男子瞪了椿山与小莲一会儿,鼻孔哼的一声取代了招呼。

"把讲习券交到那个窗口吧,真烦,怎么像健康检查一样,把人耍得团团转。"男子穿着黑色的T恤以及窄身的西装,乍看之下十分时髦,但他的手腕上却缠着一条又粗又亮的手链,无论从表情还是遣词用字来看,他都是一名危险人物。

"那是你家小鬼吗?"

"不,我们才刚认识。"

"哦,那还好。"男子露出一口白牙,示意两人在长椅上坐下。

"什么还好?"

"没有,老子我刚刚从后面的窗户看到你们两个,还以为你们是父子,然后一起发生车祸就成仙了,如果是这样就太惨啦。"

"这个小孩的确是在过马路的时候发生了车祸,但我应该是脑溢血,还是蜘蛛膜下出血吧。"

"应该？你不知道自己怎么死的吗？"

"我那个时候昏过去了，什么都不记得。"

"原来是这样啊。"

看样子，这名男子虽然外表十分凶狠，却是分外亲切，而且说实在的，死人也不需要怕流氓吧。

"那你呢？"

椿山的语气就像是在医院等待看诊时向身旁的人搭讪一样。

"你说老子吗……"

男子偷看了小莲一眼，便一把抱住椿山的肩膀。

"这不能让小鬼听到啊，其实，老子是被做掉的。"

"什么？真的吗？"

"在这里撒谎有什么用。"

"真是可怜啊……"椿山这么一说，男子庞大的身躯就像是枯萎的花朵，垂头丧气。

"你要听吗？"

"好的好的，我听你说，为什么会发生这种事情呢？"

"你应该看得出来老子是做什么的吧，其实就算被人喂几颗子弹，也没什么好说的，可是你知道吗？竟然有个白痴家伙认错人了。"

"什么？你说你是因为被认错才被杀的？"

"对啊！兄弟，你能相信这种事吗？"

"虽然我不是你的兄弟，但这种事情的确令人难以置信呢。"

"看吧！好像是三四天以前吧，还是一个礼拜以前，老子不记得昏迷了多久，反正老子就是被一个莫名其妙的人给打死了，那个家伙，他砰砰砰开了好几枪之后，竟然突然大叫'呀——糟啦！认错人啦！我杀错人啦！'……你知道吗？兄弟，当时老子痛苦的心情有多无奈啊。"

"只能说真的是太不幸了。"但椿山心想，男子的无奈应该不能当做申请复审的理由吧，人家也不会许可的，就算再怎么不幸，这一切都是受到寿命的限制啊。

"我劝你不要太任性比较好，这个官厅看样子没有那么轻松呢。"

"啊……老子刚刚在讲习室听了半天才有些了解，其实像我们这种人，就算是认错人又怎么样，被杀就是被杀，老子也不想埋怨什么。只是呢，跟着老子的那些孩子们就糟了，可不能让他们流落街头啊，那些孩子如果被逼急了，不知道会做出什么事情来，也就是说，为了社会安定，老子一定要回那里一趟，好好安排他们每个人的后路，不要让他们冤冤相报才行。"

原来如此！这样应该可以算是"合理的原因"吧，虽然椿山不清楚这里的规定，但若是因为认错人而导致双方相互残杀，就太可怕了，为了社会安定，的确得好好约束他的手下才行。

"真是伤脑筋。最近道上开始流行穿名牌，结果大家一点独创性也没有，每个人都很壮，又都染头发，甚至都穿着一身欧洲来的黑西装，也难怪人家会认错人啊。"

男子试图遮掩自己缺了小指的左手，垂头丧气地抬头望向椿山。

蓦地，房门被打开了，一名表情严肃的女职员开口叫了男子的名字。"义正院勇武侠道居士，请进。"

"哦！"男子充满侠气地应声后迈步走入审查室，椿山对他坚强而纯净的思想感到佩服。

小莲拉了拉椿山的袖子说道："那个人是流氓吗？"

其实在这个时候，不只是流氓，对任何来者我们都很难以外表来判断他的职业，但在这么短的时间内，就连小孩子都看出他真正的身份，这实在是很了不起。

"叔叔是做什么工作的呢？"

小莲继续问道，他不只聪明，而且还富有好奇心。

"你猜猜看。"

嗯……小莲把身体往前挪，伸长脖子观察着椿山，"我知道了，你是百货公司的店员。"

这个小孩还真可恶。

"你怎么知道？"

"我常常跟爸爸到百货公司，而且百货公司的人也常常来我们家。"

椿山觉得自己被男孩给捉弄了，开始认真起来，"我是说，你怎么知道的啊？"

"嗯……我想想，西装很整齐，而且穿着白衬衫，走起路来身体很挺直，而且不会把手放进口袋里，还有就是站着的时候，或者跟别人说话的时候，会把两只手叠放在身体前面。"

呵呵呵，小莲像个侦探一般地笑了。"猜对了吗？"

"对啦对啦，猜对啦，猜得正着呢。"

这绝对不是什么特异功能，只是在孩子们澄净的眼中，流氓就是流氓，而自己的行为举止亦是一目了然。

"可是已经无所谓了吧。"

小莲的一句话刺入椿山的胸口。没错，已经无所谓了，不要说什么职业，就连自己辛苦了大半辈子，一手建立起来的所有的生活、个性与财产，全都因为死亡而灰飞烟灭。椿山忽然感到一阵虚脱，只得用手肘支撑着身体，小莲用小小的手掌拍了拍他的背。

"叔叔你怎么了？身体不舒服吗？"

"没有，只是听到你说的话，觉得就算活着也没什么意义了。"

被人一语道中才恍然大悟的椿山，露出绝望的苦笑。

"可是你不能就这样死了吧？"

少啰唆，话都是你在讲。

男子的复审不到五分钟就结束了，当他回到走廊的时候，椿山心想审查官们应该驳回他的申请吧，没想到男子却露出天真烂漫的笑容，向两人比画了个胜利的手势。

女职员从窗口递出资料后叫住那名男子，"义正院勇武侠道居士。"

"哦！"

"你拿着这些数据到本馆一楼角落的'Relive Making Room'去。"

"什么？你说哪里？"

"Relive Making Room，严格来说应该叫做'特别遣返室'，但因为这个名字太露骨了，才改成这个称呼，而且我们都是以'RMR'这个简称来标示的。"

"呼……老子觉得叫特别遣返室比较清楚啊。"

"都说不能太明显了嘛，如果让大家知道有这种特例，不都会吵着说我也要我也要吗？义正院先生，我跟你说，你好像把事情想得太简单了，不过，请你一定要了解自己属于特例中的特例，知道吗？"

"好啦好啦，知道啦。"

男子从职员手中一把将资料抢了过来，回头望向椿山。

"你们还是不要太逞强比较好哦，老子的情况的确是特例中的特例呢，不回去一趟可就糟了。那老子就先告辞啦！"

话才说完，男子便哼着歌走出别馆。而女职员站在流泻着冷空气的窗口后方，看着走廊上的这两个人，她暗藏心机的眼神像是在说着，"真是的，搞不清楚你们在想什么，赶快往生极乐世界不就好了吗？"

"下一位，昭光道成居士。"

椿山站起身来说道："请问如果可以的话，能不能让这个小孩先呢？我想他应该会比较快。"他觉得小莲只是在闹别扭而已，到时候，审查官一定会照本宣科地劝退他，并及早将他送往极乐世界……总而言之，椿山不想再让小莲感到不安了。

"不，反而是你会比较快，请进。"

那我走喽，椿山轻拍小莲的肩膀后走进审查室。

审查室里的冷气非常地强，三个审查官坐在一张长条桌的后方，神情凝重地盯着桌面上那厚厚的资料夹。

椿山忽然想起公司选才时的面试，长条桌的中央坐着一位年长的绅士，而他的左右各有一名看起来像是中层主管的男女。

"请坐。"年长的审查官带着微笑招呼椿山。

"感觉很像在应征工作吗？不过，平常你应该是坐在这边才对吧。"

两旁的男女就像是在鉴定什么东西一般，只是静静地投射出强烈的目光。

"是的，每年这个时候我都会担任面试委员。"

"这么说来，你已经二十五年没有坐在对面了吗？"

"因为我高中毕业就开始工作，所以应该说是快三十年了。"

审查官推着老花眼镜瞄了一眼椿山的资料，只说了一句："哦，是吗？"

椿山挺直了腰杆坐在不锈钢椅子上，他心想不管怎么样都要让你们认可我是"特例中的特例"，无论如何，我不能就这样往生。他已经做好万全准备，相信不管对方问什么问题，他都可以应答如流，如果要他自己陈述"正当的理由"，他也能够滔滔不绝。

只见三名审查官不断地交头接耳。

"……那这样应该可以吧？"

"……嗯,应该就是这样了吧？"

"……我也觉得这样应该没问题。"

这样到底是怎么样？椿山紧握在膝盖上的拳头慢慢地渗出汗水。

"……主任,但是这点没有问题吗？"

"……啊啊,这一点啊……你认为呢？"

"这一点没有问题吧,当事人都说得很清楚了……"

这一点到底是哪一点？椿山拿出手帕,擦拭额头上微微冒出的油脂与汗水。

当左右的审查官再度面向椿山,主任的脸上也恢复微笑,而从他的口中,椿山听到出人意料的话语。

"好的,本审查会认可昭光道成居士使用人间特别遣返设施,请即刻前往本馆一楼的'Relive Making Room',并遵循服务人员的指示,有没有什么问题？"

"……不,我还想问你们有没有什么问题呢。"

椿山摊开一只手掌比向审查官们,焦渴令他越来越难受。

"本审查会已经认可了你主张的理由。"

主任审查官仍旧满脸笑意,审查室里满溢着不可思议的沉默。

"只是使用这个人间特别遣返设施时,你一定要特别注意几件事情,我们先在这里大概说明一下,等你到了'RMR'会拿到一本详细的说明手册。首先,一定要严格遵守时间限制。"

主任审查官的表情转而严肃,并伸出他的食指摆出"一"

的姿势。

"时间限制吗?"

"是的,遣返人世最多只能到死后的第七天,也就是所谓的头七。"

椿山环顾室内试图找到日历,虽然说是死后的第七天,但是他不知道自己的忌日是哪一天,而且他也搞不清楚今天的日期,从刚刚在讲习室播放的投影片,他看到了自己的葬礼,所以距离自己死亡应该已经过了几天,那就算他回到人世,不也就只剩几天的时间而已吗?

当他正想开口询问的时候,审查官便看着他的数据说:"你是6月21日晚上11点48分过世的,遣返是以天为单位,所以其实你只要再努力个十二分钟就可以多一天了呢,真是可惜,不过那都是命中注定的,所以也没有办法。隔天,也就是22日星期五,那天是守灵夜,并在23日星期六举行葬礼,虽然整个过程显得有些仓促,但由于星期日碰上友引(日本的日子分为六种,分别是先胜、友引、先负、灭佛、大安、赤口,而"友引"传说是会带给朋友厄运的日子,因此不适合办葬礼或法事——译者注),所以也只能这样安排了。"

"请等一下。"椿山拿出记事本,将自己的守灵夜以及忌日写在空白的地方。

当他看到自己满满的行程以及每天必须达到的营业额,不禁在心里嘀咕,我怎么会在这么忙的时候死掉呢?忌日是6月21

日，也就是特卖活动的第一天。当天晚上的行程是"PM8:00 三光商会聚餐"，而在那天以前，每天都要开大大小小的会议，跟厂商、宣传部门接洽，安排卖场陈设以及准备必需器材等，可以说为了特卖活动忙得不可开交。

椿山终于发现自己不是因为运气不好，才会死在那么忙碌的时候，应该说自己是被工作杀死的才对。

"为了尽可能地有效利用时间，遣返作业将会从明天凌晨零时开始，也就是说从6月25日星期一开始，你有整整三天的时间，了解了吗？"

了解什么？椿山只觉得前途一片渺茫，甚至不清楚应该要问哪些问题才好，因此他只好想到什么就问什么。

"请问一下，万一不小心违反了那些规定，我会怎么样呢？"

倏地，三名审查官的脸色一暗，那名女审查官没有出声回答，只是默默地将一只手伸出来，并用大拇指指着地板。

"咦？那是什么意思？"

"会发生很可怕的事情。"女审查官低沉严厉的声音，让人实在无法提起勇气开口进一步询问。

"接下来……"主任见状赶紧转移话题，"不能为了消除仇恨而采取复仇行动。"

"这您不用担心，虽然我心里有许多遗憾，但没有什么怨恨。"

主任点点头苦笑道："有时候就是会有这种人呀，因为太多事情累积在一起，等他们一被遣返，他们心中的怨恨就会瞬间扩大，于是忍不住就动手把别人杀掉，遇到这种人还真是伤脑筋呢。"

"那也是违反规定的吗？"

"当然喽。"女审查官眯起她眼镜后面那对阴沉的眼睛，再度将大拇指转向指着地板。

"会发生很可怕的事情。"三名审查官的脸色又全部暗了下来。

"最后还有一个……"

"RMR会为你准备一个遣返用的肉体，因此不管在人世遇到家人或朋友都没有关系，而且他们准备的肉体将会与你生前的模样完全相反。只是不管发生什么事情，你都不能让别人知道你的真正身份，万一让别人知道而引起什么风波的话……"

"就会发生很可怕的事情吧。"当椿山将大拇指指向地板，审查官们的脸色显得比先前更加灰暗了。

"……没错，我再重复一次，遵守时间限制、禁止复仇、隐藏真实身份，这三项是人间特别遣返设施的严格规定，你的申请经过本审查会缜密斟酌后予以同意，请千万要小心行动，不要违反上述三项规定。"

椿山以一个百货人的姿态慎重地向审查官们道谢，随后走出审查室。小莲百无聊赖地在长椅上晃动着身体，椿山看到他时马上比出胜利的手势。"我通过审查了呢，那你不要太逞强哦。"

这个孩子绝对不会通过审查的，想到三个审查官也许会不停地对小莲说教，椿山的内心浮起一阵强烈的不舍，他弯下腰轻拍小莲的头。"听好哦,就算你见到爸爸、妈妈还是朋友,还是没有办法帮上什么忙的,审查官们应该也会说同样的话,所以呢,你还是早点跟那些和蔼可亲的爷爷奶奶走吧。"

"不要。"小莲挥开椿山的手直起身来。"我又不是要回去那边找爸爸妈妈的,你什么都不知道,不要一副什么都懂的样子嘛。"

接着只听到职员呼唤小莲的法名。"在!"小莲开朗地答应之后便握住门把手,"叔叔,你不用担心我啦,加油!"

话才说完,小莲就把门打开并进入审查室。

椿山独自走在略嫌昏暗的走廊上,思考着接下来的事情。尽管有所谓死后七天的期限,但由于是自古以来的规定,所以没有什么好抱怨的。而且就算自己不知不觉地浪费了四天的时间,那也是制度上的无可奈何的问题。还好自己并没有恨不得要把谁给杀了。

但椿山感到意外的是,自己必须进入一个形象完全相反的肉体才能回到人世,仔细想想,若是以生前的样貌回到人世,那不就成了一般人所说的"鬼",就算要交代后事,也会让众人感到混乱,以第三者的角色尽可能地善后也许是最佳选择。

这也太难了吧。虽然不实际操作不会了解个中难处,但光是想想,椿山就能感受到那即将面临的重重困难。呜,椿山边走边发出哀鸣,自己只是一心想着"不能就这样死去",看样子,似乎是把事情想得太简单了,生死两重天,死而复生岂是容易的事?事实上,无论是谁都没有真正的"合理原因",能够突破生死这一关吧。

在走回本馆的路上，椿山忽然想起佐伯知子的事情。是的，他是"忽然"想起的。对于椿山而言，她只不过是个交情蛮好的同事，以及打发时间、寻求慰藉的性伴侣，她的存在顶多就是这种程度；现今社会里这种好聚好散的关系应该不怎么稀奇吧。

目前女性参与社会的情形与男性没什么不同，椿山认为这种关系反而还比较自然。而且两人之间有种心照不宣的默契，只要任何一方表示即将开始与别人交往，那么他们就会恢复一般好朋友的相处模式，绝对不会触碰对方的身体，直到两个人都再度处于单身状态，才会重新发生关系。因此当八年前椿山结婚，这段维持多年的地下情也正式画上了句号，两人成了永远的普通朋友。知子与其他男性交往时，椿山不曾感到嫉妒，不会吃醋，就等于不爱对方，他认为知子跟他是同样的心情。

他一面走着一面不平地嘟哝："什么邪淫嘛。"

说什么知子默默地爱着我，一定都是捏造的，我一定是无辜的。我不管被传统道德束缚的老人们怎么样，如今的社会男女平等，我们这一代都度过了无拘无束的青春期，那岂不是人人都犯了邪淫罪？

此时椿山为这一切下了一个结论。形成这种情况的原因很简单，公务机关不需要营利，所以没有危机感；因为没有危机感，所以不用进化。一般而言，公务机关的发展都比民间企业晚个十年左右，因此，官僚们脑袋里装的东西也就迟了十年，更何况这个"中阴界公所"虽然有了一个现代感十足的名字——"Spirits Arrival Center",简称"SAC",但它毕竟还是自古以来最老的一间官厅,就算思想慢个十年还是五十年都不稀奇。那么,若是以五十年前的道德标准来看,自己的确是犯了邪淫罪。

目前亡者大多数都是老一辈的长者,等到自己这个年代的人上了年纪,一个个凋零之后,所有的人都会针对邪淫罪加以反驳吧,到时这里的认知也会随之有所改变才是。等自己回到人间,一定要想办法接近佐伯知子,取得他们捏造事实的证据录音或照片。

"特别遣返室"位于本馆一楼深处,必须在狭窄的走廊转好几个弯才会到达,是个很难找的地方,而且它的方向标示是在小小的箭头上写着"RMR",好像是一种秘密暗号,刻意不让亡者们注意到它的存在。

这让椿山不禁想起了税务局的退税手续,所得税是政府最主要的税收,只要符合某些条件,纳税人原本就拥有退税的权利,但是因为大家都不了解,或觉得麻烦,所以很少有人办理退税,当然,税务局也不可能借由奖励,倡导人们前来办理退税手续;也就是说那不是纳税人的权利,而是少数纳税人的权利,这个特别遣返设施即是如此,只能算是少数亡者的权利。

"RMR"是"Relive Making Room"的缩写。官僚体制中还有个坏毛病,明明只是换了个文字招牌,大家却一副已经完成组织改革的姿态。当椿山沿着不具半点亲和力的箭头向前时,不自觉地烦躁起来,那感觉与他在人世间经历"国铁"改称"JR"时的心情极为类似。在那之后，专卖局改为"JT"、农会改为"JA"、中央赛马会改为"JRA"等，甚至就连自卫队都改称为"JSDF"，当情况演变至此，这些J开头的简称多到令人作呕。

椿山不断地想着这些不愉快的事情，最后终于抵达特别遣返室。昏暗的走廊、充满污渍的地板与墙壁以及门把手上"敲门"那两个字，都在无声地呐喊着"不要来找我的麻烦"！椿山轻轻地敲了敲门，门的另一边传来男子无力的应答："请进。"

"啊！你是昭光道成居士吧，听说你住在东京都多摩市是吗？真是怀念啊。"那名中年男子看来十分悠闲。

"我们曾经是邻居吗？"

"不是哦，我以前曾经在那边担任调查员的工作，那时候真是忙碌啊，不过忙得很有价值就是了。"

就是因为这种轻浮的家伙乱写报告，自己才会被扣上邪淫罪的帽子吧！

"你适——合红色——洋装……"职员边哼着奇妙的老歌，边将黑色手提包放在桌上，并开口说道，"接下来，我说明一下该怎么使用这个'苏醒工具包'。"

"苏醒工具包？"

"是的，因为是死而复生，所以称为苏醒，叫得真是好听呢。"

就算是官厅，椿山还是希望他们给的说明至少能够简单明了一点。

"也就是说，在人世间会用到的东西全部都会放在这个工具包里,所以千万不要让别人保管,也不要放在寄物柜或寄物处,一定要随时带在身边。"

那是一个看起来极为普通的手提包,平时走在路上,大概三个人之中就能看到一个人拿着这种手提包。

"这个工具包的材质是尼龙,所以很轻便又很耐用,你看,还可以这样挂在肩膀上。"

若是摇晃工具包就会听见声响,职员打开拉链,从里面拿出来的第一件东西就是手机。

"这个手机的使用方法与人间相同,如果真要说哪里不一样,那就是除#号键和*号键外,还有个☆号键。"

椿山瞄向手机问道:"那个☆号是什么?"

"是人世与这里的热线,如果到时候你有任何不明白或困扰的事情,请不要客气,随时按下这个键与客服人员通话,SAC的职员都是二十四小时待命的。"

"不好意思,有件事情想要请教您……"

椿山开口问了眼前这个就连说明时也不会停止哼歌的职员,"跟踪我的人应该不是您吧?"

男子脸上浮现一丝不悦,"不,我们都是各司其职的,请不用担心,接下来是……"他从手提包拿出一个对折皮夹。

"是钱吗?"

"是的,但这个皮夹的使用方式与平常的有那么一点点不同,听清楚喽,只要是必需的花销,无论是多少钱,这个皮夹都能有求必应，但若是不必要的花费，它连一毛钱也不会吐出来。"

真的是有差别，但不是一点点不同，根本就完全不一样嘛。

"这里面还会出现很多东西，而且会随着你的行动而有所改变，到时候你可以好好地观察。"

职员不怀好意地笑了笑，并将"苏醒工具包"的拉链拉上。

真是莫名其妙，这跟没有说明有什么两样？难道"审查会针对合理的原因缜密斟酌后予以同意的特别措施"，只是话讲得好听而已，会不会到头来这根本就是个随便的制度？

椿山就连一个问题也想不出来，只能呆呆地站在原地，那个漫不经心的职员将香烟拿到他的面前。

虽然他生前是个重度烟枪，但到这里以后，他已经有好一段时间没抽了，就连衬衫口袋里放着连续抽了二十五年的 hi-lite，他也忘得一干二净。"咦？奇怪，不知道怎么搞的，不会很想抽烟啊。"

职员叼着烟的嘴角微微上扬，那笑容充满了嘲讽之意，"这样啊，那你干脆就趁这个机会戒烟好啦。"

"说得也是，但仔细想想，其实我也没必要戒烟了。"

椿山点燃一根 hi-lite，深深地吸了一口气，为了消除压力而抽的烟真是美味至极。

那个职员将烟雾吐向椿山说道："我其实不想多嘴。可是我觉得你回到那边，不会发生什么好事啊。我每天在这里都要接待好几个人，但根本没有谁是一定得背负风险被遣返回去的。"

"但是我有合理的原因……"

"说到底，那个所谓合理的原因到底有什么大不了的，难道你活着的时候想过活着的合理原因吗？死的时候，你也没有想过什么合理的原因吧！人不都是这样过来的吗？说什么一定得死而复生，真的是太奇怪了。"

这个家伙在求学时代应该参加过什么学生运动吧，父母是主要的经济来源，在同侪间则是以这种空洞的文字游戏来凸显自己对于社会活动的参与度。椿山完全不想跟他争论，只问了一个他从到复审室开始就一直耿耿于怀的问题。

"遣返的风险到底是什么呢？"

职员像是生怕自己讲了什么不该讲的话，沉默了好一阵子。

"那就是……你如果违反规定，必须接受处罚。"

他说着说着，表情开始阴沉起来。

"能不能说得具体一些？"

"……会发生很可怕的事情。"

"也就是说……"椿山学着刚才审查官做的手势，将大拇指指向地板，就在那一瞬间，职员站起来"哇"地大叫了一声。

"这种事亏你还真做得出来，一副事不关己的样子。"

"所谓可怕的事情是指什么样的事情呢？"

"这我哪知道啊！反正几乎一半以上的人被遣返之后都会发生很可怕的事，你现在如果真的打算这么做，就得背上这些风险。"那个职员把黑色手提包往椿山怀里一塞，便将门打开左顾右盼。"你跟我来一下,这原本不关我的事,而且如果被发现了,就算不会被骂,也会被其他人讨厌吧!你要小心一点,我带你去看一样好东西。"

椿山就这样跟着他走出房间,而且拿在手上才知道,"苏醒工具包"真的很重,到底除了手机跟皮夹,里面还放了哪些东西啊?

"不好意思,这样麻烦您……"

"没有什么不好意思的,我看你根本搞不清楚事情有多严重吧!"

在充满官僚气息、一点也不平易近人的官厅之中,这名职员还算是有点人情味。当他们拐了好几个弯,便来到那个椿山眼熟的大厅,这里就是那个亡者们接受讲习前的集合场地。目前仍然有许多人在此聚集,等候职员的指示。

"人还真是多啊,想必现在人间应该很热吧?"

"真的很热。讲到热……难道天气热人就会比较多吗?"

"其实是天气寒冷的冬天最多,但连续不断的大热天也很令人难受呢,你应该了解吧。"

没错,的确很难受。最近椿山每天早上上班,明明才刚到公司没多久,就觉得自己已经用尽一整天的体力,而且还要忙着准备特卖活动,四处拜访厂商,晚上还得在没有开空调的公司里加班,甚至每天都是坐末班电车回家,体力的消耗的确是到了极限。

"你看那个手扶梯。"职员指了指大厅内侧向下的手扶梯,那个阴暗的角落弥漫着一股诡异的气氛。

"所谓可怕的事情，就是要搭那个手扶梯往下。"原本漫不经心的职员讲了这句话，就以微微颤抖的声音开始呻吟。

"到底可怕的事情是指什么呢？"

"就说我不知道嘛，我没有去过那个地方，也没有看过，可是你不觉得很可怕吗？虽然随着人世间的进步，这里的规矩也变得圆滑许多，但自古以来的基本刑罚该有的一样也不会少。"

椿山走近那个毫无人影的手扶梯，企图往下方看去，却只有一阵阵带着湿气的微风迎面拂来，而红色的把手与不锈钢的楼梯面板默默地消失在遥远的黑暗之中。

"你应该了解了吧，我们走。"那名职员在走回房间的路上不断窥视着椿山的侧脸。

"就算这样，我也不会改变我的心意，我还有太多事情要处理了。反正只要严格遵守规定就可以了吧？"

"话是没错，可是在被遣返的人当中，有一半都搭那个手扶梯到下面去了，你如果要反悔，只有趁现在了。"

"不，不需要，请继续说。"

男子叹了口气，把记载着严格规定的说明书交到椿山的手上。

"遵守时间限制、禁止复仇、隐藏真实身份，请你一定要遵守这几个规定。"

椿山觉得这些都不是什么难以做到的事情，只有三天的时间，而且一个死人能做出什么夸张的事情呢？他只求自己能够顺利地解决自己的心头之事。

回到"特别遣返室"后,男子指着里头的一扇门,"通过那扇门,你会看到有几间并排的房间,请走进标着你名字的房间,马上上床睡觉。"

又出现一件令人不解的事情,难道那个房间就是将我们遣返回人世的装置吗?

"你去就会知道了,那么,请多保重。"

椿山被推向走廊,而他的身后传来关门以及上锁的声音。

走廊上看不见任何窗户,只有一排房门,首先映入眼帘的门牌上写着"义正院勇武侠道居士",那个男人已经早一步到人世旅行了吗?

椿山找到标示着"昭光道成居士"的房间,站在门前稍微整理了一下自己的思绪。当他将房门打开的那一瞬间,就忍不住像个老头儿般发出"哦哦哦"的声音。

因为出现在他眼前的不就是一般商务旅店的房间吗?真是令人怀念啊,狭窄的通道旁嵌入了一个衣柜,打开左边的门,正是麻雀虽小五脏俱全的卫浴设备,单人床的床尾摆了一台电视机,桌子则是与壁面一体成形,其尺寸刚好能让人处理些简单的事务,桌子下方还设置了一台投币式的冰箱。

拉开窗帘之后,椿山看见一片绿油油的冥界风情,他心想这窗内窗外的景色实在不怎么搭调,商务旅店的窗外还是适合看见一盏盏夹杂的霓虹灯。虽然椿山没有什么到外地出差的经验,却常常因为错过末班电车，只好在附近的商务旅店过夜。

他抱着黑色的"苏醒工具包"扑倒在床上，将眼睛闭上后，他想也许这一切的一切都只是做了一场梦，于是他小心翼翼地张开双眼，但窗外仍是那片无边无际的蓝天。他再度闭上双眼。回去吧！回到那天吧！其实我只是因为贫血才倒在餐厅的洗手间里，休息一下就没事了，而且还顺利地跟厂商吃完饭，只是晚上到商务旅店来过夜而已。忽然，一阵浓浓的睡意袭来。明天早上再洗澡好了……但是得先打个电话回家吧……至少把西装外套脱下来吧……

椿山意识蒙眬地望着脚边的电视机，灰色的画面上浮现出"昭光道成居士"几个字。接着，传来一个女人低沉却澄净的声音。

"让您久等了，这里是SAC中阴界公所的重生服务中心，我是负责与您接洽的麻耶，接下来我们将要将您遣返回人世，在遣返期间，如果您有任何问题，请不要客气，随时都可以通过手机与我联络。"

这女人的声音十分专业，听起来她已经将全部的人生交给了工作；近年来职场上随处可见这种女强人，她们的工作能力值得信赖，对她们而言，同辈那些背负着家庭压力的男人根本就不是竞争对手。

"请多多指教。"半梦半醒的椿山嘴里念念有词。

麻耶低沉的声音丝毫不受影响，"俗称冥界的中阴世界就是指现世与来世的中间，我们在此聚集离开人世间的魂魄，让大家接受审查与讲习,并送大家到来世,就像一般机场的航站。一般来说,几乎所有人都会完成必需的程序前往来世,但在您强烈的要求下,我们准许您使用人间特别遣返设施,请您一定要了解,只有在特殊的情况下,才能使用这个设施。"

电视机的画面其实一直停留在椿山的法名,但从声音来判断,麻耶应该是个妙龄美女。椿山眨了眨厚重的眼皮,心想难道不会照到她的模样吗?

"原本您应该前往的来世,既不是未来也不是过去,也就是说,那里是个不会有烦恼,只会不断持续幸福的世界。但由于您对过去还有太多的眷恋,认为您应该拥有更美好的未来,而且您对'邪淫罪'也抱有异议。因此,我们使用这个设施的主要目的是让您亲身了解并接受您已死亡的事实以及被判罪的依据,以确保来世众魂魄的安宁。请不要忘却这个目的,亦请留心三项严格的规定,谨慎行动。我再重复一次,遵守时间限制、禁止复仇、隐藏真实身份。另外,为了让您顺利行动,我们会准备一个完全不像您的临时肉体,当您回到人世间,一时可能会无法适应,但请放心,那绝不会造成您的不便,一路顺风!"

最后那句话想必是麻耶的即兴演出吧,电视机的画面"噗叽"一声便消失无踪。椿山躺在睡魔的摇篮里,静静地想着就这样睡着好吗?等我一觉醒来,会出现在什么地方呢?

在微微的晃动之中,椿山感到舒服极了,却又责怪自己没有一丝不安,难道自己不会恐惧这未知的体验吗?其实,答案非常明显，已经失去生命的人到底还有什么好怕的呢？

也许真的是自己太愚昧了，原来，那些在讲习室毫不犹豫地按下"反省按钮"，成功搭上手扶梯前往来世的亡者们，他们都了解生而为人之所以会感到痛苦、感到不幸，原因就在于生命本身吧。

他梦见了他的父亲。

从小，他们就居住在一间官舍里，官舍位于群聚的文化住宅中，这些建筑物怎么看都像是战前遗留下来的史迹，围篱对面是一片广阔的梨树林，虽然说是官舍，但也只有两个以纸门相隔的小房间，加上昏暗的厨房与地势较低的卫浴设备，这就成了父子俩平时生活起居的地方。父亲将较为宽敞的三坪房间让给了儿子，自己则是使用两坪多一点儿的空间，其中还有一半为佛坛所据。

椿山在梦里想起某天发生的事情。父亲自办公室回到家，随意地将脚踏车丢在院子里，开口呼唤椿山："儿子，我有话要跟你说。"

父亲平时沉默寡言，每当他要说些什么事的时候，开场白都一模一样，只见他走进椿山房里，连西装也没脱就盘腿坐下。

"什么事？"

"你至少也转过身来啊，而且你现在也不需要这样拼命念书了吧。"

椿山从这句话就知道父亲要说些什么了，他叹了口气后移动椅子面向父亲。眼前的父亲紧绷着一张脸,微微仰起头直视着椿山说:"你给我坐到地上来,哪有人这样跟父母讲话的啊?"

父亲等椿山的视线与自己平行后开始讲道:"你如果要工作也应该跟我商量一下啊,真搞不懂你到底在想什么!"

学校不是昨天才调查高三同学的未来规划吗?难道辅导老师还特地打电话到办公室给爸爸?

"老师打电话告诉你的吗?"

"不是,"父亲大声地说,"是我们那边会计告诉我的。"

办公室会计的小儿子与椿山是同学,父亲也许是因为太过激动,只把话讲到这里就沉默下来。

"你的成绩比加藤好很多吧。"

"不是那个问题,我没有信心能考上国立大学。"

"大学又不是只有国立的。"

可是……椿山实在无法将全部的话说完,只能低下头来,就算爸爸赚的钱实在不多,但他无论怎样就是说不出口……

"你不要看不起我。"

父亲这句话就像在问,难道连你都要看不起我吗?接着,只听见父亲感伤地说:"我真是没脸见你妈妈的在天之灵。"

爸爸已经知道我死了吗?椿山在梦乡里思考着。

至少刚刚在讲习室看的投影片,没有看见爸爸的身影,因此他觉得可能还没有人告诉爸爸这件事情吧。唉,其实也没有必要让躺在赡养院病床上的爸爸承受这八十几年人生中最大的悲剧。

他们已经好长一段时间没有去赡养院探望爸爸了，因为失智的爸爸不认得家人，去了只是徒增伤感。但是尽管会很辛苦，椿山还是希望妻子能继续照顾爸爸，再怎么说，爸爸也已经来日无多了。

悲伤的梦境转了个场景。

椿山送当时已经互托终身的女友前去车站，回到家后看见父亲像是解决什么大事般独自一人静静地喝着酒。

"逆转全垒打。"

"真的吗？谁？"

"我不是在说棒球啦。"

父亲难得讲话拐弯抹角，但话已出口，这下子他更是犹豫，不知道接下来该说些什么才好。

"我一直都觉得你会跟知子小姐结婚的，所以之前才会这样催你啊。"

"所以，你才说什么逆转全垒打吗？"

"哎呀呀，没想到事情会变成这样。"

"我跟佐伯小姐只是同事而已嘛，要说几次你才知道呢？"

父亲把杯子放下，一转身倒头就睡。"如果只是同事，人家怎么会一天到晚来我们家，还帮着又是打扫又是洗衣服的。"虽然不知道父亲是生气还是惊讶，但看得出来他很失望。

"你不喜欢她吗？"

"不是啊。不管怎么样，我们终于可以告别只有两个大老粗的生活了，很好很好。"对于自己的命运，父亲总是不抵抗、不埋怨，此时，椿山的感受更为强烈，父亲虽然无法称得上是个刚强的男人，但他真的韧性十足。

父亲自公务机关退休之后，受主管嘱咐，开始指导后辈关于老人服务的志愿工作，并一直住在像是火柴盒的官舍里。

父亲认为只要他还能工作，就不用搬出官舍。也许是因为父亲在军中训练出一副健壮的体魄，而且看起来比实际年龄年轻了五六岁，因此办公室的后辈才会特别通融吧。

当初，椿山好不容易才决定买下那间中古屋，首付款还是拿父亲的存款来付，但父亲却坚持不肯跟儿子媳妇住在一个屋檐下，最后，椿山花了九牛二虎之力才带着父亲一同搬进新家。

尽管大部分的行李都已经搬走了，父亲仍然端坐在官舍已然老朽的长廊边。

"爸爸，你这样子，人家会笑你'不到黄河心不死'哦。"

面对儿媳开朗的玩笑话，父亲丝毫不为所动。

"好好地住在宿舍不就得了？谁叫你们浪费钱买什么房子嘛，难道你们不知道像官舍、宿舍这些是员工才有的权利吗？"

"但是，这里已经要被拆掉，没有办法继续住了呀。"

"就算是这样，你们也不应该浪费钱啊。"

"好了好了，您不要再使性子了，我们走吧。"

椿山默默地听着两人的对话，其实，对于父亲真正的想法，他早已了然于心，说到底，他只是不想成为儿子媳妇的负担罢了。

一路走来，父亲仿佛就是靠着这股意志力才能撑下去，因此，与儿子媳妇同住之后，父亲开始急速地老化。

梦境中不断重复着关于父亲的记忆，严格来说，这应该不能算是梦境，而是记忆的重现。

椿山打算将失智的父亲送到赡养院的那天早晨，儿子出门上课后，妻子也到阳台晾衣服，餐桌边只有他与父亲两个人，他回忆起自从小时候妈妈过世以后，每天都是由爸爸为自己做早餐，那个时候，他第一次为至亲掉下了眼泪。

"果然还是早点结婚生小孩比较好呢。"

椿山就像是自言自语般地对失智的父亲这样说道，而父亲当然完全没有反应。想想，爸爸当初也是跟自己一样，近四十岁才有了一个儿子。眼前年迈的父亲就像一具行尸走肉，实在叫人心酸。

椿山在睡梦中着实感到惊讶，自己竟然不断地思考着父亲的事情。此时，他在黑暗中看见了一丝光芒。

抵达人世

椿山汗流浃背的身体无法动弹,只能慢慢地从不甚舒适的睡眠中清醒过来。

他原本以为自己是被什么东西压着,但事实并非如此,过了一段时间,他才明白自己之所以无法动弹,是因为肉体实在太重了。

床垫因人体的重量而凹陷,而人类凭借那重量抵抗着万有引力。肉体之重,似乎就是要以此来提醒人们生而为人的痛苦。

椿山在黑暗中挪动四肢,并转了转他的颈部,当双眼适应了光亮,他才猛然发现自己仍然身处于入睡时的那个饭店房间。

"怎么回事,还不能回去吗?"由于一开始他觉得身体出现了些异样,才认定自己已经回到了人世间,看来,得要再睡上一觉才行。再度闭上双眼的椿山将双手覆盖在脸上,就在那一瞬间,他吓了一跳。因为他那正字标记的秃额上竟然长出清柔而丰盈的头发,他使劲地抓了头发一把,那竟然不是假发。

当他滚落靠近窗边的地上,感觉窗外是一片漆黑,难道冥界也有所谓的晨昏吗?不,不是这样的!他拖着沉重的身体来到窗边,望着峰峰相连的高楼大厦以及华丽缤纷的霓虹灯。

"我回到人世间了。"

"啊——"

椿山一听到身旁有个女人在尖叫,马上回过头去,凝视着黑暗的室内。冷静、冷静,冷静地想想到底在自己的身上发生了什么事。

"有人在那边吗?"

他又听到那女人不安的声音,而她说出口的正是自己想讲的话。

"求求你,冷静一点儿,不要大叫。"

天啊,这是我自己的声音。

椿山又再度"啊"地尖叫出声,他抓着头发,急忙冲进浴室。当他打开电灯一看,站在镜子前面的竟是个与自己迥然不同的妙龄美女。那感觉不是惊讶,也不是害怕,面对这连想都没想过的肉体他完全呆住了。

黑色"苏醒工具包"中的手机响起,铃声是《命运》交响曲。

"开什么玩笑啊!"

椿山还来不及吃惊于自己凄厉的尖叫声,就急急忙忙地从浴室跑出来用力翻动"苏醒工具包",当他接起电话,听到的是联络人麻耶低沉的声音。

"恭喜您成功回到人世间,您现在感觉怎么样呢?"

"很好很好,我真开心呢!而且你们竟然还把我变成这个样子。"没想到自己的语气竟不自觉地淑女起来,真的是太吓人了。麻耶也在电话的那一头暗笑了几声。

"这也不是我们能决定的事情,我们只是依照人世间的人格分类表,将您变身成完全相反的人而已,如果您不满意,可以有两次的更改机会。"

"更改?不用啦,光是想到会变成什么奇怪的人我就好害怕哦。"

"了解了,那么请您准备一下纸笔。"

"纸笔?"

"是的,我要先让您了解一下临时肉体的资料,接下来请完全融入这个角色当中,首先,名字是和山椿。"

"是哪三个字呢?"

"就是将您原本名字颠倒过来而成的——和山椿。三十九岁。"

"哎呀,真的吗?可是看起来没有那么老啊。"

"待会儿请您再好好确认一下,虽然我们很难判断现代女性的年龄,但是仔细瞧还是可以发现她们的眼角出现了些鱼尾纹,皮肤也已经有点松弛。好,现在请重复一次您的名字。"

"……和山椿。"

"哦,椿小姐,您做得很好。"

虽然他只是随口复诵,一种神奇的感觉却随即袭来,就像是这个名为和山椿的女性人格已在他的体内根深蒂固。

"还不错,请继续说。"

"职业是自由设计师,由于您过世前长期在百货公司的服装部门服务,相信这对您来说并不困难。此外,这个身份当然是单身。有没有什么问题呢?"

"没有什么特别的问题……"

"好的,那我们就这样说定了,如果遇到任何问题,请按下手机上的☆号键。"

好,椿自然地点了点头。

挂上电话后,椿山端详着那既纤细又修长的十指,这与他四十六年来看惯的粗短手指实在是差太多了。

虽然手背上浮现的青筋诉说着她三十九年的青春岁月,但那双手仍然充满光泽,修长的透明指甲修剪得整整齐齐,看得出来她平时不需要为家事费心。

亡者无所惧,而且既然没有未来,当然也不会有所不安。但椿山却不禁心跳加快。

他随手打开房里的电灯,拉上窗帘,在心里不停地告诉自己,"我不是椿山和昭,而是和山椿",并站在衣柜那等身长的镜子前凝视着自己。嗯,与其说完全没有问题,不如说这根本就是椿山生前喜欢的类型。

身穿简单的黑色T恤配上米色紧身裤,身高适中,苗条却拥有绝佳曲线,体型结实且富有弹性。

只见镜中的女子不悦地说："色老头儿看什么看！"

"没办法呀，我总得好好确认一下自己的身体吧。"

使她看来如此年轻的，也可能是那一头酒红色的短发，这与她敏锐知性的表情十分相配。她佩戴着细如发丝的金色项链、镶钻耳环，左手中指上还套了只卡地亚的戒指。此外，脚底踩着一双名牌黑色凉鞋，简洁利落却品位十足。

"果然是个专业设计师，真的毫无破绽呢。"

仔细地确认门锁后，椿山环视着空无一人的室内，随后将手伸向紧身裤侧边的拉链，虽然这只是具临时肉体，却能活生生地感受到自己急速的心跳。

椿山不甚自然地拉下紧身裤的拉链，并脱下 T 恤。

原本，他想发出"哦"的赞叹声，却脱口说出"好可爱哦"几个字。

也许是因为服装修饰了她的体型，使她看起来较为清瘦，但她却是秾纤合度，吹弹可破的肌肤既白皙又细嫩。

咦？内衣要怎么脱呢？椿山怎么也想不起妻子都是怎么做的，将左手绕过腰部、右手跨过肩膀，试图摸出个头绪来。

"咦？到底要怎么脱呢？"

终于，双手像背着小宝宝一样绕到身后，顺利地脱下内衣。

椿不厌其烦地盯着自己一丝不挂的裸体。

这种感觉真的太奇妙了。眼前这个美女为了使身体维持在最佳状态，一定常常利用假日前往健身中心或美容沙龙，但占据她肉体的灵魂却是个又秃又肥的中年四眼田鸡。

她小心翼翼地触摸着，但由于那双手为女子所有，其触感并无法满足灵魂，说到底，她只是在摸自己而已。

接下来，她在镜子前摆出各式各样的姿势，享受着不可思议的视觉与触觉效果。基于人类的好奇心、自恋心理以及对于改变的渴望，她恣意地沉浸于无比的喜悦当中。

无须保留、没有后顾之忧、不算犯罪，更不需要花钱。

椿极尽愚痴之能事，在床上花了好长一段时间，当她注意到时间，不自觉地惊呼，"不行，现在不是做这种事的时候。"

"不行，不行"，这话语显得煽情，使她无法自拔；又过了好一阵子，她才套上内衣。

床边的电子时钟显示目前是凌晨一点。审查官的声音在耳边响起："为了尽可能有效地利用时间，遣返作业将会从明天凌晨零时开始，也就是说从6月25日星期一开始，你有整整三天的时间，了解了吗？"

也就是说，现在是6月25日的凌晨一点，而我刚刚竟然浪费了一个小时在摸你的身体。

"太差劲了！"

她不熟练地扣起内衣并穿上衣服，还好她已略施脂粉。

拉开窗帘，透过微弯的玻璃，她眺望着大都市的夜景。由周遭环境来判断，这里是位于新宿新都心附近的饭店。那么，接下来应该要怎么做呢？

"冷静。"椿安抚着自己，长年累积的工作经验点滴成智慧，她明白当手边有许多待办事项时，不能光想着这个那个，而必须一件一件好好处理才行。

这个时候，椿山有个解决问题的秘诀，那就是处理的优先级不是其重要性，而是简易度，也因为他能够掌握这个要领，才能在高中毕业的竞争者中出人头地。

椿开始冷静地思考这三天必须完成的工作。

首先，令人最关心的就是妻小的情形，依照目前的模样，就算借故亲近，他们也不会起疑心吧；只要留心不泄露真实身份，应该就能尽全力帮助他们，当然……也可以默默地向他们告别。

想见父亲一面。由于前一阵子实在是太忙了，足足有一个月没有到赡养院探视他老人家，虽然现在她无法为失智的父亲做任何事，但至少可以为"白发人送黑发人"的不幸道歉，并表达内心深处对于父亲的感谢。仔细想想，椿山在世上活了四十六年，至今未曾向父亲说过一句"谢谢"或"对不起"。

百货公司又怎么样了呢？"夏季大特卖"目前正迎接后半段的重头戏，负责指挥前线的课长猝死后，他们能够达到业绩目标吗？光靠岛田股长一个人应该是行不通的，那么，三上部长有挺身而出吗？不幸中的大幸，厂商们应该会因为自己的过世而全力协助调货吧。

接下来，还有使椿山具"邪淫"嫌疑的佐伯知子，必须要亲自见过本人确定此事真伪，不，一定要洗刷自己的冤屈才对。

"加油!尽力而为还不够,一定要完成这些工作才行!"

中年男子的灵魂配上女子的语气,虽然怎么样都让人斗志锐减,但若是要完成眼前这些工作,凭她目前的模样可说是天衣无缝。椿心里盘算着,现在连一分一秒都不容浪费,虽然现在什么也不能做,但总得先离开这个房间。

她将黑色的"苏醒工具包"挂在肩上。虽然这个手提包在中年男子手里看来再平凡不过,但夹在椿的腋下简直成了个名品。

她走在深夜的走廊上,踏着职业妇女清爽自信的步伐。

一定得快点习惯这个身体才行,如果可以跟谁说说话就好了。

向下的电梯里有一名身着暗色西装的高大绅士,当门打开的那一瞬间,她感受到一股压力,那是因为他是在她变身女人之后遇见的第一个异性。

那名男子向椿投以微笑,并用稍低的中音说道:"请进。"

天哪,真是迷人啊。

"您要到大厅吗?"

当椿走进电梯,绅士便亲切地询问,其语气之温和就算在句尾加上"Madam"也不奇怪。

"嗯?啊,是的。"椿压抑着快速的心跳,好不容易才说出这句话。

其实,椿山生前曾经想过如果自己是女人,会被什么样的男人吸引呢?那应该是个知性、沉着且细腻的人,就算配上白衬衫、领带以及深色西装,也不会让人觉得只是个上班族的高大绅士,整体而言,就是与自己完全相反的男性吧。

"……完全是我喜欢的典型嘛!"椿在心里悄声说道,而她的胸口震动得越来越厉害了。"求求你,跟我说话吧,随便讲什么都好。"

所谓心诚则灵,绅士背对着她开始说道:"这个时间您还要出门吗?"

"嗯?哦,对。"

"还是您跟谁有约了吗?"

"没有……只是一直睡不着,想到酒吧小酌一下。"

"这样子啊,其实我也是呢。如果可以的话,可以让我跟您一起吗?如果不方便的话,请千万不要勉强。"

这几句话讲得椿的魂都飞了,多么自然的邀约方式啊,她心想,一百个女人当中,大概有一百个无法拒绝他的邀请吧。

当她答道"好的",绅士便转过身来,他嘴上的八字胡笑成了一条直线,那迷人的微笑应该只会出现在好莱坞的怀旧老片当中。

"谢谢您的首肯,这是我的荣幸。"

为了习惯临时肉体而离开房间,没想到遇上这样一个求之不得的好对象,椿不禁在心里大叫,"Lucky!"

"这间饭店的酒吧营业到凌晨两点,还有快一个小时的时间。"

"没有关系,我明天也很早就要出门了。"

走出电梯之后,男子进入一片寂静,开始向前走,看来是这间饭店的熟客。

椿在微微的古龙水香味之中问道："您在从事什么工作呢？"

"嗯，明天有学会活动。"

天，这真是太迷人了。

进入酒吧后，绅士引导椿坐进吧台的位子。

由于这吧台配的不是高脚椅，坐起来相当舒适，而投映在昏暗镜面的两人，就像是一对才子佳人。

"这里的位置可以吗？还是要换到包厢呢？"

"不用了，这里很好啊。"

"我觉得有时候面对面反而难开口呢，透过镜子会有种虚幻的感觉，对还不太熟的人来说，这样子比较容易交谈。"

"真的啊，您好像很习惯跟女孩子一起喝酒呢。"

"您要喝些什么呢？"

就算你这样问我，我哪知道这些高级的饮料啊？总不能说我想喝日本烧酒加乌龙茶吧。最后，椿决定点一杯最安全的啤酒。

"因为职业的关系，我常常和一些女性学者还有女学生这样喝酒，如果是面对面，总是会找不到适当的话题，所以我们一直都是这样子坐。"

"您的专业是？"

明明不是什么值得隐瞒的事，这名绅士却显得有些犹豫。

"是历史，我专攻日本历史，特别是战国时代武将们的研究。"

两人之间的温度稍微冷却了些，如果是历史学者的话，椿倒是觉得他比较适合研究"考古学"或是"中古欧洲"呢。

"我还没自我介绍呢，我叫做武田勇，身上刚好没有带名片，真是抱歉。"

男子在手边的餐巾纸上写下"武田勇"三个字，潦草的字迹歪斜得很厉害。

"哎呀，好像战国时代武将的名字哦。"

"其实我是甲斐武田氏的后代，原本……"

椿此时忽然打断男子的话，并一把抢过他手中的原子笔，自顾自地在餐巾纸上写下她的名字。

"我的名字是椿山……不不不，是和山椿。"

"啊……这名字真是好听，您从事什么工作呢？"

椿心想，很好！你终于问了吧！她之所以答应男子的邀约，原本就是打算要说自己的事情。

"我是一个设计师，常会负责杂志封面、百货公司广告以及橱窗陈设等工作，今年三十九岁，当然，我还是单身。"

"三十九？不好意思，您看起来真是年轻呢。"

"我不认为三十九岁就不年轻了啊，而且我也从来没想过要怎么保养呢。"

真是爽快。身为一个三十九岁的女强人，至少要有这样的认知才行。

"我已经四十五了，这就看得出来了吧。"

"不会啊，您真的令我改变看法了呢，我原本以为学者看起来都比实际年龄老成，而且都一副风尘仆仆的模样，当然，这只是我的印象而已，其实我也不太清楚学者应该是什么样子。"

武田像是认同一般点了点头，"您说得没错，其实家父是外交官，而我一直到高中毕业都待在伦敦，也许是因为这样，所以我才看起来与一般学者不太一样吧。"

"哎呀，而您竟然研究战国时期的武将？"

"不知道这算不算是一种'乡愁'呢，当我在国外阅读家父的藏书时，就对祖国的历史特别感兴趣。"

这名男子意外地多话，为了早点习惯这个临时肉体，椿盘算着要如何打断他的长舌。

"可是我总觉得与您一见如故呢，但我们一个是大学教授一个是设计师，平时应该八竿子也打不着，像这样偶然在电梯里相遇，然后一起坐下来喝点小酒，真的好像在做梦一样。"

"真的，我也觉得我们很合得来啊，难道这就是所谓的前世因缘吗？"

两人透过吧台对面的镜子四目交接。

"前世因缘啊……"

"没有啦，我只是开个玩笑而已，请不要想太多了。"

此时，两人同时将目光自镜子移开，转身向着对方，这是两个人第一次的正面接触。在此之前，彼此都太注意对方的容貌了，竟没有注意到两人随身的东西。

那个椿放在旁边座位的黑色手提包，武田也有个一模一样的，而且就放在他的膝盖上。

"您……该不会是……"

"难道……您是……"

两人的脊背同时升起一股寒意，并将头凑近观察那张写着两人名字的餐巾纸。

"如果我说错了请不要介意，您是义正院勇武侠道居士吗？"

"那你难不成是昭光道成居士？"

仿佛有成群的魔鬼飞过设计师与大学教授的头上，他们沉默了好长一段时间。

因为实在是太惊讶了，两人连嘴巴都合不拢，白兰地就像鲜血般由武田端正的嘴角滴落，椿则是赶紧拿出手帕擦拭自嘴里溢出的啤酒。

"请问发生了什么事吗？"酒保的声音将两人拉回现实。

武田怔怔地望着椿，语无伦次地对酒保说："你……不好意思，帮我们换个位置好吗？换到那个角落。"两个人抱着一样的"苏醒工具包"，走向红色氛围满溢的包厢。

"他们真的很厉害啊，完全看不出来是你。"

"这句话是我要说的吧。"

"嗯……原来如此，如果要依照人格分类表把你变身成完全相反的人……就会变成这个样子呀，哈哈，真好玩哦。"

武田不耐烦地看着椿，略带一丝不悦地说："你那样讲话，不会觉得自己很恶心吗？"

"你也是啊，你不觉得自己很做作吗？"

灵魂与临时肉体的人格到底各占多少比例呢？这个问题还真难回答。

"你不觉得自己讲话像个学者很奇怪吗？"

"不会啊。"武田只能苦笑，表情依然知性十足。

"也就是说啊——"

"算我求你，你不要一下拉长尾音、一下提高声调的，简直就是破坏语言的美感。"

"你以为我想这样啊，这应该是说啊——语言是由肉体主宰，而我们一点儿办法也没有？"

"这恕我无法认同，只是……啊啊啊，好可恶啊，我为什么会用这种声音讲出这些话呢？这并不是我要吹嘘，可是打从我有记忆以来，我就没有用过'我'来称呼自己。"

"真的吗？那你都是怎么说的呢？"

"当然是说'老子'之类的啊。"

"那你那样讲不就好了吗？不要太勉强自己。"

"老、老子？老子……啊，不行。虽然我很想这样讲，但就是说不出口，请饶了我吧。"武田受制于肉体与灵魂之间的冲突，却只能哑巴吃黄连，有苦说不出。

轻柔的钢琴乐音流泻，不论是站在收银台无聊的服务生、擦拭着玻璃杯的酒保，还是年迈的钢琴师，他们都是货真价实的活人。

武田以他无法认同的学者语气，开始陈述自己与椿相见之前的遭遇。刚抵达人世时，他也对自己的临时肉体感到不可思议，也烦恼着以这种连见都没见过几个的学者身份，到底能做些什么？但他心想，总是得早点习惯才行，于是就打算先到街上晃晃再说。这与椿所经历的如出一辙。

"后来就遇上了我，是吗？"

"是的，我想说得赶紧借由跟其他人对话，好好地确认自己的存在……啊啊……真是可恶啊，到底是谁在说这些令人作呕的话啊。"

"是你啊。"

"对哦……是我没错。但其实我会开口约你，还有其他原因。"

武田将身子向后挪，并交叠修长的双腿，他像是对着白兰地酒杯一般说道："你的美丽实在让人无法视若无睹，如果刚才在电梯里的不是复活的死人，我想不管是谁都一定会开口邀请你的，我今天第一次认识到，何谓美丽是一种罪……天啊，真是恶心！我的嘴巴自己在动。"

"武田先生，你说的话非常动人，再多讲一点嘛。"

"我明白了，虽然我非常不愿意这样，但还是让我再说一次吧。我想，我是爱上你了，就算你无法接受我如此唐突的告白也没有关系，就算你认为这从天而降的爱是种谎言，那也……"

"那也？"

"那也……"

"不要觉得不好意思，快点说嘛。"

"那也不是我的错,那只是因为你不相信世上有天使。"

椿的心完完全全地被武田征服了,想必此时她的双眼一定是闪耀着星星般的光芒,因为在不知不觉之中她就像祈祷般地将双手握在胸前。

"天,天啊!这是什么人格啊?难道说与我完全相反的人,就是这副德性吗?"

"武田先生,冷静一点,我很了解你的心情,但这个肉体一定能让你顺利行动的。现在,你要好好想一下接下来该怎么做。"

在喝了几杯啤酒与白兰地之后,两人都有了些许的醉意。武田的肉体不愧是一直到高中都待在伦敦的大学教授,言谈举止完全没有受到影响。相反,椿就有点危险了,看来这个肉体的酒品并不是很好。

"武田先生,我跟你说哦,我好像有点醉了,我们回房间继续喝好不好啊?"椿将自己房间的钥匙交到武田手上。

"我还有好多话想跟你说哦。"

"我也是有很多话想说,嗯,如果只是说说话还可以。"

"哎呀!为什么呢?你不是说你爱我吗?"

武田纤长的手指紧握着钥匙,他以坚决的语气说道:"心灵层面的爱,不能与性相提并论。"

"话是没错,但我们有肉体啊,而且这肉体的有效期限只有三天哦。"

"这难道没有违反规定吗?"

椿想了又想，没有人说过不能做爱还是不能谈恋爱啊，她拉着犹豫的男子站起身来说："我们走吧。"

其实她心里明白这股冲动并不只是因为酒精作祟，而是由于当初他没有办法好好地向自己的肉体告别，才会希望至少能借由这个临时肉体来珍惜生而为人的滋味。

站在收银台的那名服务生简直快要睡着了，但当武田将账单拿给他时，他还是尽职地询问道："请问是要包含在您房间的费用里，还是用信用卡付呢？"

"不，我付现金就可以了。"武田从皮夹里拿出钞票，并在椿的耳边轻轻说道，"不管需要多少钱，都有求必应呢，如果我们生前有这种皮夹，就不用那么辛苦了。"

离开酒吧后，椿悲伤无声地躺在武田清瘦的背上，而他似乎承受不住那重量，只能低着头静静地向前走。

"如你所知，我是一个流氓……"尽管他不习惯以这种语气叙述自己，但旁人听来却十分逼真。"就像人家说的，'出来混，早晚都是要还的'，所以我没有娶妻生子。"

"你的人生还真是快活呢。"

"这样说也没错，那你知道为什么我要背负这么大的风险回到人世间吗？"

"我之前听你说过，你是因为不想让跟着你的孩子们冤冤相报，所以才选择这条路的吧？"

武田点了点头，他身形憔悴得随时都可能倒地不起，椿见状赶紧钩住他的手臂。

"如果我不在，他们是没有办法好好活下去的。"

"你那是往自己脸上贴金吧，你们根本也没有血缘关系啊，不是吗？"椿钩住武田的手臂更加用力了，她并不想抱怨，但是她希望武田能够了解自己生气的原因。

"对不起，你有小孩吧。"

"有啊，现在才小学二年级呢，所以要担心孩子未来的应该是我吧。"

他们走进电梯，武田一面确认钥匙上的房间号码，一边按下楼层钮。"我刚刚说得有点乱，你愿意再听我说一次吗？"

"你是要说一个关于黑帮的故事吗？"

"就算被你笑也没有关系。我那些孩子都没有体验过真正的亲情，其实，会嚷嚷着要成为流氓的人，多半都感受不到亲情的温暖，所以他们才会加入黑社会，通过内部的人际关系，为自己虚构出一个家庭的景象。"

"说得真好听呢，以前我就常常听到这种说法。"

电梯门打开后，椿扶着武田走出电梯，忽然，她像是想起什么事情般用力抓住武田的手腕。

"说了这么多，你该不会是想要复仇吧！"

"复仇？才不是呢，如果这么做就糟了。"

"没错，你知道就好，会发生很可怕的事情哦。"

椿学审查官将大拇指反转指向地板。

"不是我要说,我从来不会让那些孩子做出犯法的事。"

"真的吗?还有这种流氓啊?"

"我们与那些游走法律边缘的人不同,经营的是合法摊贩。我相信只要秉持自己的信念,就能坦荡荡地过日子。"

"啊……就是在庙会活动时卖章鱼烧,还有棉花糖的那些摊贩吗?"

"是的,我从十五岁就开始卖章鱼烧和棉花糖了。"

房门打开后,只见室内闪耀着都市夜未眠的气氛。

椿握住武田摸索电灯开关的双手,将脸深深地埋进他的胸口。

"我不断地想,如果我不在他们身边,他们要怎么办呢?他们都还年轻,不可能承接我的位置。"

"为什么都是些年轻人呢?"

"每当我的手下学会做生意的本领,能够在社会上独当一面,我就会要他们离开这个圈子。如果他们需要钱做生意,我就借他们钱,或者当他们的保人。你不要看我这个样子,其实我平时收入相当稳定,银行的信用记录也良好。"

"原来是这样啊……所以他们到了一定年纪,就会一个个恢复普通人的身份,所以在你身边的才会都是年轻人吧,这么说来,你不就像是义工吗?"

"在以前,这才是所谓的黑道啊。当初,一路养育我成人的老大身体状况开始走下坡,他指名我继承他的位置时还向我道歉。"

"我不懂,为什么要道歉?"

"也就是说,只有我一个人没有办法像普通人那样过日子,我得继承老大的位置,像他一样培育那些年轻人。"

椿知道亡者是没有理由说谎的,而武田的双手在因对方认错人而被杀的悔恨中不停地颤抖。

"不知道大家会变成什么样子呢……"

"当一个组织解散之后,原本的成员会被纳入其他组织里。"

"这么一来,他们是不是就会变成真正的流氓呢?"

"其实这和那些正常家庭是一样的,养子注定是要吃尽苦头。首先,其中一个人会被指派去报仇,再怎么说,我都是组织里的重要人物,他们不可能就这样算了。而无论是哪里的老大,大家都会比较疼爱自己的孩子,那么,危险的差事当然就会落在养子们头上,这也是人之常情,所以原本跟着我的那些孩子一定都不好过。"

"武田先生,不要再说了,我不想听。"

武田的泪水滑落在椿的脸庞上。她心想眼前这个人付出了父母亲没能给的爱,并且教导着学校没能教的事。

"我以前都不知道世上还有这种人。"

武田将椿紧紧拥入怀里,"我不入地狱,谁入地狱。"

没有踌躇、没有抗拒,椿只是踮起脚尖,钩住武田的颈部送上双唇,而武田也低下头来自然地回应,两人义无反顾地亲吻着彼此。

"我终于明白了。"

"什么事?"

"心灵层面的爱,不能与性相提并论。"

"但亲吻还是很迷人的。"

"你吓到了吗?"

"不,你夺走了我那些悲伤的话语,我很感谢。"

他们再度交叠双唇。多么不可思议啊,这样热情的亲吻其实已经是性行为的一部分,但他们却都不想有更进一步的发展。已经没有什么亲密关系比这更令人陶醉了。

"真舒服……为什么?"

"我也是,真想一直这样下去,就算化成石头我也甘愿。"

也许临时肉体被允许的亲密行为只能到这个程度吧。肉体有限,灵魂却是永远,而灵魂的亲吻也无休止。

"但现在不是接吻的时候。"

椿甩开武田的手,靠在窗边的椅子坐下。

"对,没错,我们只有三天的时间。"

武田坐在床沿,抱住自己的头。

"你不要想太多了。"椿认为与自己必须解决的问题相比,武田的烦恼其实简单许多,就算不那么简单,还是比较单纯。

"武田先生,你知道我有多少烦恼吗?"椿开始细述自己在三天内必须完成的任务,除了家中的妻小、不知道儿子死讯的父亲,另外还有百货公司的问题,而且他得洗刷"邪淫罪"的冤屈才行。

"我连像你那样唉声叹气的时间都没有。"

"我也不能帮你呀,其实我的问题并没有像你想象中的那么简单。"

"嗯,我明白,我们都要加油才行,一定要全力以赴哦!"

就像结束百货公司营业前的精神喊话,椿提着那黑色的"苏醒工具包"站起身来。

老大的灾难

武田勇,享年四十五岁,法名"义正院勇武侠道居士",生前的职业是武田兴业有限公司的负责人,而其真实身份是"第四代共进会会长"。

虽然他隶属于势力范围遍及全日本的关东帮派,日本称黑社会为"暴力团",但他从来不认为自己是暴力团的一员,甚至觉得"暴力团"这个名词本身就是一种歧视。

的确,有些流氓会从事不法勾当,像是经营赌场等,但他却怎么样都无法理解,为什么他们只是靠在庙会时摆摊维生,也要被人家称为"暴力团"。

当然他大部分的朋友都不是如此脚踏实地,不只是赌场生意,现在只要哪里有"钱"途,大家就往哪里去。

但当武田十五岁加入黑社会的行列开始,他就只知道经营历来已久的摊贩,什么不动产、高利贷,还是风月场所、赌博电玩，或者是其他违法勾当，他一概不感兴趣。

他是个认真的流氓，承继着日本帮派即将消失的传统文化，以身作则，为了只是帮助不良少年改头换面。若是硬要说他有前科，那也只是违反交通规则；而且他不是因为不法驾驶被取缔，而是因为他在禁止设摊的区域摆摊。值得一提的是，他的驾照还是金卡呢。

曾经，在那个视侠道为美德的时代，这种头目都是地方上的名人，连一般人也非常信赖他们，甚至会与帮派中其他小弟一起称呼他们为"老大"；而其他流氓则会尊称他们为"神农道之光"（日本黑帮分为两派，摆摊维生的神农道信奉神农皇帝，而经营赌场生意的任侠道信奉天照大神——译者注），但现在却沦为被藐视的一群。

一般人之所以轻视他们还可以理解，但为什么连其他流氓也不把他们放在眼里呢？原因很简单，因为他们没有钱。

说穿了，武田率领的"第四代共进会"只是名字好听而已，其实他们是一个很穷困的组织，如果只是完全坚守传统生意，那就跟义工没什么差别。但他却还能利用每个月微薄的收入，替每个孩子开立个人账户，悄悄地为他们存一笔基金。而且他每年都不假他人之手，自己完成所得税的申报作业，善尽国民的纳税义务；但也因为如此，每年到了报税的季节，他的压力指数就会不断攀升。

婚丧喜庆在头目之间被称为"道义事"，无论红白包，他们都习惯包得很大包。而由于武田坚持走传统的路，使得他没有办法像别人一样"有道义"，一般来说，他们那个世界的红白包，一个都是以一百万日元起跳的。但武田一直都觉得这是拜金主义的陋习，所以就算他无法像别人那么阔绰，他也丝毫不以为意。

虽然共进会只是一个末端组织，却是自第二次世界大战结束以来传承了四代的名门，因此，原本无论是谁都应该敬武田三分，但从他葬礼收到最多的奠仪只有三万日元这点来看，大家的确都不把他放在眼里。之所以会演变成这种情形，其实还有别的原因。

第四代共进会，也就是武田兴业有限公司，只有四个"正职员工"、两个"工读生"。所谓"正职员工"就是完成授杯仪式的成员，而"工读生"则是指尚在修习的小弟，这两个工读生都住在武田靠近事务所的家里。

上班时间自早上九点开始，依规定八点四十五分以前就要到事务所，不管谁迟到，哪怕只是一分钟，都会被教训得很惨；更严重的是，如果无故旷职或破坏商品器材，就得跟自己的一根手指说再见。所幸武田的教育十分成功，这原本就不合他意的处罚，一次也没能派上用场。

也就是说，武田是以将来金盆洗手后必能闯出一片天为目标，教育着自己的手下。但其他人却不以为然，他们认为这种流传已久的教育方式不符合时代潮流，自然也就不把武田放在眼里了。

虽然跟随武田的那些孩子长幼有序，但他迟迟没有决定要将位子传给谁。其实那是因为他打算要让共进会在他这一代解散，所以已经很久没有增加新成员了，他只是一心想着怎样让这六个孩子都能独当一面，而自己也计划要离开这个圈子。

"为什么……"武田坐在床上抱头呻吟。

也许命运没有什么"为什么"，但面对自己无法认同的结局，武田很难不将无意义的"为什么"一直挂在嘴边。不管怎么说，认错人误杀也太夸张了。"为什么……为什么是我……"

武田生前从来不曾如此懊恼，想着想着，他不禁以学者纤长细致的十指掩面，但陌生肉体的长吁短叹听来却是徒增伤感。

"呀——糟啦！认错人啦！我杀错人啦！"那名关西腔杀手的叫喊声还在耳边回荡，那是武田生前听到的最后一句话。

他心想，虽然不是他要往自己脸上贴金，但他完全不觉得有谁会恨他，不，其实应该说他一直对自己的生活方式感到很自豪，比起那些国家机关的不良公务员，或者在学校性骚扰学生的老师，他觉得自己光明磊落多了。

那天，在市中心的寺庙里有场道义事，是一位父执辈大哥逝世一周年的法事。那位大哥对武田非常好，但在一年前的帮派火并中不幸丧生了。当时的火并由于两败俱伤而顺利和解，因此，这件事情应该与武田被袭击没有直接关系才是。

法会结束后，其他弟兄邀他一同去喝酒。"……啊，原来是这么一回事啊。"武田倏地明白了某件事。他一直沉浸于死亡这个既成事实的悲伤中，却忘了回顾整件事的来龙去脉。若他是被认错而误杀的，那就表示当时一起去喝酒的兄弟之中，有一个人是那个杀手的真正目标。

"嗯……当时有铁哥、繁田、市川……"

当时在场的每个人都是拥有一定势力的头目,虽然他们的感情很好,但他却没听说谁最近被别人盯上。也许是因为已经习惯了临时肉体,他迟迟无法想起临死之前的事情。

武田抱着"苏醒工具包"站了起来,眼前的当务之急就是确认事实吧,究竟为什么自己会被误杀,如果这一点没有搞清楚,便无法说服他可爱的孩子们。为此,他决定先到事发地点唤醒他的记忆。

武田勇一直以来都是个行动派,如果他有点学问,必定会有一流的业务。对他来说,择日总是不如撞日,心动总是不如行动。

他在饭店入口招了辆出租车,当他告诉司机要前往的地点后,手提包里的手机恰巧响了起来。

"喂……"他小心翼翼地按下通话键,紧接着听见的是澄净的女声,原来是重生服务中心的联络人麻耶。

"您是义正院勇武侠道居士吧。"

"是的,我是。"

"您的声音真是好听呢,是那种很知性的男中音。"

"谢谢你,有什么事情吗?"由于他的声音与语气都变了,这样问似乎是想确认接电话的是否为本人。

"我看您像是要去什么地方,已经这么晚了,您有什么事情要办呢?"

武田手持话筒转过头去,却没有看见其他车子。

"你在哪里?"

"哪里?我在中阴界啊,但是我可以撷取手机电波,知道您现在的位置。"

他在世时曾经听说过这种卑劣的手机。"你不需要知道我要去哪里吧,而且你这样做已经侵犯了个人隐私权。"

"话是这样讲没错,但义正院先生,您要知道灵魂并没有所谓的隐私权。请您仔细地想一想,隐私权原本就是由肉体所主张的,对于没了肉体的亡者而言,隐私权自然也就不具效力,不是吗?哈哈,真有趣。"

武田只能词穷,虽然这些话让人听了很生气,却也不是没有道理,麻耶又继续说道:"反正在时间限制内您可以自由活动,但请不要做些过于无意义的事。"

精神不济的司机此时问道:"请问您要走首快到银座,还是走下面?"

麻耶像是从话筒中听到了司机的询问,给了武田这样的忠告:

"如果您是要到银座的话,走下方会比较好哦,目前首都快速道路在施工,环状线自竹桥开始已经有三公里的车龙了。"

武田听到之后便向司机表示:"走下面就可以了。"

"麻耶小姐,我不会做没意义的事情,你不用担心。"

"好的,往后也请多加注意。还有,义正院先生,请不要忘记了我们的规定事项,您刚刚不小心说出了您的本名吧,作为联络人的我当时真是吓出一身冷汗,您知道吗?如果对方不是亡者,你早就已经违反了其中一项规定哦。"

这通来自冥界的电话就此切断。

武田的身体一沉,的确,我刚刚一不小心就说出了我的本名,如果不多加注意,就会发生很可怕的事情。

自己在世时是 85 公斤,而怎么看这个临时肉体顶多也只有 65 公斤吧,他从未想过肉体竟是如此沉重的负担,先不论人生是幸抑或不幸,一想到自己拖着这个重担走了四十五个年头,他便深深体会到生而为人的艰辛。

"您要到银座哪里呢?"

司机开口如此问道,得快点唤起记忆才行。

"请沿着并木通直走,我一下子记不起来详细的地点。"

人生在世,似乎总是得忘记那些悲伤的经验,并将开心的记忆保留起来,否则迟早会被名为过去的巨石压垮。难道就是因为这个缘故,自己才失去了临死当天的记忆吗?忌日的回忆——当然,那是人生中最坏的时刻。

自己因为被误认为别人而死,但他并不恨任何人,只是想知道真相,若是死得不明就里,那他四十五年的人生不也就活得不明不白了吗?武田望着窗外错身而过的街灯,不停地思考着。

铁哥——那死于火并的父执辈大老的继承者。打从我还未正式成为帮派成员起,铁哥就对我非常好,若是以一般人的关系来看,铁哥就像我的堂兄,在同辈之中,也属我最尊敬他。我想我这次死得莫名其妙，铁哥应该最伤心吧。

繁田——虽然在道上我们的关系比较远，但我们年轻时就非常合得来，彼此比真正的弟兄还了解对方。他之所以不摆摊，实在是因为他太有生意头脑了，在一般人眼中，他怎么看都不像是个流氓。虽然两人生活方式不同，但随着年龄的增长，我们之间的关系却日益深厚。

市川——我们是穿同一条裤子长大的，当初只有我跟他没能金盆洗手，一肩扛起老大生前的担子，所以我们两个可以说是相依为命的兄弟。

忌日当天晚上，我的确是跟这三个人在一起，而这三个人当中，其中一人被一名操关西腔的杀手盯上。

"请开慢一点，我要想一下应该在哪里下车。"几乎已经看不见霓虹灯的并木通是一条单行道，出租车以极慢的速度缓缓前进。

"啊，这里，在这里停就可以了。"武田用有求必应的皮夹支付了丰厚的车费，独自一人伫立在深夜的街头。

并不是因为武田想起了当天的情形，而是他看见人影稀疏的行道树下有一束鲜花，他心想应该没有人会因为交通事故死在这么热闹的银座吧，所以那束花应该是有人用来悼念武田在天之灵的。

自己在这里结束了四十五年的人生。一想到此，武田就无力留在现场，只能走到对街，靠着建筑物的墙壁发愣。过了一会儿，他终于回忆起那个晚上发生的事情。

没错——那时候下着细雨，当自己倒在行道树下时，叶丛里蓄积的水滴"啪——"的一声打在他的身上。

由于杀手是从他背后开枪的,他原本还以为是什么东西从天而降,或是有人拿棒子重击他的头部,但当他转过身来,却看见一个杀手两手握住枪支,朝着他的胸部、腹部又各开了几枪。

更没想到的是,那名杀手在开枪之后开始以关西腔大叫,"呀——糟啦!认错人啦!我杀错人啦!"

认错人了。武田自对街凝视着行凶现场,脑海却是不断重复同一个画面。

对了,原本大家要一起坐电梯的,但最后只有我走楼梯下楼。那个时候,兄弟们以及送客的小姐先走进电梯,当我最后一个进去时,电梯的超重铃就响了。当时原本有个小姐要出来,但武田阻止她说,"我有85公斤啊,就算你没有搭还是一样会超重的啦。"于是,武田就自己走楼梯下楼了,也许是因为电梯在途中停了几次吧,走楼梯的他反而比较早抵达一楼。

杀手一定是隐身于暗处,或是躲在汽车里。总而言之,他将走下楼梯的武田看成了目标,从背后加以袭击。武田至今才深感后悔,早知道应该要听医生的话乖乖地减肥,虽然不是中性脂肪或是胆固醇夺走了他的生命,但他的确是因为肥胖而死。

他注意到路边停了一辆似曾相识的车子,那是一辆与银座形象不怎么协调的白色改造跑车。跑车的车门上贴着武田再熟悉不过的代纹,引擎的阵阵低鸣自改造过的消音器传出。在街灯的映照之下,他透过前方的挡风玻璃,看见一名少年躺在驾驶座上直盯着天空，那一瞬间，他的胸口忽然感到一股灼热。

"老伯，你在看什么啊，我这又不是出租车。"

纯一，武田脱口叫出少年的名字后，连忙闭上嘴巴。

"咦？老伯，你很奇怪哦，为什么你知道老子的名字呢？"少年下车后斜瞪着武田。

"老子我不认识你啊，你是我老爸的朋友吗？如果是的话，我告诉你，我们早就没关系了，少在那边装熟。"

"不、不是，我不是你爸爸的朋友，也不是警察。"

"那你到底是谁啊？没想到这么晚了还在银座被陌生的老家伙搭讪，真的很可恶啊。"

"你为什么把眉毛剃掉了啊？真难看。"

武田看到他一头红发却没有眉毛，忍不住开始说教。

"你说这个？跟你没关系吧——不过这是有原因的，老子跟你说，上个星期……"少年话才至此，表情瞬间垮了下来，只是看着武田不发一语。

"发生了什么事吗？"

"不好意思，呜……真丢脸啊，但是我还没有整理好自己的情绪，所以才会每天晚上一个人到这里发呆到天亮。"当少年开始述说自己的心情时，原本略显粗俗的语气产生了微妙的变化。

"我是一个流氓，我们老大上个星期在那个地方被杀了……虽然我很恨我爸妈，但我真的很爱我们老大。"少年再也压抑不住，竟号啕大哭起来，武田见状便抱住少年颤抖的肩膀。

"我从来没有送过女人花啊……当然现在也不能亲手送给老大了，只能每天晚上像这样……"殊不知孤独的少年这些天多想找个人诉苦啊，只见他紧抓武田西装的袖子不停地抽搐。

"我们老大说什么都不是那种会被人怨恨的人，我每天都跟着老大，所以我最清楚了，一定是有哪个莫名其妙的家伙搞错了，才把他杀死的。虽然我还没有成为帮派的正式分子，可是我一气之下就把眉毛给剃了。"

"你剃了眉毛又有什么意义呢？"

"这种事……你们一般人也许不会了解，但是我已经发誓要亲手把杀死我们老大的人给揪出来。等我报了这个仇，才会继续留眉毛。"

武田听到少年这样说，马上一把抓住少年的衣领，怒气冲冲地说："你少在这边说傻话了，赶快忘记那些死去的人，把已成定局的事情抛诸脑后，好好计划自己的将来吧。"这些文绉绉的话无法令武田消气，他甩开少年反击的拳头，狠狠地揍了少年一顿。

"纯一……"武田在蹲在路上大哭的少年身旁坐下，再度叫出他的名字。

"老伯，你到底是谁啊？很可恶啊……而且你难道不怕流氓吗？"

"流氓有什么好怕的？现在的重点不是这个，你那些兄弟还好吗？义雄呢？广志？一郎跟幸夫呢？还有卓人，大家好不好呢？"

"什么……你怎么知道大家的名字呢？我知道了！老伯你是律师吧。"

"嗯？哦……对啊，我是律师，跟你们老大是老朋友。"

"义雄哥还有一郎分给了港都的铁老大，广志哥跟幸夫是到繁田叔那里，我跟卓人之后就要跟着市川老大了。"

武田必须经过一段时间的深思熟虑，才能分析这样的结果是好是坏。

铁哥率领的派别也是从事正当的摊贩生意，而那些小弟的教养都还不错，分给铁哥的两个孩子也算是幸福的了。武田心想若是自己能够留下遗言的话，真希望将六个人都托给铁哥。

繁田是经营金融业与不动产的现代流氓，也许两个人在他手下会感到手足无措吧，但为了将来一定得付出代价才行。

问题是未来要跟着新宿市川的这两个人，纯一与卓人都还正值飙车族的年纪，甚至都还没有正式加入帮派，虽然他们口口声声说自己是流氓，但严格来说，他们只是流氓实习生而已。

市川主要是在歌舞伎町活动，却无法明确指出其真正的势力范围，因为想在新宿歌舞伎町分一杯羹的帮派实在是不计其数。而市川组靠经营地下赌场、风月场所，以及向一般商家索取保护费维生。几乎每天都在谈判、打斗中度过。无论是铁哥、繁田还是武田，大家都曾经对市川荒诞的行径有所微词，但仔细想想，其实市川的生活方式才最称得上是流氓吧，因此，大家也不好多说什么。

武田认为,所有人都有其存在价值,但他之所以担心还没正式加入帮派的纯一与卓人,是因为这样一来,不就像是叫尚未完成训练的新兵立刻到前线冲锋陷阵吗?而且他在那短暂的日子里灌输给他们的观念也完全派不上用场。一想到此,他便以用不惯的学者语气问道:"你在市川那里从事什么工作呢?"

"什么工作……事情发生还没有几天啊……事务所还有老大家都还是原来的样子。"

"都还没接到什么指示吗?"

"港都的铁老大是说七天之内灵魂还会留着,所以事务所里要先保持原状,而且随时要上香才行……但其他兄弟都已经到别组那里了,港都还有繁田老大那里好像有忙不完的事情。"

武田胸口一阵痛楚,纯一与卓人这几天一早醒来,就必须面对没了长辈的屋子,向骨灰坛上香后,还得到空无一人的事务所发愣,任由光阴无情地消逝。

"你是说其他兄弟就这样不管你们了吗?嗯……真是不可原谅,我不记得我是这样教他们的。"

"什么?你说教谁?"

"没事没事,你们一定很不安吧。"

写在纯一脸上的,是丧亲后的迷惘,而武田这才明白对纯一来说,自己不只是老大,更像是个父亲。

"其实……昨天晚上大哥们找我们谈过。"

"谈过?"

"大哥们一起讨论过了,他们叫我和卓人洗手不要干了,他们说跟着市川组绝对没有什么好事,要我们早点脱身。"

武田仿佛能看见孩子们在深夜的事务所里讨论着悲伤话题的样子,他认为他们的决定是正确的。"就这么办吧,因为你和卓人都还没有正式加入帮派,一定没问题的,就算你们决定回到以前的生活,也不会有人说什么的。"

"我知道啊,可是……啊,猫咪。"一只小猫从建筑物的缝隙间钻出来,停在纯一的脚边磨蹭,纯一低下身去抱起小猫。"我和卓人都已经无家可归了。"

一年多以前的那天,武田在便利商店的停车场也捡了两只迷路的猫,一只小猫被父母丢弃,另一只则是与父母天人永隔;他们就是纯一与卓人。

"难道老伯你从老大那边听过我和卓人家里的事情吗?"

武田犹豫了一下答道"没有"。纯一的父母已经离婚,各自拥有自己的家庭,而卓人的父母已经过世了,只剩一个年纪相差甚远的姐姐。

人们拥有的资源愈来愈丰富,但不幸的孩子却不会减少,反而还因此形成了他们无法跨越的鸿沟,他们只能在幼时形成的情结下扭曲成长。看着生长背景与自己相似的两人,武田怎么样都无法像其他人那样只是赏他们几下白眼。

"我们第一次见到老大的那个晚上,当我们很凶地吼他说无家可归又怎么样,马上就被老大揍了一顿,然后被带到老大家里，他给我们饭吃，还跟我们说就把这里当做你们家吧，我还记得那味噌汤的味道实在是太棒了，让我吓了一跳。"

一辆巡逻车经过毫无人烟的并木通，两人就像是要躲避警察视线般坐进车里。武田把玩着车内过于华丽的装饰，一边说道："你不可以回到以前那些朋友那里哦。"

"我才不会呢，可是，我不知道该怎么办啊。"纯一对着抱在胸口的小猫叹了一口气。雨滴开始落在前方的挡风玻璃上，而武田与纯一之间的沉默，一直持续到雨水模糊了那些霓虹。

武田心想纯一是不是真的失去了人生方向，因为他平时并不像是个会剃眉誓言复仇的孩子，他之所以会打算这样做，是不是想说干脆先进感化院，再走一步算一步呢？至少那边既有三餐又有地方可以睡。

"那卓人呢？还好吗？"

武田觉得如果有谁说要复仇，那个人应该是卓人而不是纯一。卓人性情刚烈、力大无比；当初在便利商店打他们的时候，当纯一抱着头开始呜咽，卓人仍会试着要反击。

"那个嘛……卓人自从老大去世了之后，就一句话也没有说过。整天就是在事务所和家里打扫，就算我叫他，他也不回话。他是不是得了神经病啊？因为他还会在半夜爬起来，一个人抱着老大的骨灰坛哭，喂……老伯！你怎么了？怎么连你都开始哭了啊？"

"没什么……我只是想到你们过世的老大，我们的感情真的很好。"

"嗯……原来如此，你们是至交吧。"

"是啊，而且是无人可取代，能够同生共死的好朋友。卓人还有其他异样吗？"

纯一启动引擎，有点难以启齿地小声说道："其实，卓人今天早上把老大的骨灰坛打开了。"

"骨灰坛？"

"啊啊——光是想想就觉得很恐怖，那个家伙竟然一口口把老大的骨灰往嘴巴里塞。好可怕啊，太恐怖啦——"

说时迟，那时快，武田一把抢过纯一膝上的小猫。

"快开车！我觉得已经不能等了，一定要快点阻止卓人才行！"

父亲的秘密

坐在头班电车上，椿越过布满雨点的窗户眺望着沿途的风景。

生前的回忆一幕一幕苏醒……躺在病床上慢慢地迎接死亡，就是这种感觉吧，但自己就连这种体验都不被允许，突然就一命呜呼了。

高中毕业后开始到百货公司工作，当时京王线的普通车还像玩具般被漆成了绿色。而自己每天都会在明大前换井之头线到涩谷上班。已经看了近三十个年头的晨昏风景在窗外划过。

度过新婚生活的公司宿舍与去年终于买下的中古屋恰巧都在同一条路线上，自己就像一只工蚁，每天往返于同样的路线。

讲到买房子，自己算是幸运的。大部分同辈都在市场好时砸大钱买房子，但房价如今却是跌落谷底，还好自己因为晚婚才顺利避开房灾。由于土地价格暴跌，比起十年前就买房子的朋友来说，现在买房子背负的房贷还比较少，这真是超越数学的恩泽啊。

那个时候谁都想不到事情会变成这样,这真的只能用"幸运"来形容。根据前屋主的说法,他当初是用两倍以上的价钱买下这间房子的,现在就算把房子卖了,还是有很大一笔房贷无法付清,际遇简直就是天壤之别。但自己却在"幸运"买下房子之后突然猝死,老天爷真是爱开玩笑。

由于这班电车是普通车,会停靠每个令人怀念的小站,像是打呵欠般开启车门,车上的广播也融入浓浓的睡意。一站一站,带着局促不安的心情,渐渐靠近家门,那个妻小仍守候着自己的家。

越过环状八号线,窗外的景色便大不相同,郊外沿途被满满的绿意包围。千岁乌山,这是与妻子度过新婚生活的小镇,椿曲身望向雨雾中的车站,身旁那群年轻人在这站下车后,车厢里就一个人也不剩了。

仙川是个被住宅地环绕的小站,围着轨道的堤防开满属于夏季的花。父亲就住在离这个车站不远的老人赡养院里,他还不知道自己独力拉扯长大的儿子已经过世,只是这样任凭岁月一天天向前走去。

电车踌躇似的缓缓向前,滑进雨中的车站,窗边闪过月台上稀疏的人影。啊!椿小小地叫出声来,自座位上站了起来。"爸爸……"

是我眼花了吧,那只是个与爸爸很像的驼背老人罢了。电车伸了伸懒腰，百无聊赖地打开车门，老人走进后一个车厢。椿的心跳愈来愈强烈。她伸长脖子朝老人的方向望去，没想到老人正好也看着自己，她马上低下头来。那是爸爸没错。他一大早从医院跑出来做什么？

椿按捺自己的情绪，怕什么？自己都已经变成这副模样了。她站起身来向后方车厢移动，但愈是靠近父亲，她的思绪愈是纷乱，最后只能坐在父亲斜对面的位置上以手掩面。心情尚未恢复平静，不要说开口攀谈了，她连看都不敢看父亲一眼。

"已经没有时间哭了。"她低着头激励自己。哎，女人真是好，想哭的时候就能尽情地哭。"不管怎么说，得先把他带回医院。"

她伸手摸了摸黑色手提包内侧，拿出一条手帕，这个方便的手提包真是应有尽有啊。她擦干眼泪、缓和呼吸，却怎样也提不起仰头的勇气。

自从母亲过世，他就决定不让父亲看到自己难过的样子，并想尽办法不给父亲添麻烦，但另一方面，他也不记得自己曾经做过什么孝顺父亲的事。其实他明白这才是父亲最期盼的相处模式。但自己终究是成了一个不孝子，竟让爸爸白发人送黑发人——难道还有比这更不孝的事情吗？

"你怎么了呀？"耳边传来一阵熟悉的声音，父亲老旧变形的皮鞋，正对着自己穿着凉鞋的指尖。

"没有，我没事。我真的没事……"椿还是无法抬起头来，只是在心里不断问道，为什么爸爸还要一直穿着上班时的破鞋呢？

"虽然你说没事……"出人意料的是,父亲竟一脸平静地说,"但论谁看到一个年轻女孩子在头班电车上泣不成声,都会觉得很奇怪的。"以手上的雨伞为拐杖,父亲撑着身体在椿的身旁坐下。

"我不年轻了,都已经三十九岁了。"

"哦?三十九啦,我还以为你才二十出头啊。"

虽然这段对话没有什么意义,却让椿第一次了解到,爸爸其实能够很坦然地称赞别人。哎,现在不是发现爸爸优点的时候吧,爸爸明明应该连家人都分辨不出来才对啊,怎么会毫无异状地在这里跟人对话呢?太奇怪了。

"就算是三十九,也比我儿子年轻多了,而且还是个美人坯子呢。"

椿鼓起勇气与父亲正面交接,眼前的他完全看不出来是个失智老人。

"你啊,不论是发生什么事,在别人面前掉泪总是不太好哦。我不知道你是不是遇上了那些玩弄女人感情的骗子,就算不是,像我这种好管闲事的人,也不可能放着你不管。"

"对不起。"椿坦率地道歉,爸爸温暖的声音在内心晕染开来。

她凝视着那双厚实的手掌,爸爸总是习惯将手握拳放在大腿上,就像个古代的武士。

"伯伯,请问……"

"怎么?准备好要跟我诉苦了吗?"

"不,不是这样的,您可以握住我的手吗?"

哎呀呀，老先生叹了长长的一口气，最后还是握住了椿的手。

"这样比较安心吗？哎呀，你怎么又开始哭了呢？"

父亲的举动唤醒遥远的记忆。在母亲的葬礼上，父亲从未放开男孩的手，有时甚至会使出好几倍的力量，就像在说，"不要哭，你是男孩子。"从那天起，父亲随时都会牵着男孩，直到男孩成为一个不在人前弹泪的男人，父亲才放开他的手，而且是永远地放开。

如果当初自己不是男孩而是个女孩子，爸爸会怎么做呢？如果每当我伤心难过的时候，爸爸就会紧握我的手，让我尽情地哭泣，那我想成为他的女儿。

"其实我之前曾经见过您。"椿三思之后讲出了这句话，在那一瞬间，父亲的表情暗了下来。

"在仙川的爱寿医院……"

"你是护士吗？"

椿握住父亲颤抖的双手。"不是这样的，只是在我去看朋友的时候，曾经见过您而已，您已经出院了吗？"

这个人不可能说谎的，椿比任何人都要了解父亲，他绝对不会口出妄语或怨言，于是她擦干眼泪直盯着父亲瞧。

"没有。"父亲摇了摇清瘦的脸庞。

"我还没出院，糟糕，我好像替自己找了麻烦。"

虽然父亲仍紧握着椿的手，但他就像是一颗泄了气的皮球。

"伯伯您现在看起来相当硬朗啊，还记得那时候在医院看到您，您似乎只能坐在轮椅上发呆，能不能请问，这到底是怎么一回事呢？"椿心想，不会吧。没错，就是那个"不会吧"。

"你真的不是护士吗？"

"不是，我朋友出院之后，我就再也没去过那家医院了。"

"真的吗？"

"真的。虽然我这样讲可能有些失礼，但如果您有什么秘密的话，能不能请您告诉我呢？"

"你真是个执著的人，但是你问这些又有什么用呢？"

"请您不用担心我会说出去，我向神明发誓，我绝对不会说出去的。"

父亲十分为难地打量着椿，接着，他没好气地说："你果然是三十九岁。"

"我常常趁清晨没有什么人的时候，从安全梯跑出来。因为我的腿脚还行，所以我都会走路到仙川车站，再坐一两站电车，反正我只要在起床之前若无其事地回到医院就没问题了。"

"啊？您这是什么意思！"

椿情不自禁大喊出声，父亲连忙将她拉到一边。

"嘘……这是秘密，秘密啊，我其实并没有失智。"

"也就是说，您根本没有生病，只是装作一副失智的样子而已吗？"

看着椿因为过于惊讶而不知如何反应，父亲亲切地摸摸她的头，干笑了几声。

"一点也不好笑。"

"嗯,这的确不是什么笑话呀。"

"没有任何人知道这件事情吗?"

"这是当然,我长期在公务机关负责社会福利的工作,退休之后又开始当老人服务的志愿者,大致上说来,我算是失智老人的专家。"

这种事情椿心里也明白,也就是说,失智老人的专家开始扮起失智老人了吗?

"为什么您要做这种蠢事呢?"

父亲一面环顾四周,一面安抚椿激动的情绪。

"这应该跟你这个外人没有关系吧。但因为你是外人,所以告诉你也没什么,其实呢,我有两个理由。"

"两个?"

"你不要用那么可怕的眼神看我嘛,你只不过是一个外人啊。第一个理由是……"

"第一个理由是……"

椿伸出食指与父亲的食指并列,紧张地咽了下口水。

"其实我就像平凡的小公务员一样,不是我要炫耀,我活到这把年纪从来没有撒过谎。"

"嗯,这个我知道。"

"咦?你怎么知道?"

"嗯?哦,没有啦,这只是我个人的观察而已。"

"说得也是，的确别人一看就能知道我是个严谨正直的人，但老实说这种个性真的很吃亏，因为现在能够出人头地的尽是些满嘴谎话的马屁精啊。有一天，我忽然想说，干脆孤注一掷扯个弥天大谎算了。"

"这不好……"

"没错，是真的不好。你知道为什么我要说这是孤注一掷吗？"

"谁晓得啊。"

"因为我想赢得最后的胜利啊。"

"您，您……您真的不应该啊……"

冷静点，父亲握着椿的手掌更用力了。

"您一直假装失智来欺骗大家，是不是？"

"对，我欺骗了所有人，家人、朋友、医师、护士，甚至是那些真正的失智老人。"

"太厉害了，我只能说您真的太厉害了。"

与其说这是谎言，不如说父亲是将自己完全地交给了他为之付出一生的社会问题。

"第二个理由……"

椿再度伸出两根手指并列于父亲的手指旁。

"家丑不可外扬啊，这种事情讲给外人听，只会被大家当做笑话……"父亲收起孩子般恶作剧的笑容，重重地叹了一口气。

在他表情变化的须臾，椿默默思量着父亲的心思，这恐怕也只有与父亲共度大半人生的自己才能够办到。

爸爸，我懂。椿将差点脱口而出的这句话硬生生噎入喉咙，"请您告诉我吧，反正我也只是个外人而已。"

父亲深呼吸后弯着身子说道："真的很谢谢你。其实我这辈子不止没说过谎，也从未向人诉苦，但这阵子实在是太难熬了，就让我对你这个外人诉这么一次苦吧，可以吗？"

椿将手轻轻地放在父亲背上，透过尼龙材质的薄外套，她隐约能感受到父亲刚硬的脊背，她暗自想着，这个人将他的血肉分给了他的孩子，那个人就是我。

"我不想成为家人的负担啊。"

"到底是为什么呢？"

一股强烈的不舍与责备之意涌上心头，椿不禁狠狠地抓住父亲的衣服，但父亲并没有起疑，只是继续娓娓道来："我的身体开始不行了，而且愈来愈像个偏执的老顽固，就算有时候只是一些小事，我也会变得很激动，甚至会责怪我的儿媳妇。我也不想在孙子面前暴露老人的丑态，这对他的教育来说，不是件好事。其实我想过一个人离家到深山或是他乡，或者永远地消失在这个世上，如果现在有个地方像姥舍山（源自日本小说，据说日本有个村落承袭着一种传说，家中长者到了一定年纪之后，家人便会将老人背到山上弃之不顾——译者注）一样，那就太好了。"

椿没有出声，只是一直在心里不停叫道，爸爸，爸爸。

椿深知父亲是一个绝不向人诉苦的人，所以决定让他将平时无法宣泄的不满与苦恼一吐为快。记忆里对于爸爸，妻子或自己都不曾有轻忽的念头，虽然搬到新家之后，也发现爸爸的身体开始变得比较差，但并不觉得爸爸愈来愈顽固或是偏激啊，如果曾经发生什么事让爸爸责怪妻子，身为丈夫不可能不知道。

这些都是爸爸想太多了，并不是他给家人添麻烦，而是他害怕自己将来有一天会给家人添麻烦。

"所以，您就装成失智老人的样子……"

仍然弯着身子的父亲缓缓地点头。

"我想说，逃向自己曾经付出心血的工作，应该对大家都比较好。"

电车的窗格上划过斜雨，轨道旁的堤防上是一片片盛开的绣球花。"真是天降甘霖啊，今年是干梅，听说连水库都快要干涸了呢，这样一来，大家就可以稍微喘一口气。"

父亲紧握雨伞的手柄，抬起头来，眯着眼睛望向雨景。

小时候，东京每逢夏季，供水便会不足，而且还不是分区限水就能解决，必须连续好几天断水才行。尽管在那种非常时刻，父亲仍是连一杯水也未曾储过，晚上则是到澡堂洗澡，并在回家的路上到井里提必需用水，父亲的观念是如果大家都不停地储水备用，那供水不足的问题只会日益严重，他就是这样一个无私的人。

"我儿子在百货公司上班。"

椿身子震了一下，健康的父亲还不知道自己的死讯，这是多么可怕的事情啊。

"其实我原本希望他能够上大学,不要像我只能做个基层公务员,而是站在更高的位置为国家社会尽上一己之力……但可能因为他妈妈死得早,他不想给我增加负担吧。明明他在学校的成绩那么好,真是浪费。"

"不好意思,我可以说一句话吗?"

"当然可以。"

"正因为儿子这样一路走来,所以伯伯您更不想让他照顾吗?"

父亲略带怒气地说:"你们女人懂什么!"

"嗯……虽然您这样说,但我总觉得我大概可以了解……"

"我跟你说,女人可以倚靠男人,但男人绝对不可以这么做,我儿子当初没有依赖我,放弃了属于自己的人生,我怎么还能够厚着脸皮让他照顾我呢?"

百货人向来自视甚高,而他的选择却意外地被说成一文不值,但是他能够了解父亲的想法。话虽如此……父亲的个性也太容易摸透了吧,在他眼中世事只有黑与白,所谓灰色地带根本就不存在。椿忽然开始怀疑,这样的人怎么能够处理职场上那些复杂的人际关系呢?

"但是……"父亲眺望转瞬即逝的风景,他干燥的嘴唇不停颤抖,"我儿子前几天死了,他那么孝顺,却让我白发人送黑发人……"

椿强忍心中澎湃,佯装成一个素未谋面的陌生人,紧紧地握住父亲扶着雨伞的手。

"谢谢，"父亲平心静气地说。

"那是四天前的事情了。在那之前，我从来没有对自己撒了这么大一个谎感到后悔，想一想，我达到了当初不想让儿子媳妇照顾的目的，而且透过这样子的体验，也可以好好确认当初自己付出心力的成果如何，我甚至觉得很开心。但是，这一次我真的后悔了，因为没有人通知我，所以我不能参加葬礼，也没有办法安慰儿媳与孙子，什么都帮不上忙。你了解吗？虽然我真的是自作自受，但我竟然连在别人面前叹息也不可以。"

椿在心里想着，爸爸都是在哪里哭泣的呢？是不是半夜等到同房的老人们都睡了，才一个人偷偷在被窝里悄悄地哭呢？由于赡养院里住的尽是些失智老人，所以他也不可能放声大哭啊。

"难道您每天早上都在头班电车上……"

一个人伤心难过吗？椿话才讲到一半便哽咽失声。

"大概就是这么一回事，有时我真想坐电车回家算了，但是拖到现在才回去，人家也不会原谅我吧，所以我就一个人在车上默默地掉眼泪，然后在下一站下车，哭不够就到洗手间继续，真是丢脸啊我。"广播声无力地报着下一站的站名，电车也减缓了速度，父亲此时吃力地站起身来。

"其实我不是想了解你的烦恼，而是希望有人能听听我的苦衷，你就把我当成是一个卑鄙的小人吧。"

如果父亲向陌生女子搭讪是因为这个原因，那么不论是谁听完他的故事后，都会觉得自己真的太天真了吧。

"伯伯,我不会再哭了,您的心情也好一点了吗?"

"谢谢你,我觉得很舒畅,今天也不用去洗手间了。"

椿还有一件无论如何都想知道的事情,那就是爸爸到底是从谁口中知道自己的死讯呢?

"啊,这个嘛……"父亲一边努力适应电车的摇晃,一边说出令人难以置信的答案。

"是我孙子来赡养院告诉我的,他明明才小学二年级,竟然可以一个人来找我呢,因为他觉得一定要让我知道这件事,于是就从葬礼途中抽身出来找我。"

电车开始驶入车站,剩下的时间太少,想问的事情却太多。

"今天谢谢你,你也要加油,到了我这个年纪再来难过吧,再见了。"

椿朝向车门冲去,抓住父亲的臂膀,"您的孙子怎么会……"

父亲轻轻拨开椿紧握的手,"啊……那个啊,那是因为我孙子是共犯。"

"共犯?"

"我欺骗了儿子媳妇、医生还有护士,但我却没有办法骗我的孙子,所以我与他做了一个男人之间的约定。"

"等一下,伯伯,您是说您孙子一直都知道您没有生病吗?太过分了!真的是太过分了!"

电车停靠在飘雨的车站,父亲阻止想要跟自己一起下车的椿,笑着说:

"这应该轮不到你这个外人来说吧。我向孙子解释为什么我要欺骗大家,孙子也明白了我的动机,那个孩子跟一般人不一样。"

"那个我知道,他是跟别人不一样。"

"没错,所以我与他做了一个男人之间的约定。"

父亲一副埋怨的表情抬头望向天空。就在此时,电车的车门关上,湿透了的窗户将两人隔开。

椿双手扶着车窗,模糊地说出几个字,那是想让父亲知道却不能让他听见的几个字:"爸爸,对不起。"

电车重新发动,父亲举起大大的手掌,他消瘦的身影仿佛像是棵古老的柳树,独自伫立于泷漉雨景中。

就算再也看不见月台,椿仍然无法离开门边。

回首来时路,自己的一生是多么愚蠢啊,只顾着拼命工作,一副至死方休的模样,等到自己真的为工作丢了性命,这才明白自己满脑子工作的事,却忽略了最重要的家人,从未察觉父亲的异状,也看不出来儿子正经历重大的考验,到头来,自己只是一台赚钱工具,毫无其他作用。

雨势也像在责备自己般开始滂沱起来。

多摩市位于东京市郊有着丰富绿意的丘陵地,现代化大楼与独栋建筑零星地坐落在这片绿地上,是个让人不由自主放慢脚步的城市。如果不说,别人绝对看不出来这里正进行着全球第一卫星都市的计划。车站除了有两条私铁经过,还有联结附近城市的单轨电车,但是车站地区却一点也不热闹。跟这个地区的居民相比，住在这里就读于市中心的大学生还比较多，而就连这些学生都很想找个离新宿越近越好的房子，以免得在通勤的高峰时间人挤人到学校上课。

话虽如此，但对于大多数居民来说，与计划背道而驰的现状反而是件好事。种满行道树的街道不曾塞过车。由于公园随处可见，每当假日在自家附近散步，就会觉得缴那么多税总算是有些回馈。

驻足于通勤者增加的车站，椿开始想着自己已经过世四天的事情。"记事本、记事本……"自言自语的椿打开黑色的"苏醒工具包"，拿出生前用惯了的记事本。

依照 Spirits Arrival Center 审查官的说明，自己是在四天前，也就是 6 月 21 日晚上 11 时 48 分过世。

虽然自己生前习惯翔实记录每个注意事项，但看到记事本上竟仔细地写着自己的临终时刻，真是让人哭笑不得啊。

当天晚上 8 时约好了和厂商聚餐，如果说自己是在九点昏倒的，那么几乎可以说自己在被送上救护车、前往医院没多久后就过世了。若要让想象更为逼真，一直到接获通知的家人抵达医院之前，医师们应该曾经试图抢救自己，至少尽了他们最大的努力来维持自己的心跳吧。

22 日星期五是守灵夜，儿子可能就是在这一天上午偷偷跑去找爷爷的吧。

23 日星期六是葬礼，前往冥界的旅程就此展开。24 日在

SAC 办理往生的手续，并在当晚被遣返回人世。这么说，今天就是 6 月 25 日星期一了。

25 日、26 日、27 日，这三天被打了 ☆ 号，那是多么虚无缥缈的一个记号啊。

还好雨已经停了，位于陆桥下的出口吹起一阵阵凉爽的微风。

他犹如大梦初醒般，就像是因为和厂商聚餐所以没赶上末班电车，在商务旅店住了一夜后才回到家里。

但开店前的旅行社吊着"休息中"牌子的玻璃门上，却映照出一个肩上挂着黑色手提包的陌生女子。椿提起发丝，确认自己的外貌。这果然不是梦，椿山和昭那天晚上已经死了，并借一个名为和山椿的女子的肉体回到人世间，而期限只有三天。

踏上雨后天晴的林荫道，要回到位于坡道上的住家，以男人的脚力也得走上十五分钟，因此她打算到途中的公园小坐一会儿。

——我是一名设计师，平时椿山先生在工作上非常照顾我，由于比较晚接到讣闻，才会这个时候前来悼念——虽然她已经想好说辞，但这个时间到人家家里拜访，实在是太没有礼貌了。原本归心似箭，才会一大早跳上头班电车，也因此得知了父亲的秘密。但要在妻子面前佯装成一个陌生人，还是需要做好心理准备。

"嗯……遵守时间限制、禁止复仇、隐藏真实身份……"

椿走在坡道上屈指念道，只要违反了其中任何一项规定，就会发生很可怕的事情。

遵守时间限制、禁止复仇是可以自己控制的事情，所以她有自信不会违反这两项规定，但隐藏真实身份，就与对方有一定关系，必须谨慎行事才好。这么早到人家家里说要为故人上香，无论怎么想都觉得很奇怪，虽然不至于暴露真实身份，但为了不让妻子起疑，必须要想个万全的理由。

她知道自己完全没有说谎与打高尔夫球的天分，但她从事的是企划工作。在经济那么不景气的境况下，由她构想出的"秘密特卖"、"与明星一模一样！"、"过季外套、皮草大特价"等活动都非常成功。她想了又想，脑海终于浮现出一个很好的故事。

女人之所以一大早前来上香，那是因为她住在前一站，由于曾经因为布置卖场加班到深夜，和椿山先生一同坐出租车回家，才知道椿山家的位置。今天早上虽然知道很失礼，但还是想抽空在上班途中前来上香。就这样说吧。

走在一如既往的林荫道上，梧桐树的枝叶随风摇摆，叶片上的水珠滴落在椿的肩上。像这样以临时肉体走在坡道上，才知道这对女人来说颇为吃力。她走进途中的公园，在长椅上铺块手帕坐下喘口气，妻子到车站前超级市场买菜的时候，在回家路上应该也是这样稍事休息的吧。

妻子是个美人，想当初百货公司里还以"美女与野兽"为题流传他们闪电结婚的消息，她的身高与丈夫差不多，体重却只有一半，总而言之，身为百货公司的服务台小姐，她却答应了一桩不可能的婚事。辞掉工作后在家相夫教子，虽然已经三十四岁了,仍时时挂着笑容,责备儿子的声音如黄莺一般澄亮,就算丈夫一身酒气回到家中,她也不会生气,反而会带着弯成下弦月的双眼迎接丈夫。

那笑容已经失去踪影了吧,但妻子失意的表情与灰暗的声音,却令人无法想象。

对面树丛才传来一阵狗吠声,椿就看见一只系着绳子的柴犬向自己冲来。天啊,这下可糟了。那不正是我们家的小狗吗?别看它长得小小的,脾气可坏得很,还曾经咬伤一个送报生。

追在它身后的是……儿子!

"对不起!请小心一点,它会咬人哦。"儿子边跑边大声喊道。我明明一直跟他强调遛狗的时候一定要抓紧绳子的啊。

"喂……路易……是我啦,是我。"

她的声音小到谁也听不见,路易就自顾自地摇起尾巴来。虽然说她不想被咬,但是她更不希望路易向自己示好啊!因为这只狗非常认生,只要是陌生人,它一定都把他们视为敌人。

但路易见到椿之后就不叫了,还一边呜哼一边凑近她的脚边,就像希望主人抱它一样伸长身体,看起来高兴极了。

"喂!路易,你认错人啦。"

就算能蒙蔽人类的肉眼,也不能骗过动物吗?路易亲切地舔着椿伸出的手掌。

"咦?奇怪,它怎么了?"

儿子拾起绳子,一副不可思议的样子看着椿。椿避开儿子的视线答道:"它一定以为我是妈妈啦。"

阳阳,椿几乎就要将思念脱口而出。

"对不起,我刚刚在捡它的大便,它就跑掉了。"

阳介手拿铲子与塑料袋,诚恳地低头道歉。

他有礼的教养传承自爷爷,而且难得的是他没有补习,在学校的成绩却出类拔萃,个性也好得没话说。

"你不用上学吗?"

"对,"阳介诚实地回答之后脸色一沉,"我请丧假,今天、明天、后天都不用上课。"

椿一听到丧假这两个残忍的字眼,表情便青一阵白一阵。

"啊……原来是这样啊,我好像问了不该问的事情呢。"

"原本爸爸每天早上都会和我一起遛狗的。"

椿连想都没想就说:"阳阳,对不起。"

"咦?阿姨,您是我们的邻居吗?"

"嗯,不是……其实我认识你爸爸哦,因为工作的关系,没有办法参加守灵和葬礼,今天我是想要来给他上香的。"

"这样啊,谢谢您还专程前来。"

阳介再度低下头去,他大概是学妈妈这么说的吧。

"你爸爸很以你为荣哦,他说你当班长,成绩在班上又是第一名,而且比他还会用计算机。"

"那是父不嫌子丑。"

他真的觉得儿子是个天才,老师看到他智商测验的结果,还难以置信地说:"会不会是哪里出问题了啊?"结果当然是没问题,而且儿子是个爱因斯坦、爱迪生级的天才。

最近早上散步的时候,儿子都会问一些可怕的问题,像是"要怎么样才能避免伊斯兰教与基督教国家之间的冲突呢?""你简单地说明一下经济景气与股价之间的关系嘛!"等,尽是些高中毕业的爸爸没有办法好好回答的问题。

另外,他们父子俩都会边看报边吃早餐,但爸爸看的是前一天在涩谷车站买的《东京体育报》,而儿子却爱看《朝日新闻》。

直系血亲的丧假是七天,与 SAC 规定遣返期间为"死后七天"一样,而这当然不是巧合,而是因为它们都是由"头七"而来。如果要说巧合,应该说自己小时候也曾经体验过这"七天的丧假"吧。

她还记得当葬礼结束,悼念者都离去之后那忽然袭来且不停高涨的哀伤与不安。但是她当时的不安与儿子目前的不安应该不大相同吧。自己只会想着洗衣、烧饭还有打扫这类的杂事,儿子一定会开始担心家中的经济状况,那是关系到他一生的问题。

椿从长椅上站起身来,双手抓住阳介的肩膀,有件事情一定得问他才行。"你爷爷呢?"

阳介思考了好一阵子,这个孩子面对外人也会说谎吗?椿盘算着能问出多少就问多少,至少减轻一下他的负担。

阳介应该是在雨还没停的时候就出门了吧,他的衬衫都湿了。"我爷爷在医院里。"

"哎呀，他生病了吗？"

千万不可以责备他，但对话必须有它的先后顺序。此时，阳介坦然地说："其实没什么。"

"既然没什么，为什么会住院呢？"

儿子开朗的表情走了样，只见他紧咬双唇直盯着椿，接着，他回答道："我不知道阿姨您问这些做什么，但我跟爷爷做了约定，那是男人与男人之间的约定，所以我不能告诉您。"

你真是个天才，这样既明确又堂堂正正的回答，不是在说谎，也没有违背信用，论谁都会心服口服的。阳介，你真的是个天才。"对不起哦，阳阳，我不会再问你了。"

椿紧紧地将阳介拥入怀里，他是自己在毫无意义的人生中唯一留下的骨肉，而阳介的骨头在胸口咔嗒作响。

吊唁的客人

"我回来了。"

椿忍不住脱口而出,还好与阳介异口同声,所以妻子并没有察觉任何异样。她将园艺用具放在玄关,轻轻地向椿点头示意。

"不好意思,这么早来打扰您,其实我是受到您先生诸多照顾的设计师,名字叫和山椿,因为……"虽然觉得自己像个笨蛋,但她还是斟酌着已经想好的台词,"我前几天到关西出差,不知道发生这件事情,昨天晚上接到讣闻,因此想上班前来上个香。"

"谢谢您在百忙之中还抽空前来……"从妻子的表情看不出任何哀伤,她仍然是以往那个永远挂着笑容、声音如黄莺出谷般的服务台小姐,但这与目前的场合实在不太相衬。

"请进来吧,看到大家都这么有心,我先生他一定很高兴的。"

妻子的应对真是得宜,只要不一直笑就太完美了。

"谢谢您,不好意思,真是打扰了。"

椿在心里埋怨，为什么回自己家还得说这些话呢？但她随即注意到自己犯了一个很大的错误，因为说要去上班，所以穿T恤和紧身裤也就算了，但自己竟然忘记准备奠仪和供品。

其实她之所以会忘记，纯粹是因为自己根本不会想到要送自己奠仪吧，如果因为这样而受人质疑，也是没办法的事情。

等一下……椿在玄关边打开"苏醒工具包"，哦哦哦，真是太好了，这个手提包果然是有求必应啊，她拿出包装整齐的奠仪袋，以及故人特别喜爱的Juchheim年轮蛋糕。

"因为太突然了，没能准备什么东西……"

在走廊右转后，他们进入坐北朝南的起居室，小小的祭坛上放着一只骨灰坛，而牌位上当然就写着"昭光道成居士"，坛前放了一张看起来稍显臃肿却笑得很灿烂的相片。

虽然说已是无法改变的事实，但椿看到自己的骨灰坛，还是忍不住腿软。"啊，我真的死了……"跪坐的她双脚却分得开开的，屁股就这样碰到了坐垫，就像是个虚弱无力的老奶奶。

"我去泡个茶，您请上香吧。"

妻子才正要起身，椿马上抓住她的手。由纪，她差点就要叫出妻子的名字，过了好一段时间，她才终于开口，"对不起……"

这个时候，妻子脸上的笑容消失无踪，"请问您这是什么意思呢？"

虽然那是椿在百感交集之下吐出的三个字，但那句话的确非常奇怪，被妻子那么一问，她也只能哑口无言。

"您说您是和山小姐吗？请问'对不起'到底是什么意思呢？"

"没有，那个……总而言之，实在是对不起。"

"我的意思是说为什么我们才刚见面，您就要跟我道歉呢？"

"那个……因为事情发生得太突然了，所以对不起。"

妻子的脸上浮现一层又一层的猜疑。

"我完全搞不懂您到底在说什么，难道您与我先生是什么特别的关系吗？"妻子抓狂了，虽然她平时个性温顺得体，但只要有人踩到她的地雷，她马上就会爆炸，而且一旦她抓狂，没有三天是不会恢复正常的。

"我去泡茶。"

她把椿的手视为某种秽物似的用力甩开，并走出起居室。

深呼吸，冷静、冷静，千万不能祸从口出啊。椿再三提醒自己后靠近祭坛，将供品与奠仪放在上方后合掌悼念，当她看着自己在世的笑容，悔恨的眼泪竟一涌而出。

"阿姨……"回过头去一望，阳介正站在自己身后。

"阳阳，什么事？"

"难道阿姨是爸爸的情妇吗？"

不——是——椿在胸口大叫，但她却只能强作镇静，带着微笑答道："哎呀呀，怎么连阳阳都这样想呢？"

"因为刚刚阿姨坐在公园长椅上，看起来很没有精神啊，又一直盯着我和妈妈的脸，而且一看到爸爸的照片就开始哭……再怎么想都很奇怪，你们两个人一定不是普通的关系。"

"是啊，阳阳，我们的确不是普通的关系啊，但如果只是情妇，我就不会这么伤心了。——你也真是太早熟了吧。"

"阿姨，告诉我嘛，我不会告诉妈妈的。"

阳介缩着身子蹲在祭坛旁，他双手抱膝不停地追问，那兴味盎然的模样就像是把大人都当成了笨蛋。

"不要再说一些无聊透顶的事情了，这有什么好玩的。"

"才不是什么无聊的事情呢，这是关系到爸爸人格的大问题。"

椿此时深刻地感受到，小孩还是不要太聪明比较好，而阳介仍然一边注意着走廊的动静，继续说道："刚刚阿姨在公园抱我的时候，我忽然想说，这个人应该是爸爸的情妇吧，放心啦，我会帮忙向妈妈解释的。"

"阳阳，你等一下。"椿不禁心想，这个孩子只有在父母面前才装成小孩的样子吧，虽然她早就知道他是一个既聪明又敏锐的孩子，但她完全没想到他竟会像个大人似的这样讲话。

"如果真的如你所说，你为什么那么开心呢？"

"那是因为……"依旧双手抱膝的阳介显得有点不知所措，"如果爸爸是这种人，我真的会很高兴。"

"高兴？如果爸爸有外遇，你会很高兴吗？"

"我爸爸虽然是个好人，但他是一个很无聊的人。"

"无、无聊？"

阳介肯定地说："对啊，他一天到晚只知道工作，闲都闲不下来，到最后竟然还过劳死，实在是太可怜了。"

"这样啊……但是呢，阳阳，小孩子通常都不喜欢发生这种事情的。"

"虽然是这样没错，但这不是通常的情况吧，因为爸爸他已经死了。从医生说爸爸已经过世的那一刻开始，我就不停地思考着爸爸的一生。"

"阳阳，不要再说了。"

她不想再听阳阳的心情故事了。这个聪颖的孩子怀抱着不为人知的烦恼，并苦无倾听的对象，现在他打算要向眼前这名陌生的吊唁的客人吐露自己的心声，椿实在提不起勇气了解。

"我听爷爷说爸爸从以前就很辛苦，因为奶奶过世得早，所以他们一直相依为命，您知道这件事情吗？"

"这谁会知道啊。"

"果然没错，因为爸爸从来不会抱怨，就算是很亲的人也一样。而且他明明成绩就很好，但为了不让爷爷太辛苦，所以他高中毕业就到百货公司上班了，你看，我爸爸很伟大吧。"

椿不知该如何回答，只能抬头看着"伟大爸爸"的遗像。

"但死了就一点也不伟大了啊，而且他竟然留下老婆孩子就这样死了，真是狠心。"

"请您不要这样讲。对我来说，他是天底下最好的爸爸。"

"最好的……真的吗？"

"嗯，我觉得他是最好的爸爸，也是最好的人。但是……他实在太可怜了。"阳介低下头去，此时椿明白了他的想法。他希望爸爸短暂的人生中，至少曾经有过快乐的事情。

"但是呢，阳阳，如果我是爸爸的女朋友，那绝对不会有什么好事哦。"

低着头的阳介摇头说道："就算对我和妈妈来说，不是什么好事也没有关系，只要爸爸开心就好……因为……"

阳介抬起头来，语气微颤地说："不管怎么想，在我爸爸身上发生的事情，没有任何一件值得高兴。"

怎么会呢，阳介，爸爸很幸福啊。

妻子替换丧服之后回到起居室，那套以乔治纱织成的衣服，是妻子在上个星期员工内部销售时买的。

"这件丧服是我先生买给我的，现在想想，这真是件不可思议的事。"

不，不是这样的，椿希望妻子别误会，那其实是因为就连员工内部销售也有庞大的业绩压力，所以自己才自掏腰包的。

妻子似乎恢复正常了，她的眼睛再度弯成了下弦月，嘴角还带着笑意。穿着丧服的妻子十分美丽，不禁让椿看傻了眼。

"百货人虽然有可能不会成为有钱人，但都会变成有'物'人，因为无论是家具、电器还是衣服，都可以用内部价来买。"

尽管如此，也才打九折而已啊。而且应该说是为了达到业绩目标，才不惜花钱买下一些没有什么用处的东西吧，椿觉得太太根本不曾尽情购物。

"真的可以说是从摇篮到坟墓呢，这孩子的尿布、婴儿服、书包……"

"请问连葬礼也是吗？"

"没错，因为涩谷店有提供婚丧喜庆仪式的规划服务。请利用本馆南边的手扶梯上楼，到三楼之后往左手边走就可以看到了……哎呀，我还真是宝刀未老呢。"

礼仪服务中心的殡葬股长是比椿山晚一期的后辈，工作表现平平的他，最近因为生命礼仪服务公司的大举进攻，显得有点招架不住。虽然百货公司的礼仪规划服务只是下游公司的对外窗口，但每个月还是必须达到一定的业绩目标才行，这意想不到的"员工内部销售"一定帮了他的大忙吧。

"就连葬礼也可以打九折呢，而且负责人是我先生的后辈，所以还特别拜托业者，请他们提供高一个等级的服务。"

"从摇篮到坟墓吗？真是名副其实啊……"

"对啊，他们还拿了很多墓园的介绍来为我们说明，但是我们家在婆婆过世的时候，就已经预订了墓园的位置。"

椿凝望着妻子心想，她实在是个好女人。

有人说穿丧服的女人最美丽，那是真的。初夏的阳光自庭院进入，在丧服微凹的肩线画了道阴影，标致的妻子就像是坐在百货公司入口的服务台般挺直背脊。

椿开始上香，一般人通常在此时都会向故人说些话，但事到如今，就算对着自己的白骨抱怨也毫无意义。

"很抱歉，我刚刚失态了。那您与我先生到底是什么关系呢？

没有没有，我没有什么其他意思。"说妻子已经释怀绝对是骗人的，她只是冷静后换上丧服，准备再战而已。

"嗯，我是个自由设计师，常常受椿山课长委托，做一些陈设卖场、设计宣传照片的工作。"话虽如此，但这根本是很牵强的谎言，至少自己从来没听过百货公司里有什么设计师。

"是这样子吗？"妻子的语气嗅得出一丝不悦。"那您刚刚说对不起，又是什么意思呢？"

椿灵机一动地大声说道："椿山太太，那是因为我们虽然都知道课长工作太拼命了，却还是一直拜托他做这个做那个的。"

"骗人。"妻子的眼睛仍是一双下弦月，声音亦如黄莺般清脆。

"什么？"

"你在说谎，所以就是那么一回事，对吧。"

"不是，不是的，我不是您说的那种人。"

"骗人。"

为什么这家伙的表情跟那些吓人的话一点都不搭调呢？

"喂，阳阳，你也说说话啊。"椿转过头去向阳介求助。

"不要，因为妈妈很可怕。"

"你刚刚不是这样说的啊，你不是说会帮忙向妈妈解释的吗？"

"可是妈妈很可怕啊，你不要看她笑笑的，其实她现在快气炸了。"

"阳阳"，妻子出声斥责，"不可以这样跟陌生人说话，和山小姐，请你跟他说话的时候，也不要一副他是你儿子的样子。"

就算不愿意，椿还是只能垂肩。

此时，起居室外头传来男子边走下楼边打哈欠的声音。

椿猛然抬头望向妻子并质问道："这么早，那是谁啊？有人在这里过夜吗？"

"请你不要管别人家的事。"妻子冷冷地回答。

不稳的脚步声靠近，接着传来一阵水流声。

椿猜想应该是亲戚在家里过夜，会是妻子的爸爸还是弟弟呢？也有可能是老家的亲戚吧，但当男子拉开纸门露出脸来，椿却当场傻眼。

"早安，啊，有客人吗？不好意思。"

为什么是岛田呢？而且他还穿着我的睡衣说什么早安啊？

"岛田先生来得正好，我有事情要请教你，穿这样就可以了，请进。"

眼见事情演变得愈来愈复杂，椿的脑袋里已经是一片混乱。看来妻子是想借由岛田拆穿椿的真面目。

"阿姨，不好意思，事情似乎不太妙，我先走一步了。"

椿根本来不及阻止他，一转眼，阳介就逃出了起居室，他经过岛田身旁时，岛田还亲密地摸摸他的头。

"岛田先生，我跟你说，这位小姐说她是跟我先生很熟的设计师，你认识她吗？"

"不认识。"岛田用手顺了顺睡乱的头发，并肩坐在妻子的身旁，他看了椿一会儿答道，"卖场是不需要什么设计师的，由纪你不知道吗？"

什么由纪！他竟然吃上司太太的豆腐！但比起一涌而上的怒气，即将面对的现实场景更为吓人。

妻子与椿互看了好一段时间，交错的视线几乎就要擦出火花。
"也就是说是那么一回事，对吧。"两人异口同声说道。
"真是不可原谅，还说什么要来上香呢。"
"那是我要说的话吧，你们两个什么时候开始乱来的。"
"你们冷静一下，先不要生气，在故人面前这样子不好看啊。"
"闭嘴！"椿拿起年轮蛋糕的盒子往岛田身上砸。

虽然说这件事发生得如此突然，但其实早已山雨欲来风满楼。

部下岛田与妻子由纪同期进公司，他俩的组合完全跟"美女与野兽"沾不上边，应该说是"金童玉女"或"恺撒大帝与埃及艳后"。

当妻子还是服务台小姐时，公司曾经让两人合作拍摄婚礼的广告，照片中的两人完全不输专业模特儿，看起来就像一对真正的新人，每当店员路过那张惊为天人的照片，都叹为观止。

百货公司内曾经盛传他们根本就是一对恋人，但在女性员工占大多数的职场，这种无凭无据的传言实在太多了，所以听到时并不需要大惊小怪。两人站在一起的画面，唤醒了椿遥远的记忆，那则传言如今震耳欲聋。

岛田像是自大正时代起就站在中庭的那尊罗马雕像，又是庆应经济系毕业的高才生，当然，工作能力也是一流，这样的人却鲜少出现绯闻，被视为"涩谷店七大奇迹"之一。而"椿山课长夫人是前涩谷店小姐"也是奇迹之一。

"失陪了。"椿慢慢地起身，她连一秒钟都不想待在这里了。

"话还没说完呢。"

岛田制止吹胡子瞪眼的妻子，"由纪，没有关系啦，现在问一些不想知道的事情也没用啊。"

椿粗鲁地拉开纸门，但就算心里再狂乱，她还是想尽到一个丈夫的责任，因此她背对着两人问道："太太，我想请教您一件事情……"

"什么啊？"

"这个房子的房贷怎么办呢？"

妻子嗤之以鼻地说道："那不用你多管闲事吧。不过你也用不着担心，我们在贷款的时候就已经办了保险。"

啊，椿忽然想起这件事，于是她宽心地拍了拍胸口。虽然把家里的大小事情都交给了妻子，但的确曾经听妻子这样说过。

椿走在走廊上，用手轻抚柱子与墙壁，虽然这个房子已经有十年的屋龄，但她真的很喜欢这里，如果可以，她真希望能在这里终老一生。她一手摸着地板，一手穿上凉鞋。高涨的怒气瞬间冷却后，一股强烈的无力感随即袭来，妻子是不会来送客了。

门口的娑罗开满了花。离开人世间的那个早晨，他与妻子讨论过娑罗的话题。

"阿姨，谢谢你。"阳介以花精灵的声音唤住椿。这个孩子一定知道关于妈妈的秘密,但又不能从小孩口中套出事情的真相。

"我爸爸一定很开心,谢谢你提起勇气说出来,真的谢谢。"

一点也不开心。令人稍微松一口气的只有房贷的事情而已。

"那我走了,帮我向你妈妈问好。"

她已经失去了澄清误会的力气。她往前走之后好几次回过头,都看见阳介站在贴着白色瓷砖的玄关,向她用力挥手。

小小的房子、小小的孩子,是自己四十六年来留在人世间的仅有的两样东西。

椿加快脚步走下微陡的坡道,家,是令人又怀念又害怕的地方。"怎么会有这种事情呢?"她不断嘲讽似的自问。

"到底怎么会变成这个样子呢?全是些我不知道的事情。"

爸爸、儿子、妻子,就连最信任的部下也……大家都各自拥有一个大秘密。"等一下……难道……"她开始拼凑脑海中的拼图碎片。

"这是骗人的吧……一定是骗人的。"临时肉体的脑筋似乎比椿山课长来得好,不,应该说女性的思考力比较适合解决这类事情。

对任何人来说,背负着谎言都会很难受,而秘密则是痛苦的源头。若是将他们各自拥有的秘密串起来,便会形成一幅紧密的关系图。椿清楚地在脑海里描绘出这幅关系图。

正如之前的传言,妻子由纪与部下岛田是一对恋人,但却有缘无分,当时的办公室恋情都得偷偷摸摸,时间一拉长,论及婚嫁的可能性就很低了。

说到底,结婚与恋爱热度本来就没什么关系,恋爱愈久,反而愈难产生结婚的冲动,这也是为什么我们常常听到有人才结束一段纠缠不清的爱情长跑,便马上与刚认识没多久的对象闪电结婚的原因吧。

不要说别人,自己就是最好的例子。明明与佐伯知子来往了那么长一段时间,却不想与她结婚,而当自己觉得差不多该结婚的时候,由纪便刚好出现在眼前。说不定当时由纪也是烦恼着与岛田之间的关系,才会那么轻易地答应他的求婚。

这个问题不分年龄。只是小一轮的由纪与岛田对彼此还留有情愫,并在日后重新燃起了不伦的爱火。

由于负责卖场的课长与股长不可能同时休假,在经济不景气的情况下,百货公司也取消了公休的制度,所以两个人一直都是轮休,因此,由纪与岛田原则上一个星期有两天的时间可以幽会。

要说谁会注意到由纪出轨一事……那就是从早到晚都待在家里的爸爸了。爸爸的正义感比别人强,而且十分重视伦理之道,他绝对不可能原谅儿媳的行为,但他同时又觉得自己是儿子媳妇的累赘,因此也不想掀起家庭风暴。爸爸在三思之后,终于想到了唯一的办法,那就是假装失智。虽然一般人无法做到这件事,但却可以同时满足他的洁癖与懦弱,这就是公务员长期累积的智慧吗?

阳介是爸爸英才教育下的杰作,祖孙俩之间的信赖关系比亲子更为深厚,也许阳介只有在父母面前才会扮演好孩子的角色,当他面对爷爷的时候,便会显现真实的姿态。尊敬与信赖使两人缔结了一个密约。

妻子为什么对初次见面的陌生人怀抱莫名的误解，阳介又为什么觉得爸爸外遇是件值得开心的事情，这样一来，所有事情便都有了合理的解释。

椿独自漫步于斜坡上，此时雨过天晴，她清晰的头脑更是灵光一闪。难道……岛田才是阳介的爸爸吗？

"不会吧。"这个假设实在太吓人，让她不禁出声否定，但除了人情道理以外，她想不出任何否定的根据，反倒是这个假设有几项佐证。

首先，阳介长得像妈妈，虽然也不怎么像岛田，但他跟自己的长相却是完全不像，观察一下阳介与隔代的爷爷，也遍寻不着共通点。这也就算了，比较有问题的是这七岁小孩的头脑。与一般人不同，他拥有极高的智商。就这点来说，妻子的学业一直都很普通，在校成绩表现不凡的自己则是属于一分耕耘一分收获的类型。当他试图从族谱来考虑，包含爷爷的祖先们其实也都没有留下特别优异的记录。

站在遗传学的角度来看，与其说这是突变，不如说有其父必有其子，阳介不是自己的孩子。

"骗人，这不是真的。骗人，骗人。"椿配合凉鞋的节奏不断低语。若这个假设属实，带给她的打击比其他任何事都来得大。

若要一语道破岛田这个人物的特质，那就是"聪明绝顶"。同样的事不用交代两次，他就能呈现出最完美的结果，而且没有所谓"过与不及"的问题。另外，虽然他并不多话，但他总是能针针见血。就算他没有如此风光的学历，也还是一个很聪明的人呢。

事实已然明朗，若上述假设都是真的，那么故事里的主角人物，一个个都背负着沉重无比的苦恼，自己个人的牺牲若换取了其他人的自由，对大家来说，这何尝不是解脱。

如果神确实存在，也许死亡是他赐给自己最后的礼物。

"……这样真的很过分，太过分了。"椿用手帕拭泪，但泪水里没有一丝悔恨。因为自己的死亡能让大家的生活风平浪静。

我爱由纪，无论她怀抱着什么想法，我的心意是不会改变的。我爱阳介，就算他不是我的儿子，我仍视同己出地爱着他。

如果生前必须面对这样的选择，自己一死，他们都能获得正常的爱，也许自己还是会愿意为他们两人献上自己的生命吧。

坐在车站边的长椅上，椿愣愣地看着往来的人潮。

此时手机响起了《命运》交响曲。

"昭光道成居士，早安。这里是SAC中阴界公所的重生服务中心，我是负责与您接洽的麻耶。"

"我知道，你不需要每次这样自我介绍，你今天精神还真不错呢。"

"哦，因为现在是早晨模式，一大早上班当然要有精神才行啊，不然怎么工作一整天呢？而且我又是做那么黑暗的工作。"

"有什么事？"

"我好像有点多管闲事，但是您再继续坐下去，就会遇到不想看见的人哦。"

"不想看见的人?谁啊?"

"当然是岛田股长啊。"

她倒没有想那么多。目前是七点四十五分,岛田应该会坐八点的通勤快车去上班吧。

"那正好啊,我有很多事情要好好问他一下。"

"不行,昭光道成居士,深呼吸,深呼吸,请您重复一下遭返人世的规定。"

如果大声朗诵出声,会像是个笨蛋吧,于是椿在心里默念,遵守时间限制、禁止复仇、隐藏真实身份。原来是这样啊……如果现在自己遇到岛田,真想好好地揍他一顿,那这些打骂也许会被归类于复仇行为。

"如果您有什么话想跟他说,可以等到冷静下来之后再谈呀,您还有很多时间。"

椿走向剪票口,"我知道了,那我会坐早一班电车离开。"

"请问您现在要去什么地方呢?"

"去找佐伯知子,我有很多事想问她。"

"这样啊,请您务必谨慎行动,因为那位小姐观察力很敏锐的,如果不小心被她知道了您的真实身份,就会发生很可怕的事情哦。好,再见了。Have a nice day!"

对方就这样挂上电话。椿买了到涩谷的车票,在拥挤的电车里,她开始害怕周遭的男人,原来,娇小柔弱会让人感到如此不安啊……为什么世间的男人不多体贴女性一点呢。

苏醒的圣者

过了两国桥后,老街的天空显露鱼肚白,手握方向盘的纯一悲伤不已,而车子也感同身受地慢慢前进。

虽然急得像热锅上的蚂蚁,但武田却没有命令少年开快一点,而是看着少年的侧脸说:"你开车还真是小心呢。"

"老大叫我们一定要遵守速限。特别是在赶时间还有焦躁不安的时候,更是绝对不能超速。因为我这两天很乱,所以开车都非常小心。"

武田只能苦笑,纯一就是这样一个老实的孩子。

"你们老大还教了些什么?"

"很多啊。但我最记得的是他叫我们不要生气。"

"嗯……那是什么意思呢?"武田之所以这样问,是想了解对于自己说的话,纯一到底理解了多少。

"像我们这种人其实是整个社会的负担,别人赏我们饭吃就很不错了，所以我们随时都要保持低姿态，不要动不动就抓狂。"

"摊贩也绝对不是什么卑贱的工作，这个千万不能混为一谈。"

"咦？我们老大也是这样说的啊。就是说其实我们人啊，不管你是老板、立法委员，还是说只是摆个小摊维生，其实大家都一样，都是其他人的负担，要靠别人赏脸才能混口饭吃。就算以后我们不干这一行了，就算我们多了不起，都不能忘记这个道理，赏我们饭吃的就是衣食父母啊，一定要保持低姿态，不能生气。"

武田默默地点头，这是他最希望这些孩子们铭记在心的事情。因为上一代这样教育自己，自己一辈子也是这样走过来的，不，自己也是这样度过一辈子的。如果能够做到这一点，就算工作再辛苦还是甘之如饴，金盆洗手之后也能靠自己谋生。

"但是……"纯一含泪紧握方向盘，"遇到这种事情，难道我们还是不能生气吗？如果老大还活着，他还会要我们忍耐吗？"

车窗扫过老街怀旧的景色，晨雾之中，映入他眼帘的是那个初遇纯一与卓人的便利商店，捡也捡不完的少年依旧群聚。

武田双手握拳，"忍耐！"

打开屋子大门，线香的熏烟扑面而来，"我回来了，喂——卓人，有客人哦，是老大的至交。"卓人没有回应。

室内摆设与武田生前一模一样，起居室里有一座庄严的祭坛。

"奇怪，这么一大早的，卓人上完香会跑去哪里？"

武田心里不安的阴影慢慢扩散,"你不知道吗?"

"我就说那家伙自从老大去世以后就很奇怪,一句话也不讲,就像人家说的……两眼无神吧。我根本就搞不清楚那家伙在想什么。"

武田向祭坛鞠躬后,上了一炷清香。

"义正院勇武侠道居士,嗯,非常好,我很喜欢。"

"就算老伯你喜欢也没有用吧。可是这个法名真的很棒……我们老大就是这样的人,港都老大取的真好,对了,你认识铁老大吗?"

"嗯,我认识啊。原来是铁哥取的啊……"

武田环视屋内,等过了头七,这两个小家伙就会搬离这里了吧。说实在的,他最大的遗憾就是没办法决定自己孩子的出路。

"你们有钱吗?"

纯一跪在武田身旁,对着老大的遗像合掌。

"说到这个,就让我很想哭啊……"

"为什么呢?"

"老大一直都以我们每个人的名义存钱。"

武田松了一口气,自己辛辛苦苦攒下的积蓄,总算是交到了自己孩子的手里。"不可以浪费哦,花钱容易存钱难啊。"

"咦?这也是我们老大的口头禅啊。不过老伯你不用担心,我们都把钱先暂放在银座的繁田老大那里,你知道他吗?"

武田脑海中浮现兄弟那仿佛银行员工的脸庞,钱的事情交给他的确可以放心。

"银座老大说愿意继续帮我们存钱。"

真是个好兄弟。尽管经营金融业的繁田个性不怎么讨喜,但却是一个可以信赖的男人。

铁哥帮忙取法名还有办丧事,繁田协助处理金钱方面的问题,新宿市川则是愿意照顾这两个尚未正式加入的孩子,交情甚笃的三人分担了武田的责任。

"但是,老伯……"

"你不要再叫我老伯了,这样很不礼貌啊。"

"可是我不知道老伯你叫什么名字啊。"

"我的名字……是竹…竹之内。对,我是竹之内律师,你以后就叫我律师先生吧。"

"好,律师先生。律师先生你知道是谁杀了我们老大吗?"

我很想知道,真的很想知道。不是为了复仇,而是希望能理清真相。"嗯……我还完全没有头绪,但我想应该是对方认错人,他才会被杀的。"

纯一一脸认真地说:"果然……"

"什么意思?"

"我也一直觉得老大是被误认成别人,才成了替死鬼的。"

哦……我一直以为你是个笨蛋,看来我错了。

"认错?认成谁呢?"

"那天晚上,我们老大与其他三个老大一起去喝酒,就是铁老大、繁田老大、市川老大。这件事情你不要告诉别人哦,其实其他三个老大就算被杀,也一点都不奇怪。"

　　武田此时突然想起纯一是推理小说的爱好者。他们去摆摊的时候,纯一也常常不招呼客人,一直在旁边看着推理小说,但武田当时认为小说这种东西一点用也没有,为此,他还狠狠地教训了纯一几次,没想到,推理小说在这个时候竟然派上用场了。

　　"真的吗?三个老大惹了什么麻烦吗?"

　　"这种事情稍微想一下就知道了。"

　　武田完全是丈二金刚——摸不着头脑,难道看推理小说真的那么有用吗?

　　"首先呢,是港都的铁老大……"

　　纯一简直就像是个名侦探,"铁老大是个硬汉,还是一年前火并的主角,很多杀手其实都是港都的人。"

　　"可是那件事已经解决了啊。"

　　"我也是自己遇到这种事情后才知道的,就算上面的人说没关系,但想到自己老大就这样被杀了,到底谁会服气啊,这个时候就算是背叛门规也无所谓。"

　　这个推论的确合情合理,而且之前是和关西的帮派火并,"呀——糟啦!认错人啦!我杀错人啦!"关西腔杀手的这句话,一直在武田脑海里挥之不去。

　　"原来是这样啊,被认成铁哥了……"

　　纯一阻止站起身来的武田,"律师先生你不要急啊。"

"接下来是银座的繁田老大,这你应该了解吧。"

"咦?不,我不知道。"

"哎呀,一般人可能搞不清楚状况吧。繁田老大的事业做得很大,什么不动产啊金融的他都有份儿,但现在经济很不景气,所以惹了一堆麻烦。"

"是这样吗?"

"因为不动产的抵押权可能会跟其他地方重叠啊,如果一家公司倒了,那同是债权者的这些人就要谈判才行,但谁不知道银座的繁田商事最擅长暴力讨债的工作啊,这样就算有几条命也不够用啊。"

武田再度起身,"我知道了!一定是被误认成繁田兄弟……"

"律师先生你冷静一点。"安抚武田的情绪后,纯一继续说道,"市川老大就更糟糕了,像歌舞伎町那种弱肉强食的不法地带,什么道义、规矩都没有,什么都要先下手为强才行,关西那边的帮派最近也蠢蠢欲动。"

"什么!关西?我知道,我知道了。我就是被误认成市川……"

"这跟老伯你一点关系也没有吧!"

"不好意思,是说你们老大被误认成市川吧。"

纯一用轻蔑的眼神瞪着武田,"我的意思是我们老大是那种不会与人结仇的人,但当天一起喝酒的三个老大都可能被别人盯上,但到底是谁,我就不知道了。"

自己到底是被误认成谁呢？武田无论如何都想知道答案。

"先不管这个，不知道卓人会不会发生什么事。"

武田拉开窗帘，望着窗外浅蓝的天空。

"不用担心啦。那个家伙虽然四肢发达，但头脑简单，他再怎么找也找不到杀死老大的凶手，他现在只是静不下来而已。"

被纯一这样一说，他也开始觉得自己有点杞人忧天。的确，若是说到要打架，卓人也许很厉害，但卓人是那种无法独自思考的孩子。

"虽然我不知道其他人心里在想什么，但我从小就认识那家伙了，所以我很了解他。葬礼时，铁老大告诉我们人死后七天，灵魂仍然会留在世上，所以一定要好好上香，卓人那时候就边哭边点头。"

"嗯……他是在想什么呢？"

"他一定是想说要在老大灵魂离开人世前报仇。"

什么！武田猛一回头，要说是巧合呢，还是理所当然……死后七天，就是所谓的头七，这也是武田"遣返人世"的期限。

"没关系，没关系，卓人非常相信上面说的话，所以再过三天，他就会放弃了。"

"但这三天里不会发生什么事情吗？"

"就算发生了也没有办法啊，因为他就是那种死脑筋的人，像我们摆摊卖章鱼烧的时候，他也完全不会想说这样做还是那样做也许会更好。那家伙这几天都一直睡在祭坛前，因为铁老大说要好好上香,所以他就不敢离开半步,没想到他终于觉得烦了。"

武田光是想象卓人坐在牌位面前的样子,就觉得心里一阵酸楚,卓人真的是个很直肠子的孩子。"不知道他现在在做什么呢?"

"说得也是……会不会是把车开到台场发呆啊?或者是到港都手下或是大哥们那里,问他们谁知道杀了老大的家伙是谁吧。真是的……"

他还没有正式加入帮派,所以应该不会有人愿意协助他,大家甚至还会叫他不要想东想西的吧。

纯一抱着双腿望向遗像,"老大他真的还没有离开人世吗?"

我在这里啊,还没有离开你们。武田将差点脱口而出的话硬生生吞了回去。隐藏真实身份,那是遣返人世的规定。

"纯一……"武田将少年紧紧拥入怀中。

"老伯你是同性恋啊?很可恶啊!"话虽如此,纯一并没有推开武田的意思。少年的红发在阳光下,显得更加耀眼了。

武田曾经叱责他们,叫他们不要染发,虽然卓人乖乖服从,纯一却加以反抗,他还对武田说,他以后会把头发剃光,希望武田快点让他正式加入帮派。

"纯一,真的对不起……"

我连你头发的颜色都没有办法改变,完全对你没有任何帮助。

"为什么老伯你要道歉呢?拜托你不要这样好不好,真是难过啊。"

当初纯一要求正式加入帮派时,"你不要太天真了!"他想都没想就打了他一顿，现在想想，其实纯一并不是想成为自己的手下，而是想成为自己的孩子。

"铁老大说了，人死后七天会停留在现世与来世的中间，并在那里接受审判，看是要去极乐世界还是下地狱，所以我们一定要上香为他祈福。但就算我们不做这些事情，老大一定也可以去极乐世界的，律师先生，你说是不是。"

不，武田心想。就算他生前再怎么样堂堂正正，但最后他却抛下这些孩子撒手人寰，比起生这些孩子的父母，这样的他罪孽更是深重，因此就算要他下地狱一点也不奇怪。

"如果说老大还在那个中间地方，不知道他能不能回来一趟，变成鬼啊什么都没有关系，我想要煮饭给他吃，帮他放洗澡水，替他搓背……"

"什么都不要说了。"武田一把抱住纯一的头，"你是个男人，不要这样哭哭啼啼的。"

"你又跟我们老大讲一样的话了，但老大说在父母死的时候可以哭，既然这样，我现在哭哭啼啼的也无所谓吧。"

武田明白了为什么纯一觉得不需要太担心卓人的事情，他应该已经告诉那些大哥们关于卓人的事了吧。

港都铁哥那里有已能独当一面的义雄，虽然年轻但却很可靠的一郎；繁田那儿的广志反应很快，幸夫更是个办事周全的人。卓人若是想知道杀手的消息，也只能拜托这些大哥们才行，那么，不论他拜托的是谁一定都不会成功。

当他想到这里,便觉得与其担心卓人的事情,这些大哥们的现况反而更令人忧心。那就先去拜访其他那两个事务所看看吧。

"那我先走了。"

因为实在是太疲倦了,纯一的手环绕胸前,就这样含泪睡在坐垫上。

"啊……不好意思……我得上香才行。"

"没关系啦,你休息一下吧。"

"……和尚说线香是亡者的饮食,我如果不上香,老大会肚子饿的。"

"不会啊,我不饿。"

"我不是说律师先生的肚子啦……是说老大的。"

"我说没问题就没问题,晚安。"

"这样啊……好吧,晚安。"纯一像只小猫蜷曲身体入睡,武田帮他盖上被子后,摸了摸他被雨淋湿的红发。

"老大……"纯一开始说着梦话,"不要,老大,我不要你死啊。"

武田满怀有话说不出的苦闷情绪站起身来,咬着嘴唇走出家门。这是个雨过天晴的清爽早晨。自己租的这个房子历史已久,从走廊向外眺望,便能看见一片片老街独特的黑色屋顶,虽然有几个地方因经济不景气成了空地或停车场,但这片风光坚毅依旧。

他已经忘了自己的出生地,也忘了自己悲惨的童年,当他开始受上一代照顾,他便觉得这里才是他真正的故乡。他未曾告诉任何人关于他的过去，因此他的亲戚应该都没有接到讣闻才是。

这样很好。从很久以前开始，帮里许多长辈兄弟都长眠于同一间寺庙，自己的白骨应该也是被兄弟们安放在那个地方吧，这样一来，每逢祭祖的节日，帮派上下便会一同来悼念上香。

武田认为自己的一生再幸福不过了。

繁田社长每天都很早起来。

尽管目前几乎日本全国的社长都因陷入经营瓶颈，没有理由也没有体力那么早到公司上班，他还是每天早上八点前就开着奔驰车出门。当他抵达位于银座六丁目大厦三楼的事务所后，便会打开收音机开始收听自己公司赞助的广播节目。

"为您提供今日股市……本节目由中小企业的忠实伙伴，您最值得信赖的金融顾问繁田商事提供赞助。"

当广播节目的广告一播出，就会有非常多的人误以为媒体等于正义，放心地打电话到公司询问相关事宜。

真好赚，真的太好赚了。他们的主要顾客是那些被银行列为拒绝往来户的经营者；虽然对银行来说，他们尽是高危人群的顾客，但地下金融却对他们伸开双臂。而这些经营者只是因为一个乐观的理由——"既然他们会在广播节目播广告，那应该是很正规的金融公司吧。"因而来电询问融资的问题。

这些经历行情大好时代的经营者都太天真了，他们以为业绩之所以会恶化都是市场害的，自己一点责任都没有，所以尽管贷款月利高达7%，他们也会毫不犹豫地签下借据。当然，他们不是连想都没想，只是他们思考的层面太浅，以为借一百万之后一个月还一百零七万就可以了事，没有想到如果时间拉长到一年，金额就会倍数增长。这种顾客如果还不出钱来，繁田并不会赶尽杀绝，当然也不会让他们好过，只要让他们半死不活的就会有赚头，就算到了最后的最后，从他们身上再也榨不出任何油水，对繁田来说也是不痛不痒。

由正规银行推出的消费者金融产品，可说是地下金融的助推手，最近甚至在电视上大声疾呼"借钱，不是件丢脸的事！"这简直让他们公司如虎添翼，高利贷变得跟银行还是当铺没什么两样，他们的所作所为就像是获得了大众的肯定。而且银行利息已经降到不能再降了，这对他们的生意亦有所帮助。由于高利贷的商品不外乎钱，虽然手续费等比起行情好的时候下滑了四分之一以上，但"商品价格"也就是利息并没有减少。

真好赚，真的太好赚了。当然他平时还是会跟顾客一起感叹行情不好，不可能在顾客面前说什么生意真好之类的话。只是，真好赚，如果这低迷的行情再持续个几年，他就可以在银座盖一栋大厦了。

繁田商事股份有限公司有六十名员工，其中二十名是小弟，虽然是流氓，但专业知识十分丰富，主要负责不良债权的回收工作。负责接洽的女职员与事务员也有二十名左右，她们全部都是非常优秀的大学毕业生，**有多优秀呢**，她们很多人还参加了朝日新闻的面试，很遗憾没被录取才进入公司上班。

剩下的二十名是金融专家，年龄都在四十岁以上六十岁以下，且都具有财经背景。当公司在招聘启事上注明"具银行信托金融经验者尤佳"，大批信用良好的人才便涌上门来。

其实早在进公司没多久之后，非黑帮底子的员工就已经察觉公司的气氛不寻常，但却没有任何人因此而提出辞呈。理由很简单，那些年轻的女职员还有中年转职的员工心底都明白，若是离开这间公司自己也是毫无退路。

凝望着雨过天晴，略显灰色的银座通，繁田咯咯地笑了。

他知道若是要比腕力，自己完全没有胜算，所以自己年轻的时候总是被旁人看轻，但时代已经变了。

无论是谁，都会觉得繁田的长相老幼咸宜，且有着知性的文化气息。如果随机在银座四丁目的路上给行人看繁田的照片，请他们猜猜看繁田的职业，十个人有八个一定会回答"银行分行经理"吧。但他的真正身份却是势力范围遍及全国的帮派头目，兄弟们称呼他为繁田组组长。

"老大，不，社长早安。"繁田背后传来手下的声音。

"你要注意你的用词才行，知道吗？英仔，不，马场。"

"嘿是，不，好的。一大早就有人找上门，不，现在有客人想要拜访您。"

"是吗？什么样的家伙，不，是哪位呢？"

"是一名姓竹之内的律师。"

"什么？律师？看来是个很啰唆，不，是个有点棘手的客人呢。喂，不，你们不能解决吗？"

"他说他想直接跟老大，不，社长您见个面，他想问有关武田老大被做掉，不，是武田社长前几天过世的事情。"

繁田的表情飘过一阵阴霾，他明明想快点忘记那件事的，真是哪壶不开提哪壶啊。"那个人看起来可以放心吗？该不会是假借律师名义的杀手吧？"

"看起来是个很有正义感的人，有克拉克·盖博那种高尚的气质。"

"正义感吗……那不是完全不能放心吗？而且我跟你说，克拉克·盖博已经是很久以前的人物了，这样我根本就没有办法想象啊，如果要说正义感，应该要说像汤姆·汉克斯吧。"

"不，不是汤姆·汉克斯。嗯……简单说这个人就是像少了一点肉，又比较干瘪的哈里森·福特。"

"你这样说一点都不简单啊，反正他如果不是杀手，就让他进来吧。"

"嘿是，不，好的。啊……真麻烦。"

"马场，什么叫麻烦呢？堂堂一个总经理不应该这样抱怨吧。"

"话虽然这样说，老大，不，社长您不觉得这样讲话很麻烦吗？"

"嗯……的确是很麻烦，老是没有办法习惯，反正你让他进来就是了。对了，英仔，不，马场，你们要好好搜他的身啊，虽然随便都能找到人取代你们，但却没有人可以顶替我的位置，知道吗？"

由总经理带头，一个正义感十足的修长男子，被左右的年轻职员架了进来。仔细确认男子西装口袋等处后，繁田笑容可掬地请男子就座，男子递给他的名片上写着"竹之内勇一"。

说实在的，他一向很不会与代表正义的人相处。

"请问你有什么事呢？"

"其实我与前几天过世的武田勇先生是非常好的朋友，而我今天来，是想以个人的身份了解一下他的死因。"

繁田身子一沉，如果他们是这种关系，那也就不用讲什么客套话了，他直视眼前这名律师。

"如果是我知道的事情，当然可以回答您。"他的眼神应该相当锐利才是，但竹之内的目光却看不见畏怯之意，简直就像是个同行。

"我认为武田是因为被认错才命丧街头的，不知道您有没有什么线索。"

繁田吓了一跳，这个家伙不是普通人，他怎么连这种事情都知道。"认错？不会吧，如果真的是这样，也太不可思议了。"

繁田只能皱眉装傻。对他来说，武田组长过世，是他怎么样也不愿意面对的悔恨之事。

虽然他们背负着相同的组织标志，但就组织的血脉来看，两人的关系其实很遥远。如果换作其他人，这样的关系会称兄道弟，一定是有相当的利益背景，但他们之间的交情却非如此。两人打从年轻时就非常投缘，彼此都由衷地信赖对方，繁田是个猜疑心非常重的男人，他不信任别人、别人也不信任他，而武田勇是这世上他唯一相信的人。

律师倾身向前，诚恳地直视繁田，"社长，您可能因为职业上的关系招致了许多怨恨，武田会不会是被误认成是您才被杀死的呢？"

繁田抬起手来制止变脸的总经理，也倾身向前，"律师先生，您问得还真是直接啊，这该不会是人家在外面乱传的谣言吧。"

"至少我不是人家，我跟武田的关系比你跟武田要来得近。"

繁田心里暗暗地吃起醋来，"这就是律师先生的问题吗？"

"是的，因为武田向来不曾怨恨任何人，就算他是因为被认错而失去生命，我认为他也不会恨那个凶手，但应该会想知道自己是被认成谁才被杀的。身为他的朋友，我想替他找出这个答案。"

"就算知道了又怎么样呢？我觉得这一点意义也没有。"

竹之内气馁地闭上眼睛，如果自己是想找出真凶也就算了，但若只是想知道事情的真相，的确一点意义也没有。另一方面，繁田看着眼前这名男子，心想这个人一定很不甘心见到武田发生这种事情吧。

"好，我回答您。"繁田盯着律师的双眼说，"我在武田面前绝对不会说谎，因为我当您是武田的兄弟，才坦白地告诉您——我认为这种事情不可能发生。"

竹之内全身无力地倒回沙发里，他的视线总算自繁田身上移开。

"忽然这样问您，真的很不好意思，我知道您与武田之间是没有任何谎言的。"竹之内律师连一口咖啡也没喝，留下这样一句话后便离开了繁田的办公室。

"英仔……"繁田无力地唤着手下的名字，他觉得就像被黑白无常拷问过般疲倦。

"嘿是，不，是的。"

"……算了，我们不要再那样讲话了，你也很累吧。"

"嘿是，我就连在法官面前都没有那么紧张啊，那家伙到底是何方神圣啊。"

"我也不知道啊，总而言之，我觉得好累。"

总经理从身后拔出枪上了保险。两人在越过玻璃的初夏阳光中，沉默了好一阵子。

"因为老大您没有说谎，所以请不要介意。"

繁田拿下眼镜并用双手掩脸，那的确不是谎话，武田怎么可能成了自己的替死鬼呢。"但是英仔，如果事情真是那样，我反而还比较轻松呢。如果武田是因我而死，那么就由我来替他报仇，才不会留下任何遗憾。"

"真的是……啊，可恶可恶，到底是为什么会发生这种事情呢。"

"既然那个杀手能够撑过大阪的火并，应该很厉害才对啊。"

"嘿是，他年轻的时候在广岛杀过三个人，而在第一次和第二次的大阪火并中则是杀了五个人，他自己也说绝对不可能杀错人的。"

"但他还是认错人了啊,到底武田哪里长得像港都的铁哥呢?"

繁田抓起水晶烟灰缸就往墙壁砸去。他为了让港都铁哥消失在这个世界上,不惜花大把钞票雇用杀手,而且还安排了大家参加法事后去喝酒的行程,并告诉杀手他们会于午夜十二点离开酒馆,没想到这一切却是前功尽弃。

如果不是那个铁藏,下届总长的位置非繁田莫属,就连那些年长的大佬,他都已经安排妥当,更何况铁藏是上次火并的主角,就算他随时暴尸于市也一点儿都不奇怪。

繁田一脸苍白,嘴里喃喃念道:"我怎么对得起武田啊……"

武田在电梯里松了一口气。自己死去的理由——正如繁田所说,就算现在知道这些,也一点意义也没有。

怨恨不符合自己的形象,所以他在乎的并不是那个夺走自己生命的男人,而是自己究竟因何而死,他不想在没有搞清楚状况之前就往生极乐世界。虽然人们称他为流氓,但他认为自己是个堂堂正正的流氓。锄强扶弱,贯彻上一代流传下来的侠义精神,他不想让自己因为一个莫名的错误而结束一生。

繁田不像在说谎,由此可知,自己并不是因为繁田而死。

其实这样也好。

"您好!"电梯在途中停了下来,接着走进电梯的是两个年轻人——是广志还有幸夫。

没想到他们穿起西装来也是有模有样呢,武田搭着手下们的肩膀问道:"你们工作还顺利吧!"

"请问您是哪位呢?"

广志今年二十七岁,最近跟他同居的女友怀孕了。

"太太最近好吗?"

"嗯,很好。"

"不要让人家太辛苦了哦,你们去登记了没有啊?"

广志虽然一头雾水,但还是老实答道:"因为发生了一些事情,所以过一阵子才能去登记。"

"你说发生事情,是指武田的事情吗?"

"……是,是这样没错。请问您是哪位?"

"谁都没关系啦,反正你要记得等头七一过,就赶快去办登记哦,不幸与幸福不能混为一谈。"

广志的女人是他还在混暴走族时的同伴,后来开始当快递公司的司机。那时候听到她怀孕了,武田还特地跟广志一起到她公司,拜托主管让她在怀孕期间做一些事务性的工作。

"虽然我不知道您是哪位,但谢谢您的关心,我一定会去办登记的。"

广志的彬彬有礼令武田很是开心,这家伙一定没问题的,比起那些大学毕业的绣花枕头,实在是好太多了。

电梯终于抵达一楼,门才一打开,两个年轻人对这个陌生人避之唯恐不及,赶紧走出电梯。

"喂,幸夫。"

幸夫闻言停下脚步。

"你爸爸身体不太好吧，你有没有去看看他啊？"

"就说最近发生了一些事情嘛。"

幸夫毕业于公立高中，因为与继母不合而离家出走。他父亲目前住在筑地的癌症专门医院，前几天，武田还接到他父亲打来的电话，他父亲在电话中特别拜托武田好好照顾他。

幸夫今年二十三岁，在武田眼中，他是个有良知的孩子，也许就是因为这样，他才没有办法原谅享乐主义的父亲，也无法与年轻的继母亲近吧。

"幸夫，我跟你说……"

武田话才出口就接不下去了，就算他现在还活着，遇上父子之间的问题，也是清官难断家务事啊。

"武田他之前有去探过病。"

什么？幸夫的脸上尽是惊讶。

"因为你无论如何都不想见到你爸爸，所以他才一个人去的。你爸爸妈妈真的都很担心你，你不要逞强，去看看他吧。我跟你说，父子之间的羁绊并不像你想得那么简单。拜托你，只要去看看他就好了。"

武田低头恳求，有的时候，千言万语尽在不言中。幸夫是个有良知的孩子，如果他们真的心有灵犀，就算幸夫多么不愿在父母亲面前低头，这个时候应该还是会点头答应的。这样就够了，能屈能伸才是大丈夫。

"虽然我搞不太清楚状况……但我会去看他的。"

两个手下向武田行礼后连忙出门办事去了。

他们从来没有处理过贷款的事情,但能够像这样穿西装打领带坐在谈判桌旁,未尝不是一种很好的训练。武田希望他们能够好好地学习这些本领,他原本想自己教育他们的,如今却再也没有机会了。

武田走出大厦转身仰望,并对着繁田办公室的方向小声地说:"兄弟,给你添麻烦了。"

到港都去吧,得问问铁哥才行。

彩绘玻璃的家

天空在转。太阳公公穿过茂盛的梧桐树叶丛照射着我的眼睛。

像这样紧抓秋千绳仰望旋转的天空，我一点也不觉得自己已经死掉了。但是，这种服务只有三天，后天晚上一定要回到这里继续荡秋千，只要这样子就可以回到原本我来的地方。

叔叔们不断叮咛我说如果迟到了就会发生很可怕的事情，但我去学校上课从来没有迟到过，所以一定没有问题的。

嗯……这里是哪里呢？

如果忘记要从哪里回去，就会发生很可怕的事情呢。

哎呀，这是我们家附近的公园嘛，我们家虽然在世田谷区的成城，但过了这个公园就会变成是调布市，所以樱花树的林荫道便到此为止，两边的路灯也长得不一样。

啊，电话来了。这个包包好丑哦，又黑又大，好像中年老伯伯才会提的手提包。

"喂，我是小莲。"

"How are you？"

"I'm fine. 请问您是……"

"我是重生服务中心的麻耶，在你遣返人世的这段期间，由我来负责与你联络，多多指教哦。小莲还记得那三个规定吗？"

"嗯，我记得。不能迟到、不能让别人知道我是谁，还有不能报仇。"

"很好，比起其他叔叔来说，你应该安全多了。"

其他叔叔是说一起接受复审的那两个人吧。其中一个胖叔叔头发很少，却很有活力；另外一个看起来就像是黑社会老大，表情非常可怕，被麻耶这样一说，小莲也不禁觉得这两人的确很有可能会违反规定。

"小莲，你感觉怎么样呢？"

"身体很重，不是很舒服。"

"那也是没办法的。另外，我们已经让你看起来跟之前完全不一样，所以你不用紧张。"

哎呀呀，我才想说有点怪怪的，原来是因为我竟然穿着裙子，而且上衣还有荷叶边装饰，"这样很丢脸啊。"

"忍耐忍耐，如果让你用原本的样子在家附近晃来晃去，邻居什么的都会吓一跳吧，所以我们把小莲变成女生了，名字叫莲子。"

"莲子……真好笑哦。"

"年龄一样是七岁,这样大家应该都认不出来吧,你要去找爹地妈咪吗?"

"嗯,对。而且我还想跟其他人见面。"

"跟谁见面都没有问题,但你一定要记得遵守规定哦,如果有任何问题或烦恼,记得按下手机上的☆号键找我。"

"啊,这个吗?那我知道了。"

"莲子,再见喽。Have a nice day!"

"谢啦。"

我竟然变成女生了,虽然有点丢脸,但也是没办法的吧。那接下来要怎么做呢?虽然其实没什么心情,但还是在附近晃晃后就回家一趟吧。

之前我的名字是根岸雄太,死了以后,他们给我取了一个很长的名字,好像是叫莲空雄心童子吧,哎,明明人家叫我"小雄"还是"小莲",我都反应不过来了,现在又改成了"莲子"……

林荫道旁挂着一张招牌,那是妈咪常去的精品店,用橱窗的倒影看一下我到底被变成了什么样子好了,真是紧张啊……

天啊,这也太可爱了吧,根本就是小男生的偶像嘛,去学校上课的话,一定很受欢迎。

绣有荷叶边的短袖上衣、格子裙、红色休闲鞋配上有很多花的帽子,另外还绑着尾端用蝴蝶结装饰的辫子。整个人看起来像是出现在故事书里的那些女孩,这样的女孩根本不可能存在啊,不过,还是算了吧。她开心地边走边跳。如果一副很伤心的样子,那些爱管闲事的阿姨们一定会问东问西。

哎,还得注意车子才行,我可不想再死一次。我那个时候明明乖乖地走在斑马线上啊,而且明明就是绿灯啊。还记得,才听到紧急刹车的声音,我整个人就飞起来了,那种感觉很像是坐在秋千上转了一圈。

我撞到樱花树之后就开始往下坠,可能因为头部先着地,所以后来发生了什么事,我一点印象也没有,只记得醒来之后,我就跟很多老爷爷、老奶奶一起走在开满白花的林荫道上了。

我问了一个不认识的老奶奶,这里是哪里呢?她跟我说:"是通往冥界的道路哦。"

于是我松了一口气,因为我想说至少那边有家里的帮佣初子婶在等我(日文中"冥界"与"帮佣"同音——译者注)。

但我错了,原来,"冥界"是死掉的人集合的地方。

初子婶应该被骂了吧,因为只有那天,初子婶没有到学校来接我回家。一开始我有等她,可是等了一阵子她还没来,眼看其他同学都已经离开学校,我才决定一个人回家的。没想到,就被车撞了。这不是初子婶的错,很多同学也没有人来接啊,而且还有人自己搭车上下学。

虽然司机闯红灯不对,但我自己也太不小心了,我一直以为成城不可能会发生什么车祸的,老师说走在世田谷通还有环状八号线这些地方要注意安全,我就以为只有在成城以外的地方才会发生车祸。

这就是所谓的"少爷"吧,它在这里不是指家里很有钱的意思,而是说不知世事的人。结果,这个"少爷"就这样失去了生命。

真紧张……看见我们家了。总觉得好怀念啊,爬满九重葛的篱笆跟以前一模一样,嗯,仔细想想应该不能说是"以前"吧,因为我几天前还活得好好的。先穿过篱笆看一下里面好了。

啊,是妈咪。她在花圃里照顾着玫瑰,虽然她看起来不怎么伤心,但她应该是想借园艺来转移注意力吧。

好想喊妈咪啊,不行,如果这样做就会发生很可怕的事情。

怎么办呢?我好想进去看一看。现在葬礼已经结束了,家里仿佛什么事都没有发生,只有一片宁静包围着眼前这栋建筑物;建筑物正面是石造洋房,后面则是有着广阔阳台的日式屋舍。

虽然这栋房子是曾祖父盖的,但日本庭园却是由爹地一手打造而成,直到现在,我还记得当时铺草皮的浩大工程。

妈咪在庭园中日照充足的地方设计了一个四季花园,一年三百六十五天都能看见花朵盛开的美景。

有人送快递来了,那是用大塑料盒装着的白色菊花,那应该是没能来参加葬礼的人送来悼念我的花吧。

初子婶到门外领取包裹,她的气色非常不好,看来真的被爹地妈咪给骂了。糟糕,我被初子婶发现了,怎么办,她一直朝我这里看,可是我现在转身就跑不是更可疑吗?

"你是哪位啊?难道是我们家少爷的朋友吗?"

不可以逃跑，一定要好好回答才行。

"对，我是小雄的朋友，因为我前几天生病，没有办法跟其他人一起来参加葬礼。"

女孩子的声音真讨厌。

"这样啊，你叫什么名字呢？"

"嗯，我叫根岸……不，不是，我叫根本莲子。"

"根本小姐？"

"虽然我跟他同年，但是我们不同班，可是，可是我们在学校感情很好。"还是别说太多，免得愈描愈黑。

"这样啊，你是来给少爷上香的吧，请进请进。"

初子婶掀起围裙擦了擦眼眶四周。初子婶，不要哭啊。

"大家每天都会结伴来看少爷呢，少爷在学校人缘一定不错吧。"

穿过铁门进入庭院，这是我家，但我却不能说我回来了。我要好好记住我的家，等回到冥界，我就要坐上手扶梯到极乐世界去。虽然在极乐世界说不定会遇到我最喜欢的爷爷奶奶，但是我就再也不能回家了。我们经过一条被杜鹃包围的小径。

"太太，少爷的朋友来了。"初子婶向着草皮那端的花园唤道。啊，妈咪过来了，她笑得好开心啊，难道她真的不怎么伤心吗？

"哎呀，好久不见，欢迎你到我们家。"

我妈咪真的很会迎合别人，明明就没见过面，不，应该说不可能见过面，她却可以说出"好久不见"这种话。其实，若不能做到这点,就无法在这个小区生存下去。这附近的孩子都是少爷小姐,如果把他们当成普通的小孩,他们很可能会跑去跟父母告状,那就很可能会引起一些不好的流言。

"请让我上香。"

"谢谢你,请吧。"妈咪除去满是泥泞的手套,打开玄关的大门,并朝着楼梯口向二楼望去,呼唤爹地下楼。

来了——爹地满脸睡意地走下楼来,他在睡衣外套了晨袍,这个样子不适合见客吧,爹地。爹地的白头发好像多了几根……虽然他平时不会跟我玩,但想必这次他受到了很大的打击。

"不好意思哦,叔叔穿那个样子,因为他工作实在太忙了。"

我爹地是一位小说家,每天都被截稿日追着跑,所以就算他都在家,我也不常见到他。因为书房里有洗手间与盥洗设备,一忙起来,爹地可以连续好几天都不踏出房门一步,三餐则是由初子婶端到房里。

爹地今年几岁呢?五十五六了吧,在班上同学的爸爸们中是最老的,妈咪则是五十岁,当然在同学妈妈里也是最像奶奶的人。

好朋友浩巳的爷爷奶奶,比爹地妈咪还要年轻,虽然知道这件事情的时候,觉得有点可恶,但因为我们家比较复杂,所以也没有办法。

爹地摸了摸我的头,"哎呀,欢迎欢迎,好可爱的小姑娘啊。"

这时,我忽然想起一件事情。

不对啊,妈咪怎么会对着书房呼唤爹地呢?当爹地在工作的时候,不要说在屋子里跑来跑去了,根本不能有一点点的声音。

因为小说家神经紧张,听说对他们而言,脚步声就像打雷,而枝叶间流泻的日光则像是闪电。所以爹地一定不是在工作,如果不是在写稿,那应该是在书房里看书吧。

我要好好记住我的家。

七彩光线穿过玄关的彩绘玻璃,走廊上的窗户也全都贴着古老的彩绘玻璃,我的家沐浴在红、蓝、绿等梦幻光芒中。

向前走去就会看见一段矮阶,再走过去就是房子的日式部分,当初曾祖父盖这栋房子的时候,故意做了这种设计。

因为曾祖父是一个贵族,所以一年到头客人都很多,嗯……应该要怎么说呢,就是正面的洋房代表社交场合,而后面日式格局的部分则是私人区域吧。但爹地似乎从来不到那块私人区域。

今天也是,他在交界的楼梯处跟妈咪说道:"接下来就麻烦你了,我还有工作要处理。"

真的很奇怪,爹地就是不愿意往前走。

在彩绘玻璃的华丽氛围中返回书房的爹地,看来有些落寞。

"对不起哦,叔叔工作真的太忙了。"

我回过头去望着爹地,妈咪轻轻将我转过来。虽然我之前就觉得有些怪怪的,但我们家真的有问题。不是因为太大,而是爹地妈咪根本不算生活在一起,以后我不在了,到底会变成什么样子呢……

"你不要忘记小雄哦。"

我的骨灰被放在以前爷爷的房间，那是间七坪多的和室，好难过啊，有一种真的死掉了的感觉。

"阿姨，小雄他现在一定是开开心心地在天堂玩儿呢。"

是啊，妈咪，这件事情并没有像大家想得那么可怕，所以不要哭了。

我上香之后，开始用初子婶准备的点心还有红茶，我一定要从妈咪口中问出我想知道的事情。

"小雄很小的时候是一个什么样的婴儿呢？"

一个七岁小孩的过去，也就只有婴儿可言了吧。

"他是一个不用操心的孩子，晚上都不会哭，换尿布也一下就换好了。"

骗人，妈咪在骗人。

"他是在哪个医院出生的呢？"

妈咪一直盯着我，她应该是在想该怎么编造这个谎言吧。

"你怎么会问这种问题呢？真是个特别的孩子。"妈咪的心情显然受到影响。我的问题是不是有点太过分了啊⋯⋯

"没有没有，我只是想说会不会跟我是在同一间医院出生的而已，阿姨对不起哦。"

我有好多问题想问妈咪啊，但还是不知道该如何开口，怎么办，我明明是因为这样才回来的啊，审查官叔叔也说了"这真的是情有可原啊"，怎么办⋯⋯

"那我先告辞了。"我愈来愈不能冷静，只好赶紧表示要先走，快步走向玄关。

妈咪，对不起。我只是想好好了解我只有七年的人生而已，虽然这样很任性，但请您一定要原谅我。

"我可以再来吗？"

"当然可以啊，随时欢迎哦。"

爹地穿过镂空楼梯默默地挥手，爹地，要和妈咪好好相处哦。

初子婶拿着扫帚清扫着车道，对了！我想到了！没有办法问妈咪，那就问初子婶好了。我拉着初子婶的手走向小径。

"我有件事情想要问你，小雄亲生的爹地妈咪是谁啊？"

什么，初子婶吓了一大跳，回头望向玄关。妈咪还站在那里笑着挥手。

"等一等，小姐，你过来一下。"初子婶拉着我的手往门外走去，她小心翼翼地望向四周，停在樱花林荫道的阴影处。

"你刚刚说什么啊？怎么会忽然这样问呢？"

看初子婶紧张的模样，表示她一定知道些什么。

"是小雄告诉我的，他说他是养子。"

"那，那又怎么样呢？"

"如果你知道的话请告诉我。"

初子婶大叫一声，变脸斥责我说："那跟你没有关系吧，我不想跟外人讲这些事情。"

我好难过，我真想听到她跟我说那些都是骗人的。

"你不知道小雄真的爹地妈咪是谁吗？"

"不知道不知道,你快点回家吧,小心车子哦。"

作战失败,但我明白我记得的并没有错。

"拜拜,打扰了。"

我走在樱花林荫道上,却不知道该往哪里去。为什么我无论如何都想回到人世呢?因为我想见到我亲生的爹地妈咪。我想跟他们说,谢谢他们把我生下来,还有,对不起,我们再也没有办法见面了。

忽然,我又想起了那天的事情,那个时候我想我才三岁,育幼院里的樱花一片一片吹落,爹地妈咪来带我回家。

老师跟我说,小雄,太好了呢,这是新的爹地妈咪哦。坐在全白的奔驰车里,我透过玻璃窗向老师还有朋友们说了再见。

爹地一面开车一面说:"不知道他懂不懂……"妈妈答道:"他还那么小,一定不懂的啦。"但我记得很清楚,虽然我一直假装不知情的样子,但其实我一直记得那天的事情。爹地妈咪让我很幸福,所以我必须装作不知道,这是我必须遵守一辈子的基本礼貌。

但在我的心中,却一直不断想着,我现在的爹地妈咪经济状况很宽裕,亲生的爹地妈咪大概是因为太穷了,才把我送到育幼院去的,所以等我长大赚了钱,我就要把钱送给我亲生的爹地妈咪。

但因为我不小心被车撞死,所以这些事情也成了不可能的任务,所以,我一定要跟他们说对不起,还有我度过了非常开心的七年,谢谢他们把我生下来。当我把事情原原本本地说出来,审查官叔叔也说:"这真的是情有可原啊。"

怎么办呢?好烦恼啊。无论如何,从刚刚初子婶的反应看来,我的记忆既不是梦境也不是幻觉。

我把事情想得太简单了。一个七岁的小孩能做什么事情,又不能让别人知道我的真实身份,而且又变成了女孩子,说什么要见亲生的爹地妈咪,根本就是太天真了。

眼泪滴了下来。因为我不知道该怎么办,呜呜。打电话给麻耶小姐好了,但是,万一她要我回去怎么办,就算我说不要,他们可能还是会硬把我带回去。

"你怎么了啊,怎么一个人在哭呢?"

这个男孩是谁啊,他一直在看我的脸。

"你迷路了吗?"

"嗯,也可以这么说吧。"

"糟糕了,我们去派出所吧。"

"不要,我最讨厌警察了。"

哎呀,这个男孩子好帅啊,是杰尼斯系的哦。没想到自己似乎连内心都变成女孩子了,竟然对男孩有兴趣,真是可恶。

"爷爷!"男孩挥挥手后,一个高大、看起来很温柔的爷爷从林荫道那头走了过来。

"哎呀呀,怎么啦?"

"这个女孩迷路了,可是她很害怕,说不想去派出所。"

爷爷弯下腰看着我,"没关系的哦,你不用害怕。我有点失智,住在附近的赡养院里,这是我的孙子,我们都会一直陪着你的哦。"爷爷讲了一段特别的自我介绍,便轻轻摸了我的头,而小男孩则是紧握着我满是泪水的手。

"你叫什么名字?"

"在问女生名字前应该要先报上自己的姓名,这样才有礼貌。"

"Excuse me. My name is Yangjie Chunshan. What's your name?"

Good! 这个家伙的 IQ 跟我一样高吧,如果能在生前遇到他,我们一定会成为好朋友吧。但是,"Yangjie Chunshan"还真是个奇怪的名字。

"我叫根本莲子。莲是莲花的莲。"

嗯……男孩在树下的干土上写下"莲"这个汉字,哎呀,这个家伙绝对不一般,竟然会写那么难的字。接着,男孩写下他自己的名字,"椿山阳介",这家伙竟然连名字都很杰尼斯。

"那你们自我介绍完了吧,小小姐,你可以告诉我你们家在哪里了吗?爷爷不会带你去派出所,我一定会负责把你带回爸爸妈妈身边的,好吗?"

看样子,这个爷爷人非常好,虽然他自己说他有点失智,但一点儿也看不出来。利用别人的好意,说实在的有点对不起自己的良心,但现在也没有别的办法了吧。

"那个,爷爷,其实我没有迷路。"

"哎呀……这是怎么一回事呢?"

"我在找我亲生的爹地妈咪,虽然我三岁就被现在的爹地妈咪从育幼院带到新家,但我忽然很想见我亲生的爹地妈咪,所以我就离家出走了。请不要问我其他的问题,总而言之,我必须在三天之内见到我亲生的爹地妈咪,然后跟他们说谢谢还有对不起。"

爷爷是个好人,他的嘴角不停抽动,像是要说些什么,但却什么也说不出口,只是哇地哭起来。他流了好多口水,虽然很脏,可是他真的是个好人。

"我知道了,小莲,我不会多问的。你刚刚说育幼院,对吧?爷爷一直从事这方面的工作,所以一定可以帮你找到爹地妈咪的,你放心吧。"

所谓的救世主也不过如此吧!我实在是太高兴了,对阳介又亲又抱的,真的好可恶啊!

我两手分别被爷爷还有阳介牵着,三个人一同漫步于林荫道上,但我却对一件事情耿耿于怀,"爷爷住在附近吗?"

因为我必须遵守那三个规定,所以我一定得说谎,但我又不想向爹地、妈咪,还有认识我的邻居说谎。

"不是,我们家离这里很远,只是我现在住在成城山坡下那个调布市的老人赡养院而已。"

太好了,那成城的林荫道一定也只是散步固定会经过的地方。

"可是你看起来一点都不像是个失智老人啊。"

爷爷低头对着我奇怪地笑了,"我是在说谎啊。"

惊。好像是在说我哦。

"……那是什么意思呢？"

"小莲听过什么叫做'方便妄语'吗？"

"方便？那是外国话吗？"

"不是啊，它的意思是说，为达到目的，有时候必须说谎。"

虽然我不知道为什么爷爷这样说，但我仍然觉得很像在说我自己。"也就是说，如果是因为正当的理由，说谎也没有关系的意思吗？"

"是啊，如果我们不是为了自己，而是为了其他人着想，就算说了谎，佛祖还是会原谅我们的。"爷爷说完后便收起笑容，表情显得有点严肃，但爷爷说的话却带给我莫大勇气。

"不可以告诉任何人哦，这是我和爷爷之间的秘密。"

阳阳在我耳朵旁低声说道，真难受啊，他们都告诉我爷爷和阳介之间的二人秘密了，我却不能把我的秘密告诉他们，如果我说出来，就会发生很可怕的事情。

我学到了一件事情，拥有秘密不是一件坏事，但为了保守这个秘密而说谎，却令人非常难受。大人们一定也都是这样长大的吧，看来，人生真的都是些令人难受的事情啊。

我们走进车站旁的一家咖啡店，选了一个户外的座位，木质桌椅上打了一把阳伞，我一直都很想来这边呢。

爷爷点了咖啡，而我和阳介则是点了柳橙汁。

"那我们来讲正事吧。无论如何，爷爷都很想解决小莲的烦恼。而爷爷也了解你因为想见亲生父母而离家出走的心情，其他大人也许二话不说就把你带到派出所，或者把你送回家里，但就像你看到的，爷爷不是一般的老人，所以我不会这样做。"

会这样想的大人真的很少，于是我忍不住问道："为什么？"

"那是因为呢，小莲，爷爷把你当做一个大人，人与人之间都必须互相尊重，这是爷爷长年从事社会福利工作的心得。身心障碍者、老人、小孩等，虽然是社会上的弱者，但绝对不是比较差的人。人虽有强弱，但却没有所谓优劣。所以重要的不是照顾别人的想法，而是本人的想法才对，这样说你了解吗？"

我懂了。爷爷一席话让我的视野更加宽广。

"虽然这样讲，可你还是不能任性哦。"

"我很任性吗？"

"你刚刚哭着说要见亲生的爹地妈咪，但希望我们不要多问吧。不应该对陌生人讲这种话，不是吗？如果你不任性，不管你的烦恼是什么，爷爷我都会想办法帮你解决的啊，与其说这是爷爷的工作，不如说这是身为一个人的责任。"

"就算我还只是个小孩，您也会尊重我吗？"

"那是当然。重视孩子跟照顾小猫小狗可不一样，是重视整个社会的未来哦，所以我不会因为你是小孩，就随便敷衍你的。现在的父母搞不清楚小孩与小猫的差别，也因为这样，已经看不到那种初生牛犊不畏虎，或是少年老成的孩子了，现在就连年轻人也跟小孩一样幼稚。"

好厉害、好厉害，爷爷说的话完全正确。一定是受到爷爷的遗传，阳阳的头脑才会那么好的吧，虽然他的确有种莫名的理直气壮又很早熟，但他真的很聪明。

"对了……虽然三岁的记忆可能不怎么清楚，你能不能把你记得的告诉爷爷呢？"爷爷喝着咖啡，将身体撑在桌面上。

"好，我不知道亲生的爹地妈咪是谁，我只记得育幼院的事情。"

"那是一个什么样的地方呢？离这里很远吗？"

那时候我很不安，因为不想去离育幼院很远的地方，但我那时候在车上还能憋住不尿尿，所以应该没有很远才对。

"那你记得育幼院的名字吗？"

"不记得了。"

与其说是忘记了，应该说我想要赶快忘记这一切。因为我觉得遗忘是对新爹地妈咪的一种礼貌。所以我不记得常常一起玩的朋友他们的名字，不记得老师的名字，不记得那边所有的人和事物。

"那你能不能试着想一下育幼院的样子呢？"

"在门附近有棵很大的樱花，因为我和老师朋友告别的时候，樱花一片一片地飘落，就像下雪一样，那个时候好伤心哦。"

"还有呢？"

还有呢……一定要想起来才行，那是我最初的记忆，最古老的记忆。"在那棵樱花下有一尊圣母玛利亚的白色雕像，手里抱着还是小婴儿的耶稣。我一直觉得很奇怪，为什么连耶稣都有妈妈，我却没有呢?"

爷爷拿着咖啡杯的手忽然停了下来。

"那个育幼院前面是不是有条河呢?"

有吗?对对对,的确有条河,育幼院前的那条河,总是有很多水鸟在那里玩耍。我默默地点了点头。原来唤醒记忆是那么令人害怕的一件事。

"育幼院的屋顶是红色的,然后墙壁是白色的吧。"

我连"嗯"还是"对"都说不出口,只能点头;当我点头,眼泪也跟着掉了下来。因为我已经把这些事情都忘了啊,我把我还是婴儿时期的家给忘了啊,就连帮我换尿布的老师、一起跟我玩的哥哥姐姐,我把大家都忘了,最后,只有我一个人得到幸福。

"门口有一个很大的时钟吧。"

爷爷,有的,我还跟那个老时钟告别了呢,我跟它说,对不起哦,我要把你给忘了。

"小莲,振作一点啊,如果你这样哭哭啼啼的,就见不到爹地妈咪了哦。"阳阳嘴里吸着吸管,一只手环住我的背,"喝一口果汁吧。"

我边哭边喝着果汁,甜甜的果汁一滴滴渗透进不属于我的临时肉体里。

"这一定是我的报应。"

"那是什么意思?"

我不能多说,但我觉得被车撞到一定是我的报应。

因为只有我一个人得到幸福,我忘了贫穷的爹地妈咪,也忘了老师与朋友,一个人成了有钱人家的小孩。

说什么遗忘是对新爹地妈咪的礼貌?才不是呢!话说得那么好听,其实我早就知道自己是个孤儿,亲生的爹地妈咪不要我。我只是想快点忘记这个不幸,想快点忘记所有不愉快的事情,一个人成为幸福的孩子。

"阳阳,你知道吗?你有读过芥川龙之介的《蜘蛛之丝》吗?"

"嗯,怎么了吗?"

我就是那个犍陀多,当我在血池里浮沉时,释迦牟尼佛从极乐世界垂下一条蜘蛛丝。

"我一个人爬上蜘蛛丝,想说一个人到极乐世界去。"

忘记曾经照顾我的老师,忘记一起跟我玩的哥哥姐姐,就像是朝血池其他人吐口水是一样的,所以蜘蛛丝在我手里"啪吱"一声断掉了。

我有想过等我长大要向育幼院里的老师还有大家报恩,但那都是我说来要让自己心安的。遗忘是一种罪恶。我为了忘记自己的不幸,就连生下来后受到的所有温暖、所有恩情都抛在脑后。

"乖,我会查出来小莲的爹地妈咪现在在哪里的,这样就一定可以查到的。"爷爷在椅子上抱着我满是泪水的脸颊。

拜托您了,虽然我已经受到报应,但我还是想弥补我的过错。

邪淫之罪

员工专用出入口旁的咖啡馆，是百货公司店员上午逗留的地方。由于店员们整天都要待在名为百货公司的大箱子里，所以大家每天早上都会在此喝一杯咖啡，等到上班时间前一分钟，才一窝蜂地挤进员工专用出入口。

椿越过吧台环顾熟悉的脸庞，想着自己到底在这里喝了多少杯咖啡，一年两百杯乘上工作了二十八年……总共是五千六百杯。

老板老练地煮着滤滴式研磨咖啡，虽然他已经有了年纪，但他加热水那认真的模样却是数十年如一日。自己生前的时候，每天都会在吧台跟他闲话家常。

椿情不自禁地开口唤道："老板……"

老板斜着因热气而起雾的眼镜，往椿的方向望去，"什么事情呢？"

他那诚恳的笑容令人怀念。他曾经说过他以前是在银行上班,但年过四十就觉得工作非常无趣,才会想要开一家小小的咖啡馆。

"您认识女装部的椿山课长吧。"

老板闻言,表情便垮了下来。

"嗯,他每天早上都会在那个位置喝一杯咖啡、抽一根烟呢,人的命运真是难以捉摸,您是厂商吗?"

"是的。"椿只说了两个字,她不想说些多余的谎话。

"我从椿山先生还是新进员工开始,就跟他很熟了,所以我本来想说至少守灵的时候过去看看,但又觉得混在百货公司员工里上香不太好意思,所以后来就没有去成,你去过吗?"

"因为我那时候刚好去出差,今天早上才去上香。"

"原来如此啊,椿山太太还好吗?"

无论百货公司里有什么传言,老板都一清二楚,妻子还是服务台小姐的时候,也常常到这里喝东西。

"比想象中要来得坚强呢。"

"真的吗?那就太好了。您可能不知道,椿山太太以前是坐服务台的呢,当她说要和椿山先生结婚的时候,我还吓了一大跳。"

"那这次是二度惊吓喽。"

老板叹了口气,摇摇头说道:"我只觉得他跟我开了一个很恶劣的玩笑。"

恐怕大家接到这突然的讣闻时,都会觉得是"恶劣的玩笑"

吧。因为精神旺盛的女装部第一课长，跟死啊生病的这些事情完全无法联想在一起啊。

老板继续说道："我们早上八点开始营业的时候，刚从医院急诊室来上班的店员，顺道过来跟我说的。店员说椿山课长昨天晚上病倒，没多久就过世了。我那时只觉得一定是在跟我开玩笑，因为椿山课长明明前一天早上还在那个老位置上喝咖啡的啊。"

向老板转告自己死讯的是岛田吧？还是三上部长呢？

"是谁来跟您说的呢？"

"嗯……您可能不认识她吧，就是珠宝部门的佐伯股长。她与椿山先生是同期同事，两个人的交情很好。他们年轻的时候，我还一心认为他们两个绝对是情侣呢。"

佐伯知子一直守护在自己的病床边，不，说不定是帮忙处理自己死后之事。椿想象着妻子与知子站在病床边的模样，心情备感低落。

"椿山先生病倒的时候，警卫那里接到了消息，当时佐伯小姐加班完正要下班，在员工出入口附近听到这件事情，便急急忙忙赶到医院，可是椿山先生已经失去意识，就这样……"

老板的声音化为一团无声的叹息。

珠宝部门的员工不可能加班到多晚，而自己的死亡时刻是晚上十一点多，也就是说，知子目击了自己断气的那一瞬间。

椿置身事外地说道："而且他还那么年轻。"

"没错,像他那样精神饱满的人忽然猝死,而我这样的老人却活得好好的,真是不可思议啊……啊,据说啊……"

"早安!"一个女人以清爽的声音打了招呼,在一旁的位置坐下。正是佐伯知子。

"现在我们正提到椿山先生的事情呢……"

老板没有再多说什么,只是将杯子端到她的面前。

知子看向椿,轻轻地点头之后,椿低着头悄然说:"我是受到椿山照顾的设计师。"

这样啊,知子巧妙地避开了视线。她仿佛不愿继续这个讨厌的话题,一味地啜饮杯中的咖啡。

透过女人的双眼,椿认为知子真的魅力十足,比起二十岁的她还是三十岁的她,四十六岁的她更具有洗练的美貌。

黑色"苏醒工具包"里的手机响起。"啊,对不起。"椿翻弄着手提包拿出手机。

"喂,昭光道成居士吗?"

"是的,我是。"

真希望现在不要有人这样称呼自己,会搞混的。

"我是重生服务中心的麻耶,在你遣返人世的这段期间,由我来负责与你联络。"

"你不要这样一直自我介绍啦。有什么事情呢?"

"这是一个好机会哦!好——机——会。"

没错,这是一个机会。是澄清自己没有犯下"邪淫罪"的好机会。

"对，对啊……哇……怎么办才好？"

"冷静一点，昭光道成居士，我给你一个忠告，你还是录音存证比较好哦。"

椿转身背对知子，用手捂着话筒问道："录音吗？"

"没错，SAC中阴界公所的复审也需要物证，为了要洗清你的罪名，最好能把佐伯知子小姐的自白录下来。"

"可是我现在又没有录音机。"

"真是的！不是跟你说过什么都放在手提包里吗……我跟你说，昭光道成居士，其实严格讲起来，我提供意见给你已经违反了规定呢，但我又不能眼睁睁看你浪费了大好机会，了解了吗？这是个好机会哦！好——机——会。"

通话就这样断了。椿往手提包中一看，果然有一台小型的录音机。按下录音键，椿再度转身面向吧台。

"请问您是珠宝部门的佐伯股长吗？"

听见椿突然叫出自己的名字，知子感到非常惊讶，"我是，有什么事情吗？"

真是千载难逢的好机会，一定要好好把握才行，"我在椿山课长生前受到他诸多照顾，不知道能不能耽误您一些时间呢？"

知子的眼神瞬间充满了怀疑与敌意，"受到他诸多照顾"这句话似乎不合她意。

"您是厂商吗？"

"不，我是自由设计师，常常受百货公司委托，做一些商品陈列还有广告商品的宣传工作。"

虽然公司不可能将这种工作外包，但知子不太了解女装部的作业。

知子脸部的线条缓和了一些，她低头看了看手表，"可是我现在没有时间啊。"

"打烊之后也没有关系，我希望能跟您一起吃顿饭。"

椿如同生前一般缠人，想当初就是靠这股缠劲来对付厂商，才能维持一定的营业额呢。

"拜托您，我有件事情一定要问您。否则椿山先生也会死不瞑目的，佐伯小姐，求求您！"

真强！椿打从心底佩服自己，果然是高中毕业就从事这行的采购，本事就是不一样。对不景气的百货业来说，自己的死去真是莫大的损失啊。

"可是……我不太想讲这些事情。"

"我知道您很为难，但我又不能问其他人，一定要问您才行。"

这种说法是采购的基本原则，只要向全部的厂商表示"其他厂商都不行啦，一定要贵公司才可以"，就可以完美地铺货。

"难道你是他亲戚吗？"

"啊，不是啦……"

"我总觉得你跟他很像。"

真危险。一不小心就露出了本性，得自制一点，不然就会发生很可怕的事情。"

"拜托您了，有件事情我一定得问清楚才能安心。"

知子从零钱包里拿出铜板放在吧台上，看她的表情，应该已经被说服了，"虽然我不太清楚你到底想问什么，但我总觉得不能拒绝你。这样吧，打烊之后你在这里等我。"

椿在吧台下做出胜利的手势。

由于百货公司上午十点才开始营业，椿只能在咖啡馆里看着体育报等待。她实在很关心卖场的状况，因为毕竟自己生前在"夏季大特卖"活动上投注了全部心力，这不是单纯的比喻，她真的是"用生命当赌注"。才刚开战第一天，指挥官就战死沙场，之后的战况真是令人担忧啊。

"椿山先生实在很热衷工作呢，严格说起来，椿山先生除了过年和中元节之外根本没有休过假吧。"

百货公司的店员都去上班后，咖啡馆内只剩椿一个客人。

"对啊，而且我还记得今年的年假很惨呢，除夕夜还在包装新春开幕要用的福袋，不知不觉年就过了。"

老板好不容易在工作中的空当点燃一根烟。

"这样啊？难道你那个时候也去帮过忙吗？"

"啊，是啊，刚好我没有其他事情。"

新春开幕的福袋全都是向厂商订购的，但今年除夕早上检查福袋的时候，觉得顾客们可能会抱怨福袋的内容物太少。为了让顾客在购买时觉得满意又幸福，所以赶紧拜托动作迅速的厂商送来现有库存，才让福袋看起来有一定的膨胀感。因此，今年的除夕夜就在赶工制作五百个福袋中度过。

"又不能叫专柜小姐还是派遣员工留下来加班啊，所以就只有椿山课长、岛田股长和厂商的负责人三个人一起。"

"加上你，所以是四个人吗？"

"咦……对对，没错。还好除夕夜的电车没有休息，所以也不用坐出租车，只要混在新春参拜的观光客中就可以回到家了。"

椿一边说，一边觉得自己生前真是个拼命的笨蛋。虽然公司规定加班到赶不上末班电车时，就可以坐出租车，但她当时想反正除夕夜电车不会休息，所以也就没有必要坐出租车。

当她坐普通车回到家里，已经是半夜三点了。洗好澡、一如既往地喝了杯小酒，外头的天空便露出鱼肚白，她吃了碗年菜倒头就睡。初一、初二，她都像一摊烂泥般窝在被窝里，一直到初三，她的酒意都还没有消退，就到百货公司准备新春开幕的事情了。

"仔细想想，这不会死人才奇怪吧。"椿喃喃地自言自语。她并不是天生就那么守规矩，只是因为如果没有达到业绩目标，她这个高中毕业的课长就没有脸继续待下去了。

体育报的报道，她一个字也看不进去。大联盟的日本选手有多活跃，都和亡者毫无关系，演艺圈的八卦、钓鱼场的信息、赛马的训练时间等，这所有的娱乐都只能算是在世者的日常生活。自己都已经和所有的新闻报道绝缘了，为什么还这么在意公司的事情呢？

为什么自己都已经死了，还一直希望能够达到业绩目标呢？

"谢谢您的咖啡。"椿从有求必应的皮夹里拿出铜板后步出咖啡馆。

上午十点，营业开始的时间到了。走进百货公司大门的顾客源源不绝，店内流泻着凉爽的空气及和缓的广播声。"感谢您今日的光临，本馆目前正在举行'夏季大特卖'活动，万种商品任君挑选，请各位慢慢选购、慢慢享受，祝您购物愉快。"

日本的百货公司有个习惯，据说是承袭自江户时代吴服屋（吴服屋为日本百货公司的前身——译者注）的传统，店长在百货公司开始一天的营业时，都会在大门口迎接顾客的到来。不论是哪里的百货公司，店长与重要干部都会立正于大门口，而店员则是站在各个卖场通道，保持五分钟到十分钟的静止状态迎接顾客。

椿听着自己猛烈的心跳走过大门。

"欢迎光临。"

面对低着头的店长，椿忍不住朝气蓬勃地说了句"早安"。

走在主要通道上，每当椿经过身旁，店员便一个个低下头来。原来如此，其实感觉还不赖呢。椿与早起的年长顾客一同搭上手扶梯，女装部的三上部长在二楼卖场迎接顾客。

"三上部长……"

她看着部长弯下腰的侧脸，心里百感交集。

虽然论年资，自己是三上部长的前辈，但大学毕业的三上没多久就超越自己的成就。当然，这不是因为他具有过人的实力，倒不如说身为一个百货人，三上的资质十分平庸。

但三上升任部长后便推荐自己担任课长，女装部第一课长，对高中毕业的员工来说，这可是史无前例的出人头地呢。

虽然发生了很多事情，但这个人仍是挚友。

"不好意思，有件事情想要请教您。"

"是，什么事呢？"三上端出百货人的标准笑容答道。

他年轻时就是个能抓住要领的男人，有着以静制动的特殊专长，因此在外界看来，他是个既清高又了不起的人，简直就是高学历者的典范。

"我总是请椿山课长帮我搭配衣服，但听说他遭遇不幸……"

假装成客人真是个妙计啊，百货公司的店员外柔内刚，也就是在部下还有厂家面前威风万丈，但在上司与客人面前则是卑躬屈膝，不管是什么难题，他们都不可能说"不"的。

"什么？椿山帮顾客搭配衣服？"三上因为过于意外而反问道。接待客人应该是专柜小姐还有派遣员工的工作吧。

"对啊，这几年都是椿山课长帮我挑选衣服的，虽然看不出来，但那个人真的很会搭配呢。"

现在再来老王卖瓜其实也没用了吧，只是自己的确会在空闲的时候帮忙招呼客人。想必三上一定不知道这种事情。

"请问您是从哪里听到这个消息的呢？"三上弯着腰将椿带到一旁，百货公司是贩卖梦想的地方，内部的不幸传到顾客耳里是种禁忌。

"其实我只是听说的啦,我和几个朋友都很喜欢椿山先生呢。"

说得太夸张了。但对老是坐而言却不起而行的三上,他早就想好好地说几句了,这家伙大概没靠自己卖过一件衬衫吧。

"是的,椿山前几天因为突发重病……"

"果然啊……怎么办,我以后不知道要穿什么衣服才好了。"

"这位客人请您放心,我们的卖场里还有很多其他的店员。"

"不行,我一定要椿山先生。对了……"

椿一时语塞。她原本想问"夏季大特卖"的业绩达成状况,但这似乎不是顾客应该过问的事情。

这时候,岛田股长忽然出现在两人之间,糟糕。

"部长,这里我来就可以了。"岛田瞪着椿说道。

"那就麻烦你喽,好好地招呼客人哦。"

三上部长见状马上转身离开,他总是挑软柿子吃,麻烦事就交给部下处理。自己的失误是部下的责任,而部下的功劳则功归于己,他就是这样一个懂得明哲保身的人。

岛田股长将他罗马雕像般的脸庞凑近,向椿悄声说:"……你到底是谁啊?"

是我啊,我是椿山啊。虽然她很想这样说,但却说不出口,就算只是开玩笑,一旦说溜嘴就会发生很可怕的事情。

"你就说实话吧。一大早跑去椿山先生家,对椿山太太说那么失礼的话,又跑到百货公司来向部长问东问西,你到底是谁啊?"

这也难怪岛田要生气了,客观来说,自己的确是个很奇怪的女人。其实她很想大骂"混账东西!"再好好揍他一顿的,但这样一来就成了复仇的行为。

"你过来一下。"椿拉着岛田的手穿越整个卖场,熟练地走出员工的专用门,只见走廊上堆满了瓦楞纸箱还有货物。

虽然说目前正在举办特卖活动,但这也太乱了吧。"拜托你们也整理一下吧,万一有人临时要来做消防安检怎么办啊。"

岛田张大眼睛望向椿,并挥开椿的手,"你到底是谁啊?"

这时候她只能想到一个说法了,"我是椿山先生的女朋友。"

什么?岛田大叫出声,一副难以置信的样子,从头到脚打量着椿。真是伤心啊,有必要那么吃惊吗?

"就算你是椿山先生的女朋友,那又怎么样呢,你到底想问什么呢?"

"我有事情想要问你,业绩怎么样呢?达标率如何?"

她也觉得自己问的问题有点没头没脑。

"什么?"

"如果你不告诉我,我就把今天早上看到的事情公之于世。"

岛田的脸色瞬间苍白。

"你会害怕也是当然的,竟然跟上司的未亡人搞在一起,简直就像在拍色情电影嘛。最可怕的丑闻、最夸张的外遇,如果让别人知道这件事,你就没有未来可言了吧。"

观察一下走廊上的情形,岛田把椿拉到堆着货品的一处角落。

"虽然我不知道你是何方神圣，可是你先听我说。"

"你到现在还想要辩解吗？"

"没有，我不是要为自己辩解，不是的，只是通常人家要恐吓，至少也得对自己有点好处吧。"

果然是高才生，还可以冷静判断椿莫名的要求。

"你不要说这些有的没有的啦，总而言之，你快点告诉我这四天的营业额，还有业绩的达标率。"

"可是实在太奇怪了啊，我完全不懂为什么你会这样问。为什么如果我不告诉你营业额，我会没有未来可言呢？就算是恐怖分子提出的要求，都还比较好懂。"

就算她想破头也不可能合理地说明这些矛盾之处，椿在无计可施的情况下拉开折门，对着员工电梯大吼："大家听我说啊——岛田股长他啊——"

等一下，岛田赶紧捂住椿的嘴巴，电梯里的员工也唯恐避之不及，连忙按下"关"的按钮。

又经过一阵拉锯，岛田的脑中浮现一个聪明的推理。

"我知道，我知道了，你是其他百货公司的商业间谍吧。伊势丹吗？还是四越呢？难道是横岛屋？可恶，原来是这样子，椿山课长沉迷女色，把我们的销售情况告诉竞争对手，这样我就懂了，为什么伊势丹的广告商品总是可以比我们便宜个一百日元，而且总是能够捷足先登，举行我们还在讨论的活动，课长一定是因为受不了良心的苛责，才会病倒在压力之下的。"

嘿嘿，没想到跟反应快的人讲话还真是轻松，椿低声嘟哝："岛田先生，你懂了吧，知道营业额就是我的好处，所以这个要求一点儿也不过分呢。"

呜……岛田把头埋入瓦楞纸箱里，原本端正的表情因进退两难而扭曲。

"原来，原来如此啊。我终于知道为什么你跑到椿山课长家了。"

岛田的工作能力虽然很强，但他唯一的缺点就是过于自信，常常会想太多。只要被他抓到一个点，他就会不断地使其扩大再扩大，不知道适可而止。

"你该不会以为椿山课长的死讯只是一种幌子，其实是因为你们之间的交易曝了光，他被调到乡下地方的分店，而我们公司还放出课长已经死了的消息。所以你才特地跑到椿山课长家确认事实的真假吧，难道不是这样吗？"

因为他把事情想得太有趣了，椿忍不住点了点头。

"果然是这样，然后，你知道他真的死了以后觉得很沮丧，但却因此抓到另外一个可以利用的把柄。呜啊，怎么会这样，那我不就要步上椿山课长的后尘了，我的天啊！"岛田被自己莫名的想象给打倒，整个人趴在瓦楞纸箱上起不了身。

我实在没有办法憎恨眼前这个男人，虽然他背着自己与妻子搞七捻三，但他确实也很努力地在协助自己的工作。

岛田趴着念出一段像是咒语的话，"特卖活动到第四天的营业额是七千五百三十，业绩达标率是百分之一百一十，我们赢了,简直是大获全胜啊。"

听到数字的瞬间,椿整个人震撼不已,在这样不景气的情况下,就连达到去年业绩目标都很困难了,更何况那个数字根本就是上司们擅自决定的。

"岛田,谢谢你。"椿打从心底感谢着他。

"我没有骗你,就连我也不相信我们竟然能达到这个数字,就算你不问我,我也好想到伊势丹的卖场去大叫几声。你知道为什么我们可以做到吗?这都是因为椿山课长啊。"

"椿山课长?"

"对啊,我们都很尊敬椿山课长,那个人是卖场课长的一面明镜。我、三上部长、专柜小姐、派遣员工,甚至是厂商的联络人,大家都很喜欢椿山课长。椿山课长为了此特卖活动赌上性命,我们不管怎么样都要让它成功才行。我们能做的也只有这件事情了,这作为百货人的供品,是再好也不过了吧。"

"谢谢。"椿轻轻抛下这一句话便转身掩面而去,她推开安全门,进入另一个完全不同的世界。整个卖场沉浸在华丽的喧闹声中。

椿度过了一天悠闲的初夏时光,就连她自己也觉得很不可思议,从地下街的超级市场一路漫步到屋顶的园艺卖场,遇到熟面孔就攀谈几句。每当她询问商品,店员们都会很亲切地回答。

"我了解了,谢谢。"

"谢谢光临。"

"再见喽。"

"欢迎再度光临。"

他们的对话都以道别的话来做结尾,虽然椿说了"再见",但对百货公司的店员而言,这句话却是禁忌。就算顾客什么都没有买,他们还是要低下头来道谢"谢谢光临,欢迎再度光临"。

"再见。"

"谢谢光临。"

她用这样的方式与众多的伙伴告别,刚开始会觉得有点难过,但走了几层楼后,心情也平复许多,感觉就像是被调到乡下地方分店时,一一向同事们打招呼的情景。

身为一个百货人,自己算是非常幸运的。可以在全国各分馆营业额最高的地方待上二十八年的男性店员,真的是稀有动物,就算有人事异动,也是从馆内的某部门调到另一个部门,重点是自己从来未曾离开前线卖场。

大部分同期的同事都在行情好时被调至各分馆,或是在百货公司合并时被调往乡下的百货公司。而自己明明度过了那么长一段一人吃全家饱的岁月,却一直没有被调离总店,真的可以说是个奇迹了吧。细细地走过百货公司每个角落后,也已经是黄昏时分,椿在屋顶广场的长椅上坐了下来。

这个时候,她才惊觉涩谷恰如其名正是一个山谷。

东边有宫益坡、西边是道玄坡,而山谷底部则是山手线与明治通。现在已成为地下水道的涩谷川,想当年自己进入公司时,它还是一条散发恶臭、满是淤泥的小河。

这间百货公司是被放在山谷里的梦想宝盒，它被宣传布条还有灯光串饰包装得精美绝伦，而自己在这个盒子里，持续贩卖梦想长达二十八年之久。

黑色手提包里的电话响起。"昭光道成居士，您似乎有些开悟了呢。"

眺望着淡墨色的天空，椿将手机话筒贴在耳际，"好痛苦啊……"泪水稍微冲淡了自己的悲伤，如果男儿有泪亦能轻弹，自己也许就不会沦落这般田地了吧。

"哎呀呀，您变得好敏感啊。"

"当然会难过啊，我都已经死了，但这世上却一点改变也没有。死，难道只是'咻——'的一声飘离人世间那么简单吗？"

"这不是理所当然的事情吗？"麻耶显得有些难以理解。与人们的告别以及这个世界的风光在在都让椿感到难受，怎么样都遍寻不着自己努力了四十六年的痕迹。

"我真不应该回来的……"

"当初按一个按钮不就能清除在世时犯下的罪行吗？然而您现在说这些又有什么用呢。"

"……可是，我明明就是被冤枉的啊。"

"真是的，您还真是讲不通呢。昭光道成居士，我跟您说，这世上根本没有什么人可以终生了无遗憾的啊，一切都是自己的自尊心在作祟罢了，如果您后悔了，随时都可以中止遣返哦。怎么样呢?"

椿思考了一会儿。自己因为回到人世,发现了许多不想知道的事实,就算洗清了邪淫的罪嫌,事到如今,挽回一个亡者的名誉又有什么用呢。

"昭光道成居士,怎么样呢?"

"我还是决定继续下去,我不喜欢事情模棱两可的。"

"啊啊……"麻耶无力地叹息。

"你觉得很困扰吗?"

"当然困扰啊,虽然这时候也没什么好说的,可是您知道吗?我为了你们还取消了夏季旅行啊,那可是很热门的'须弥山极乐度假山庄十五日完全放松之旅'啊,而且我还预约了好多付费行程呢。"

"……付费行程?"

"对啊,像是'试穿天女羽衣的赏花行程'、'由菩萨导览之空中缆车观光行程'、'净土·海水之顶级SPA保养'等,啊啊……真是令人生气。"上班族到了黄昏总是会有些烦躁,不论哪个世界都是一样的。

"麻耶小姐,对不起,但我还是不喜欢按钮赎罪这种做法,我希望自己一直都能够非常光明磊落。"

"您还真是爱说笑呢。"麻耶不怀好意地笑了,透过话筒可以听见椅子吱嘎作响,以及麻耶不耐烦地把玩圆珠笔的声音。

"就是像您这种完美主义者,才会看不见自己的脚步,也才会对生活周遭的事物视若无睹啦。您就仔细瞧瞧自己是不是被冤枉了吧,再见!"麻耶似乎气得丢下话筒,只听见咔嚓一声电话就断了。

哀伤的《红蜻蜓》音乐自屋顶的广播喇叭流泻,打烊的时间到了。

他在还没有上学的时候,曾经和妈妈到这间百货公司,当时屋顶就像是个热闹的游乐场,各式相声及魔术表演在舞台上登场,而乐队则是持续演奏不同的爵士乐,到了中午,便会有很多家庭围着长椅吃起便当来。也许当初会选择到这间百货公司上班,就是因为当天愉悦的回忆令人怀念吧。

此时,椿想起妈妈手心的触感,于是她握紧手掌。

为什么现在会将妈妈的事情忘得一干二净了呢?由于自己对人世间还有太多的眷恋,竟然忘了与过世妈妈再会的喜悦。只要搭上SAC向光前进的手扶梯,就能与往生极乐世界的妈妈相会,还有祖父、祖母、老师、意外死亡的好友,以及先走一步的人们都会来迎接自己吧。

她想起当初搭上手扶梯的那些亡者们,这才终于明白了为何他们脸上都挂着期待的表情。当时自己还在心里责备他们。

"你们真的都没有任何遗憾吗?难道你们的人生就这么简单吗?只要自己能到极乐世界,其他事情都无所谓了吗……"

现在想想,也许对现世还存有眷恋的自己才是笨蛋,死亡虽然是现世的终点,但也是来世的起点啊,其实只要明白了这一点，就会知道没有必要再回顾过去了。

麻耶说的话正是自己的写照。自己总是相信拼命工作才是真理，却一直忽略作为一个人最亲近、最应该好好重视的事情。无视爸爸后半辈子的生活，还自以为妻小是自己的附属品。

"让你久等了。"佐伯知子把头从咖啡馆的门外伸进店里。

"老板，不好意思哦，今天我要跟她好好地聊一下椿山先生的事情。"

当自己还是单身的时候，常常像这样等知子下楼来。由于珠宝部门每天打烊后都要盘点还有收拾，因此等的人一定是自己。

"你们就尽情地聊聊吧，这样椿山课长一定也会很开心的，谢谢光临。"

椿在老板温柔声音的包围下走出咖啡馆，而知子提着超市的袋子等在一旁。

"你要不要来我家呢？那样子也比较好讲话吧。"

"什么……可，可以啊，不过不会打扰到你吗？"

"你不用介意啦，我只有一个人住。"

由于百货公司的店员已经站了一整天，一心只想着要尽快把鞋子脱掉，因此大部分人下班之后不会再去别的地方，而会选择直接回家。尽管如此，邀请初次见面的女人到家中做客仍令人感到意外。

"虽然是夏天，我还是想说来吃火锅好了。"

椿走在往出租车搭乘处的路上，心里隐隐作痛。他们常常一起在知子的公寓吃火锅呢，因为百货公司的店员都很晚才能回去，所以他们最喜欢把又方便又丰富的火锅当做晚餐。

"这也是供品吧。"知子稍微侧目盯着椿，坐进出租车内，"不好意思，麻烦在并木桥左转。"

椿闭上双眼。知子至今还住在自己以前经常进出的公寓，一直到结婚前，自己偶尔还会在那个公寓过夜，隔天才和知子一同出发到公司。

椿简短地问道："已经很久了吗？"

"嗯……你是说工作吗？还是说住在这里？"

"住在这里。"

夏季夜晚的霓虹为知子的脸颊染上一抹红晕，面对突如其来的问题，她一派平静地回答道："说长不长、说短不短，我已经在这里住了近二十五年呢。最近房子愈来愈便宜，我还想说是不是要该换房子了，没想到椿山就发生那种事情。"

知子的话语在椿听来就像是个谜题，只见知子淡淡地微笑。

真是不知所以啊，买房子与自己的死有什么关系呢。

"我好像还没有问你的名字。"

"啊，对，我叫和山椿。"

"和山椿……你不是在开玩笑吧。"

"没有，一切都只是巧合而已，椿山先生还说这样子我们一点也不像外人。"

知子将身体往前挪了挪窥视椿的表情,"那你跟他是外人吗?"

真是个难回答的问题。他们当然不是外人,严格来说,根本就是同一个人。但若这样回答,便触犯了冥界的规定,会发生很可怕的事情。知子还是在怀疑自己的身份吧。

"你说话啊。"

这个问题本身就是个陷阱,不回答的话便表示默认。

"外人,我们当然是外人,没有任何奇怪的关系。"

"你真不会说谎呢,这点和椿山真像。我能不能将这解释成你和椿山有了长久的亲密关系,才会愈来愈像呢?"

"可以,这样很好。"

知子小声咒骂道:"那个笨蛋。"

"请问佐伯小姐,你买房子跟椿山课长的不幸之间有什么关系吗?"

"当然有,而且还是很大的关系,反正你等一下就知道了。"

出租车像是迷路般在狭窄的住宅区里迂回后,便停在令人怀念的公寓门口。眼前这栋三层楼的公寓,仿佛被嵌在屋敷町的森林里。

"虽然这已经是屋龄二十五年的老房子了,但房东人非常好,房租也不会随意调涨。"

两人抵达公寓门口。

"虽然我不知道你和椿山是什么关系,但我和他绝对不是外人。"

我知道,椿诚实地回应道。

"这个房子,是我年轻的时候和椿山一同找的,我本来想把它当做我们甜蜜的家呢。"

椿此时才忽然想起，赶紧按下录音机的录音键。

椿一直思考着知子方才说的"甜蜜的家"其定义为何，至少当初他自己不是这样想的。知子有点轻蔑地说："但我与你的情形不同，你不要觉得和我是同病相怜。"

"那是什么意思？"

"我不觉得我是在和椿山先生搞外遇，而且当他跟我说他要结婚的那个晚上，我们两个就彻底地分手了。"

"真是干脆呢。"

"对男人来说，这种女人真是太方便了，呼之则来、挥之即去。你要不要听我们在一起最后一个晚上的事情呢？"

我不想听。那个晚上说的话里没有道歉、没有告别，我还记得一清二楚。

在昏暗的灯光下，知子掏出钥匙开门，并用一种很坚决的语气说："恭喜、谢谢。你有听过这样的分手对话吗？"

打开大门、点亮日光灯，椿便在玄关处看见红色与蓝色的拖鞋。

"我之所以会摆拖鞋，并不是因为我有男人哦，那些都是椿山生前穿的用的，那双拖鞋已经摆在那里八年了，你可以穿没有关系。"知子脱下鞋子进入房内，她回头看着犹豫的椿，"怎么了？不想穿死人的拖鞋吗？"

"不是啦……"她完全没有想过知子竟然一直在等着自己回

头，她认为两人的关系应该是毫无眷恋的淡薄情谊才对。

经过短短的走廊，就会看见附加开放式厨房的起居室，而纸门的另一边则是摆着一张双人床的小和室。这个房子的格局虽然是狭窄的一房一厅，却是当时勾勒都会生活的最佳场景。

起居室的灯一打亮，椿整个人便呆住了。不仅室内的摆设跟八年前一模一样，墙壁上还装饰着几张放大的两人合照。

"这就是刚刚问题的答案。我想他不会再回到这里了，所以我也该早点放弃这种生活，买个新房子重新开始。"

说着说着，知子就像是缺乏氧气的花朵，疲软地坐在地上。

"你不要误会哦，我这么做并不是在等他回头，我是真心希望他能得到幸福。不管他受到什么委屈，我都希望能让他幸福。"

邪淫罪——像一件湿透的皮衣，挂在椿的肩上。一定要替自己辩护一下才行。不是以椿山和昭这个人，而是以和山椿的身份。

"佐伯小姐，我跟你说，我和椿山课长不是你想的那种关系。"

"事到如今也无所谓了吧。"

"我说的是真的，我们只是普通朋友而已。他会倾听我的烦恼，也会向我吐苦水，但我们的关系就仅止于此。请你一定要相信我。"

知子凝视了椿好一会儿，才终于接受她的说辞。她深深地叹息道："如果是这样……还真像那个人会做的事呢。"

椿心想这样一来，知子也能稍微释怀吧。

"像那个人吗？"

"对啊,椿山他是个好人吧。"

椿无法回答这个问题,只能点点头。

"他真的是一个很好的人吧,让人分不清到底是恋人还是好友的那种好,我想你们之间的关系一定也是那样吧。你饿了吧,我准备一下。"知子恢复精神微微地笑了笑,之后便站在流理台前准备晚餐。

"好人"——知子给自己的这个评价,让人就要喜极而泣,真想将这两个字完完整整地送还给她。

"您爱他吗?"椿毅然决然地问道。

而厨房传来的答案,听得出来带着一丝惊讶,"我不知道,因为我们的交情实在太好了。"

"我觉得嫉妒就是爱情的温度计。"

"嫉妒啊……嫉妒。如果我说没有,那是骗人的吧。"

"我想了解佐伯小姐内心的所有想法。"

"好啊,我也是因为想告诉你,才把你带到家里来的啊,我会畅所欲言的。"

知子一边切菜,一边哼起歌来。

敬酒

先干杯吧。

啊,不对,开心的时候才会干杯吧,这个时候应该是……对了,是敬酒啦。

那……敬酒。

啊……好好喝啊。酒真是种方便的东西呢,无论我们有多伤心,酒的味道都不会改变,但当我们身体不舒服的时候,酒怎么样也好喝不起来。

喝啤酒就可以了吗?我还有日本酒跟威士忌呢。

以前我们常常像这样干杯呢,虽然已经是八年前的事情了,我们最后一次一起吃火锅,就是他说要结婚的那个晚上吧。

你想知道我内心的所有想法吗?

真是奇怪啊你,人都已经死了,知道他的过去又有什么意义呢,而且你还说跟他只是单纯的外人,真是愈来愈奇怪喽。

我不会觉得讨厌，反而还觉得很谢谢你呢，也许我把你叫到家里，就是想跟你诉苦吧。我想把到现在都不能告诉别人的心情，一次说个痛快。

其实这些话告诉你一点用也没有，我应该要好好让那个人知道我的想法，我曾经想过要说出来，但是却再也没有机会了。

还有十四年。对，我本来想说等我们一起光荣退休，抱着花束走出百货公司的那一晚，我一定要当着他的面把话说清楚。很长远的计划吧，但我怎么想都觉得只有在那个时候，我才有立场表达我的心情。

我也有想过说不定我根本活不到那个时候，那也只能说太遗憾了吧，但我做梦都没想到那个人竟然会发生这种事情。他是那么的有活力、有朝气又有精神的人啊，竟然在特卖活动第一天因为跟厂商喝酒，喝到脑袋的血管破裂，这比我中乐透拿到几亿奖金还要不可思议啊。

每天早上我起来的时候，都会觉得这一切只是一场梦。今天早上也是，我就这样化好妆去上班，但我却没有在咖啡馆看到那个人，走进员工专用的出入口，要打卡的时候，我也一直找着那个人的名字，那个时候我才终于清醒，原来这一切都是真的。

你到底是哪里的谁，到底跟那个人有什么关系——其实我已经一点都不在乎了。

这一定是上天安排的缘分吧。让我可以把你当成椿山和昭，好好把话讲出来，说到底，不是为了别人，就为了我自己。

我跟那个人从进公司以来就非常合。

因为我们很像吧,同年、生长的环境也很相似。那个人的母亲很早就过世了,而我则是因为爸爸妈妈离婚,从小就是妈妈一个人把我带大。另外,我们明明都可以上不错的大学念书,却都因为考虑到爸爸还是妈妈的负担,才选择了就职这条路。

也就是说,我们两个的价值观还有世界观都一模一样。

我们在经济起飞的时期出生,若是以平均来看,我们这一代应该是世界上最幸福的人吧,不像上一辈那么困苦,也不像现在的小孩那么竞争激烈。只是呢,前提是"平均来看"这个点。我们两个因为家里情况不允许,所以没有升学选择了就职,这样是达不到平均值的。

对我来说,百货公司的工作可不能因为结婚就不做了,因为我妈妈身体不好,我又想供我弟弟上大学。

这不是在说故事啊,我又不是唱戏的。

其实,我一进公司就知道,除了我们两个之外的高中毕业生,大家程度真的都很差。

在百货公司上班的人都知道,这是个讲究关系的世界。虽然大家都不说,但其实很多人是靠关系进公司的,像是股东的小孩啦,或者是通过大客户介绍来应征的人,其实这年头只要有关系还是有钱,都一定有大学可以念,但那些人却连一间大学都进不去,这样你就知道他们的程度有多糟糕了吧。

还有,百货公司是讲究学历的世界,只要看一个人大学毕业还是高中毕业，就大概可以知道他能不能升迁了，在重点分店的高中毕业生，不管再努力最多还是只能升到课长吧，否则就要被调到乡下地方的分店或是子公司。

我们打从一进公司就知道会面临这样的命运，所以同期的高中毕业生其实都没什么心工作，而女生则是一心想着要在大学毕业的店员还是厂商中找个金龟婿。

每次看到这些人，我都会觉得很烦，就连话都懒得跟他们讲。但是，只有那个人不一样。你应该可以想象吧，年轻时候的椿山。那个人简直就像家里开吴服屋的继承人。

虽然他的工作能力并不是特别突出，个性、外表也都非常平庸。但很不可思议的是，他这个人非常直，可能有时候不是那么圆滑，但只要他做事，从来不会出错。你有和他一起共事过，应该很清楚吧。

现在的百货公司还一直延续着吴服屋时代的习惯，有一些百货公司的用语和江户时代一样，例如称呼"顾客"为"前主"啦，然后"洗手间"是"远方"、"不良品"是"鱼鳞"等，我还蛮喜欢那种古老的感觉呢。

我们刚进公司的时候，百货公司还没有改装过，还有那种旧式的电梯，也有用大理石、黄铜打造的楼梯，老店员们看起来都很像百货公司的守护神。

年轻的椿山在汰旧换新的百货公司中，一个人做着像是继承人的工作。他原本就不高，一忙起来就更矮了，整天就看他在卖场里跑来跑去的。

"认真工作的人"不一定就能头角峥嵘,不只是百货公司,这种事情应该在各行各业都能看到吧。想要出人头地,有几个条件,首先,学历是先天性的决定因素,再来就要靠上司的赏识,或者用业绩数字来取胜。

就这点来看,那个人真的是太可怜了。虽然他非常认真工作,但就是有那么一点不懂人情世故,像那个女装部的三上部长啊,你知道他吧……那个三上把椿山所有的功劳都往自己身上揽。

哎,这时候说这些也都没有用啦。

反正呢,我就是喜欢那样的椿山。

说实在的,那个人根本就是个笨蛋吧。如果不是真的笨蛋,怎么会就这样走了呢,感觉上他根本就是自己走上这条不归路的。

你问我爱不爱他?

……你问问题还真够直接的啊,该怎么说呢。

不过现在再逞强也没有用了,我就告诉你实话吧。

我真的很爱他,很爱很爱。从我们还是新人开始,就一直一直爱着他。

——你还好吧?脸色都发青了,身体不舒服吗?

哎呀呀,不会喝酒就不要喝那么多嘛。

喂,你不要吐在这里哦。觉得不舒服就去"远方"待一下吧。

椿小姐,你还好吧!

来,白开水。你稍微躺一下吧,我会继续说的。

那个人也常常像这样睡在这张沙发上呢,有时候他加班加太晚,就会跑来我这里借住一晚,当然那时候他还是单身,已经很久以前的事情了。

我说我爱他是真的,而且我也没有理由要骗你吧。

我对他说了很多谎话……为什么啊?为什么呢……我也不知道,总之我就是没有办法告诉他我喜欢他。

当初我们之所以会发生关系,真的是顺其自然。那时候我和高中时代交往多年的男友分手,失恋真的很痛苦,而他一直在旁边安慰着我。

现在仔细想想,也许当初我会选择告诉他我的烦恼,就表示我对他也有某种程度的好感吧。

不,还是不太对。应该说是因为当时我男友在大学另结新欢,所以我也想找个男人吧。我是不想让自己觉得被抛弃了,想跟我前男友说"彼此彼此"吧。

其实这段关系根本就不应该发生的,一个被男友抛弃就随便跟别人上床的女人,一个抓住女人弱点予取予求的男人,这就是我和椿山之间心照不宣的默契。

我们原本只是同期的好友,却在一夕之间亲手破坏了彼此的信赖关系,现在还说什么喜欢啊爱的,又有什么用呢。

如果要我说……

与其跟那个人成为情侣,我真的比较想当他的好朋友,因为他真的是一个好人。我想他一定也是这么想的吧,所以在我们之间,谈爱是禁忌。

那个人常常说"如果佐伯是男的该有多好啊",我也想过好几次,"如果椿山是女人就好了"。

Sex friend?我真的不喜欢这个字眼啊,但性对人们来说就像吃饭睡觉一样自然,所以我觉得这种关系一点也不奇怪。

我们从来不谈情说爱,只是不断地重复既成事实,久而久之,我也真的只能把我们的关系称为"Sex friend"了。

好,敬酒。

你不要太勉强喽,你是没有办法跟我比的啦,我因为每天晚上都一个人喝酒,酒量愈来愈好了。

你不懂?这样啊……我还以为你也是女人,应该会了解我的心情呢。

被男人抛弃之后,谈恋爱都会特别谨慎,因为不想再经历一次惨痛的失恋,因为不想再受伤。

说实在的,如果那么软弱,根本就没有资格谈恋爱吧。

我不敢说出爱这个字,很怕在说出口的瞬间,就会成为感情的奴隶。而且如果我说因为失恋而喜欢上安慰我的椿山,别人应该会觉得我很随便吧。

所以我好想从那个人口中听到"我爱你"三个字啊。

但椿山并不爱我,他只认为我是一个可以发生性行为的好朋友而已。其实这种事情我早就心知肚明了,但我却无法改变自己的态度,因为我不喜欢凡事都局限在感情里,也不想让自己被男人耍得团团转。

真傻啊……虽然那个人也是笨蛋,但我却是笨蛋加三级。

我骗了那个人好几次,好几次我都跟他说有了喜欢的人,那是因为我想如果他对我有感觉,就应该会想办法阻止我。

那些事情全——部——都是骗人的,除了那个人,我根本就没有把其他男人放在眼里。

我本来想他听到我说的话,应该会有点着急才是,没想到他每次都只说"啊,这样啊,加油哦!"接下来的日子,他就不会到我这里来,直到我又骗他说我失恋了,他才会再来安慰我。

这种戏码上演了好几次,有一次我狠下心来问他说:"椿山,我跟别的男人上床,你一点感觉也没有吗?"

你觉得他会怎样回答我?他只说了三个字,"没有啊",真的是一个又难教又迟钝的男人啊。

他也曾经告诉过我他有喜欢的人了,当时我真的好着急啊,可是我又不能让他发现我真正的想法,只能笑笑地说"啊,这样啊,加油哦!"但我想那个人说的应该都是真的。

我们之间不曾谈情说爱,也没有像普通情侣那样约会过。更不要说什么一起去旅行、交换礼物、手勾手走在路上了,我们两个人就连手都没有牵过。但我还是打从心底爱着那个人。至少从二十岁到四十六岁,这二十六年来,我一直深爱着他。

你说你不相信吗?

其实不管你要怎么想都无所谓吧,因为跟你没关系啊。

一直到第五年，我都觉得可以试着从零开始，但是呢，一排扣子只要第一颗扣错了，要重新来过就得花上更多的时间。只是一个不注意，扣错的扣子就随着岁月流逝而愈来愈多，这排扣子虽然有点丑，但不知怎的却让人很心安。

我们的工作都非常忙碌，我快三十的时候升为卖场主任，那个时候开始与厂商接触。说实在的，因为我跟椿山在工作上的表现都很好，所以那些大学毕业的采购都非常依赖我们。对我们这些人来说，工作是一种自然反应。卖场就是战场，根本没有时间让人迟疑，所以无论那些将官多么优秀，打仗的时候还是得依赖实战经验丰富的士官才行。

我们要负责铺货、退货、集货、陈列商品，还有指导年轻店员及厂商派来的派遣员工，甚至还得处理客诉、达到每日业绩目标还有烦恼的人际关系，压力只会不断累积。

那时候我开始觉得我们之间怪异的相处模式非常方便。

嗯什么嗯啊，你不要一副很了解的样子。

也就是说，我们不会像情侣一样给对方找麻烦。简单讲，圣诞节的时候，因为我们只是"附赠性行为的好朋友"，所以也不用烦恼该送对方什么礼物，因为工作实在太忙了，身心俱疲的我们对这些事情一点兴趣也没有。说真的，我觉得我们的关系非常方便。而且那个人啊，实在拿女人没什么办法。

虽然他有时候会因为喜欢的人出现而与我保持距离，但顶多不出半年，就一定会回到我身边。

外形不佳、讲话无趣、又没有钱，嗯，顶多撑半年吧。

但他从年轻时就是个色坯，而且出乎意料地缠人，所以他往往都会成功达成不可能的任务。

其实一般来说，女人是不会喜欢他那种类型的，但因为他真的是个好人，总是会给女人一种错觉——"好吧，那就试试看吧"。他常常会把这样想的女人当做情人，但不出半年，双方都会丑态毕露，最后也只能挥手说"再见"了。

他真的不知道自己的问题出在哪里。他将工作时的自信心直接投射在恋爱上。他以为职场上的信赖度就等于一个男人的魅力，但其实这真的大错特错，一般来说，情形应该是相反的吧。

我一直以为我迟早会跟那个人结婚的，就算已经面临放弃的关卡，我还是深深这样觉得。

我什么事都准备好了呢。他父亲似乎对我很满意，所以我甚至想过把工作辞了，做一个照顾公公的家庭主妇也不错。因为我弟弟已经结婚，跟妈妈住在一起，所以一点问题也没有。

椿山的父亲人非常好，既温和又认真，是那种满脑子"我为人人"的人。每次一想到他一个大男人把我最喜欢的椿山拉扯长大，我就会感激得掉下眼泪，就算要花一辈子的时间也无所谓，我真的想好好照顾他后半辈子。

我真是个蠢女人啊，十八岁开始就在百货公司里奔走，每天一直重复"欢迎光临"、"谢谢光临"，这就是我的人生。而我却没有办法抓住自己的幸福。因为一件好事都没有，所以我自以为上天会帮我安排一个最适合我的幸福。

就是在那个被梨田包围的小房子里,和他还有他的父亲三个人一起生活。我当时深信这就是我的未来。

所以呢……八年前他谈最后一次恋爱的时候,我真的松了一口气,因为我想再半年我们就可以办喜事了。

由纪是那种常常从陌生人手上接过情书的美女,如果用以前的话来说,就是我们的百货西施,虽然我不知道椿山当初怎么约到她的,但我想说撑个半年,不,三个月就差不多了吧。是时候了,椿山,跟我结婚吧——我甚至连求婚的台词都想好了呢。

虽然好像是昨天才发生的事情,但是已经八年了。我那时候三十八岁,由纪还小我一轮啊,不可能的,论谁来看一定都会觉得"不可能的",所以我当时很放心,椿山还是跟我比较相配。

同期的女员工都已经离开公司了,也许转换跑道,也许嫁人了,反正"百货小姐"原本就是一种消耗品。我一点也不急,并不是说没有男人来约我,只是我都没有动心。因为我相信与椿山结婚才是我的命运,而这些来来去去累积的感情故事,都会成为我们老了以后的回忆——我当时真的这么认为。

说到累积,连续工作了二十年的单身女性,身边总是会有一些钱,我打算用房子的首付款来代替嫁妆,而且我们的婚事不会有人反对,我也还能生小孩,总而言之,我当时真的是"万事俱备,只欠东风"了,一切都只要等到他失恋就可以成真。

所以……啊,可恶可恶,我不想回忆起这件事。对不起,椿小姐,我每次想到那天发生的事情,我就会开始暴躁。但我一定要提起勇气才行,加油,知子!反正事情都已经过去了。

我跟你说,那个人死了以后,一部分的我松了口气,因为事情终于结束了。这样一来,我就不用再想起那天发生的事情,虽然我想我永远都忘不了,但因为总是结束了,自己也可以找到出口。

那天跟平常没有什么两样,我一直站在玻璃柜前接待客人,那个时候,我看到椿山和由纪一起搭手扶梯上楼,两个人都穿着休闲的服装,所以应该是一起休假在约会吧。

我当时就有不好的预感,我想我的脸色一定很差吧。

因为这两个人在交往的事情,应该是公司里谁也不知道的秘密啊,但他们两个竟然一起出现在公司里,这不是很奇怪吗?他们两个人到了七楼,那人便对着我微笑,而由纪边笑还边点头致意。

那一瞬间,我闭上眼睛努力祈祷,"不要过来,直接到八楼吧。你们不是要到这层楼,你们是要去八楼餐厅吃饭的吧。"

我一点也不想接待客人了,只能弯下腰躲在玻璃柜后面。

钻石婚戒在我眼前排成一排,越过闪闪发光的绒布垫,我看到他们两个人朝着这个方向走来。

"不要过来,不要过来啊。"

你应该不知道身为百货公司店员的悲哀吧。因为我们卖的是梦想,所以不管我们正在经历多么痛苦的事情,只要站在柜台前面,就一定得端出笑容。一年三百六十五又四分之一天,我们都得扮演圣诞老公公的角色。就算打从心底深爱着的男人来买结婚戒指，还是要笑着对他说"欢迎光临"。

在我起身前，我用力地闭上眼睛，并狠狠地咬紧牙根，然后，做出一个招牌笑容。"欢迎光临。"我总算是站了起来，虽然我的膝盖在颤抖，但我想那个笑容一定非常完美。

"哎呀，有点不好意思呢，我是来帮你做业绩的啦。"

"谢谢您，是要当结婚戒指吗？"

那个人嘿嘿地笑了，还在玻璃柜上比画出一个小小的 V 字。接着，他就向由纪介绍我，"佐伯股长是我的同期，她的眼光绝对没有问题，而且我们在这里买还可以打折呢。"

天啊，椿山，虽然我很高兴你有心要帮我做业绩，但你的神经也太大条了吧。我喜欢像孩子般天真的你，但你也太天真了吧。

二十年来，我卖了多少颗钻石啊，而且都很真心地包装这些爱的见证。

"恭喜，我这里刚好有特选的钻石哦。"

我看上的当然都是最好的，我挑了一颗最好的钻石，放在玻璃柜的角落，但那是为我们"特选"的啊。

"呜哇，好像超过预算了呢。"

我小声地跟他们说："椿山，你放心啦，交给我就好了。你们不要在这里结账，我会请盘商直接送到你们家，可以省下一半的钱呢。"

我只要将选定的商品贴上退货标签送回给盘商，盘商就会看在我这个卖场股长的面子上,不通过百货公司,直接以成本价将商品卖给那个人。

"谢谢你啦……那这样就不能算是你的业绩了吧?最近你的业绩压力应该很大吧。"

"业绩?拜托,我最近也想说赶快找个人嫁了,到时候就要跟这里说莎哟娜拉啦,省下来的钱就用在度蜜月上吧。"

椿小姐,你不要误会哦,我这样做或这样说都不是存心要刺激他的。虽然我觉得很丢脸,但我却不后悔,因为我真的很喜欢他。虽然我很喜欢他,但却无法为他做些什么,我那时候想,我能为他做的,应该也只有这样了吧。

那是我亲自为我们两个人所选的钻石,虽然我记不得二十年来,我到底卖了多少钻石,但我确定那是一克拉钻石中质量最好的,所以我才把它放在玻璃柜的角落,并摆上"已预订"的牌子。

我打算把最好的钻石当做我最后的工作,将我选的钻石套在我的手指上,当然还是要计算业绩才行,然后对自己说"谢谢光临"。为什么要这么做……你真的一点也不懂啊,不过你只是个外人,不懂也是应该的吧。因为我爱那个人,就是这么简单。

我最大的愿望就是希望那个人可以得到幸福。虽然听起来我好像不肯认输,但准确来说,应该是我逼自己要这样想的吧。

椿小姐,你听好喽,这世上有一百种恋爱,其中九十九种都是骗人的。为什么呢?因为那都是为了自己而谈的恋爱。而我却经历了那唯一的真爱,那就是为了所爱之人奉献的感情。

为了那个人，我可以不要命、不要钱、不要尊严，也可以抛弃自己的幸福。

"真是不好意思啊，这样好吗？"

"不要在意啦，你们两个要幸福哦！谢谢光临。"

面对他们两个人的背影，我真心低下头为他们祝福。

几天之后，椿山的父亲偷偷地跑到公司来找我。

拜托，他父亲跟你又没有关系，你不要一听到什么就很惊讶的样子好不好，虽然我看得出来你很投入，但也要控制一下吧。

那个时候，他父亲还很健康呢。这次的事情，由纪好像没有让他知道，他就一直在赡养院里，连葬礼都没有参加。我觉得那样也很好，我觉得不管他能不能理解这次的不幸，都不要告诉他比较好。

对了，他父亲啊，在他们订了婚戒的几天之后，就悄悄地出现在公司里呢。当他搭手扶梯到了七楼，我刚好跟他四目交接，他一看到我就弯下腰不动，他身旁的人一定都觉得很奇怪吧。

我吓了一跳，赶紧过去假装是要招呼熟客，然后跟他一起搭往上的手扶梯。椿山与由纪的传言当然在公司炒得正热呢，当然，还是没有人知道我们之间的关系，所以他父亲跑来公司这样做，被别人看到就糟糕了。

"佐伯小姐，对不起。"就算我们一起站在手扶梯上，他父亲还是一直低着头向我道歉。

"没关系啦，我们只是没有缘分而已。"

我只能这样说了。虽然我们在屋顶的长椅上又谈了好一会儿，但我还是不断重复这句话，"没关系，没有关系啦"，我怕我多说一句，眼泪就会情不自禁掉下来。

他父亲不停地向我道歉，说椿山真是个混账，希望我能原谅他。我真的很高兴。至少在这世界上有人了解我的心情，我心中的那块石头，终于放了下来。

真的要感恩父母亲啊。他父亲是这么样一个认真的人，应该没有办法掌握女人心才对啊，但他却了解我的想法。

虽然我常常到他们家帮忙洗衣服还有打扫，但一直没有好好地跟他聊过。尽管如此，他还是了解我的想法。

为什么他知道啊？我想，那一定是因为他很爱椿山吧。

纵使他装作一副什么都不知道的样子，但对于椿山所有的，甚至是连本人都没有注意到的事情，他都一清二楚。

我也没有什么好说的了，因为我明白他的爱，比我的爱要多太多太多了。所以我心服口服。嗯，应该说我不得不心服口服吧。

会造成这样的结果，其实我自己也有责任啊，因为我无法好好地表达自己，才浪费了两个人宝贵的时间。虽然我不觉得自己是输给了由纪，但我了解椿山永远不会成为我的。

因为他父亲太正直了，让我非常痛苦，所以我撒了一个谎。

"其实我也有喜欢的人了，最近就要论及婚嫁，所以请您不要再介意了。"

他看着我的惊喜眼神，实在太过耀眼，但我不能哭，我一哭谎话就会被拆穿。我用尽全身力气做出来的笑容非常成功,他完全没有起疑,再怎么说,打造招牌笑容是我的工作啊。

"你会幸福吧。"

"是的,我们都会,所以请您不要再低着头了。"

"这样啊,可是我还是觉得有点可惜呢。"

"我也觉得有点可惜,虽然我和椿山没有缘分,但伯父人真的好好。"我明白我不能再多说些什么了,再说只会让他更伤心罢了。

"谢谢你一直照顾我们两个,我今天就是来向你道谢的。"

我只是静静地点头,就连"是"都说不出口。

但站在电梯前向他告别的时候,我鼓起勇气说了一句话,"伯父,请您不要拿我和由纪比较哦。"

无论如何,我都想先为他做好心理建设。虽然我知道自己没有立场这样说,但我没有看见他当时做了什么样的表情,因为在泪水满出来以前,我低下头去向他道谢,"谢谢您的照顾"。

一直到电梯门都关上了,我还是保持着那样的姿势。

火锅要烧到底啦,快点吃吧。

你这个人还真有趣呢,听了我的故事又惊又喜的,自己却一句话也不说,其实你根本就不想听这些吧。

无法表达自己的女人太吃亏了。成熟的女人不需要讲太多自己的意见,但是一定要学习如何表现自己。表达意见是一种权利,但表现自己却是义务。如果搞不清楚状况,就会被上司误解、被部下讨厌，甚至被同事排挤。自己具有的实力以及付出的努力也不会获得合理的评断。

哎呀，这种事情也轮不到我讲吧，今天我们要聊的是椿山才对。人家说最好的供品就是谈论关于亡者的回忆，不知道是不是真的，我自己是觉得人死后就一了百了了吧。

所以呢，刚刚这些话不是给椿山的供品，而是给我自己的灵魂，爱的供养——哈，都可以当演歌的歌名了。我真的轻松许多，因为这些都是我很想讲却又不能讲的秘密。

椿小姐，你听我说，接下来我要说的话，你放在自己心里就好，不能告诉别人，可以吗？

谢谢，我相信你。其实对我而言，我刚刚说的那些话并没有那么沉重，沉重的是接下来我要说的事情。

你应该有听过百货公司里的鬼故事吧，无论是哪家店，一定都会有一两个鬼故事。

很多百货公司都有很久的历史，老店更可能是自江户时代就开始营业，就这样一直在同样的地方，挂着同样的招牌，所以自然而然会发生很多事情，百货公司里总是会流传些恐怖的故事。像是大奥的侍女每天晚上都会出现在和服卖场这个故事就很有名啊。

另外，像是某间百货公司在战前时曾经发生火灾，当时在买内衣的那些女人因为来不及搭云梯车逃生，一个个从窗户跳下来，当然都活不了啊，所以听说她们现在还是会一直到百货公司说要买内衣呢。

还有还有,在空袭时被烧个精光的百货公司,后来重建之后,只要关上卖场的灯就会听见有人在惨叫。而且好像每个百货公司的那些假人都怪怪的,像是会流血啊还是什么的。

你干吗那样笑啊?

真的吗?你对这种故事没有兴趣哦……真是无趣的人啊你。

但是呢,所谓的百货公司怪谈不是鬼故事,而是更可怕的,活人之间的故事。

因为卖场严禁聊天,一来是对顾客很失礼,二来是因为不管多闲,仍然有很多可以做的事情。无论是哪一家百货公司,对于新人刚开始的训练,都会教大家一旦站在卖场,就只能和同事交换必要的对话,不可以闲话家常。

但在全都是女人的职场,要她们不讲话,简直跟要她们不准呼吸一样痛苦。所以中午休息时间的员工餐厅还有休息室,真的只能用机关枪互相扫射来形容。因为我们一整天都要关在没有窗户的大箱子里,不许离开半步,所以呢,大家都得了监狱精神病。在这样特殊的环境之下,便产生了百货公司怪谈。

"哎哎哎,你知道吗?""真的吗?骗人的吧。"

虽然大家这样传来传去,但通常都是无凭无据的谣言。

但一年之中,往往会听到一两个令人不寒而栗的消息,这就是货真价实的百货公司怪谈。

你怎么了,脸色不太好哦。

什么?你觉得死人的故事不可怕,活人的才可怕?那你一定吃了不少苦头吧。不过我也觉得这种怪谈真的比较恐怖。

我跟你说，我曾经在休息室听到椿山结婚的消息，当然这个消息我连听都不想听，但人家是在我背后说的，这样我也没有办法。

"哎……你知道椿山的事情吗？"

"他结婚了吧。听说是跟服务台的美女呢，不过这个八卦太旧啦。"

"我不是要讲这个啦，我是听说这件事的经过呢……"

"什么意思？"

"那个美女和岛田交往过哦。"

"什么？真的吗！我不相信，那椿山知道吗？"

"他怎么可能知道呢，上司竟然娶部下的前女友……这种事情传到椿山耳里就糟了，不管他脾气有多好，但他也还是有男人的自尊吧。"

"哇，好可怕啊。"

"你不要太惊讶，可怕的还在后头呢。"

"你一次讲完嘛。"

"岛田跟那个美女啊，好像还一直有来往，因为有人平日中午在圆山町的旅馆街看到他们两个，难道因为椿山与岛田都轮流休假，所以他们可以爱怎么约就怎么约吗？"

"……哎，等一下，这些话太可怕了吧，传出去就糟糕了。"

"我知道啦，可是一直憋在心里好难过。"

椿小姐，喂，椿小姐，睡着了吗？什么叫做是是我还醒着啊，你也真是的，就算一起去喝酒，你还是要张开眼睛听别人说话吧。这个怪谈在休息室传了好久，当然，人们总是会为谣言加油添醋，虽然我不知道我听到的真实性有多少，但一般怪谈应该就是这样写出来的吧。

岛田与由纪原本就是一对恋人。但因为百货公司禁止办公室恋情，所以公司同事通常都要到新人发表婚约的前一秒钟，才会知道那两个人竟然在一起，若非如此，两个人的感情应该永远都不会有人知道吧。

由于岛田的未来已经有所保障，三上部长也一直提拔他，只要他没有犯下重大失误，将来一定可以稳坐店长啊等干部职位。

并不是说和服务小姐结婚不好，而是因为精英往往比较谨慎。因为百货公司的世界讲究关系，如果能通过大型厂商、上司、大学时代的同学介绍，只要能提高自己的身价，就真的是如虎添翼了。因此，这两人的恋爱与感情深度没有关系，他们的价值观基本上就不一样，其实这种事情真的是稀松平常。

我们也会听到女方因为受不了男方模棱两可的态度，进而与别的男人闪电结婚，这其实不能说是怪谈。

椿山真的是一个好人，如果用现在流行的用语来形容他，那就是"治愈系"男人吧，只要有他在身旁，我们自然而然会觉得很心安，所以无论同性异性都会很欣赏他。我觉得由纪一定是想说，反正这个人也不讨厌，"说不定他能让我幸福"，当然，他的确能带给她幸福。说白一点，由纪还真是有眼光啊。

我不知道他们的交往情况，说实在的，我也不太想知道。

可能是因为岛田没有办法忘记由纪，也有可能是因为其他原因，总而言之，两人一直到由纪结婚之后仍然藕断丝连。

接下来的事情就超过我的想象范围了，因为我们是旧人类，没有办法了解新人类的想法。

等一下，椿小姐，你那么生气做什么，冷静一点啊。

那是当然啊，我听到的时候也非常生气，还想过把所有事情都告诉椿山算了，或是跑去狠狠地揍岛田这个混蛋一顿。

但是呢，仔细想想，结婚之后还忘不了旧情人其实真的很心痛吧，而且有种凄美的感觉。扣错扣子的不只我和椿山，他们两个人也是这样，男人与女人之间，完全按照公式进行才奇怪吧。

没过多久，由纪就生了小孩，而大家也都对这个怪谈绝口不提。怪谈也是有禁忌的，愈挖愈大洞的事情没有人敢碰。

百货公司是都会里的梦幻宝盒，幸福的人、不幸的人都会到这儿来买梦想。而贩卖梦想的我们，不会记得那些不能轻松面对的怪谈，我想自江户时代以来，大家都是这样走过来的吧。

我喜欢椿山。虽然打好的算盘全都走了调，但我还是喜欢他，深爱着他的回忆，就足够幸福我的一生。以后，我还是会继续帮顾客挑选他们的婚戒，还是会继续一个人吃着火锅。

你不要这样，我可不想被一个陌生人安慰……你这个人真奇怪，怎么会是你在哭呢。对不起？你跟我说对不起有什么用。

我不会哭的,为什么?因为我打从心底爱着椿山,眼泪要掉下来的那一瞬间,我会抬头挺胸笑着说:"谢谢光临,欢迎再度光临。"

椿,别哭了。虽然我不知道你到底是谁,但人们只要忘记"感谢",就失去了活着的意义。

今天谢谢你,听我说那么多。

最后的任侠

第七代港都家组长蜂须贺铁藏总是起得很晚。一般来说，到了五十几岁，人们所需的睡眠时间就会减少，但低血压、低血糖又低人品的铁藏都一定要睡到中午才肯离开床铺。

但世人却是这样评论铁藏的。

最后的任侠、神农道之光、有容乃大、安贫乐道……

地球上应该没有任何人能像他这样名不副实吧。

举例来说，他说他住在芝大门商店街屋龄五十年的老房子，而且还是租的，这根本就是在骗人。其实他住在芝白金台上的高级大厦，其奢华程度只有在泡沫经济时代才能看到。而他年龄不详的老母亲，一个人独居在前面所说的那间租来的房子。虽然这件事与他本人的所作所为并没有什么关系，但铁藏是"老蚌生珠"的产物，当铁藏出生的时候，现在的老母亲当时就已经是老母亲了。当时，"停经后怀孕的奇迹"还一度成为妇产科学会讨论的话题。老母亲目前年龄不详，而她本人与铁藏也都不想确认她真正的岁数。

铁藏是个自导自演的天才，前面我们提到的那些评论，只要反过来看就是他真正的面目。知道这个事实的，只有每天跟着他的三个孩子，本派、道上兄弟、其他孩子都不知情，大家都以为港都的铁藏老大是一个在芝大门租房子，照顾年迈母亲的穷困人物。

上午八点，对铁藏来说还只是半夜。他枕边洛可可风格的电话，开始咔啰咔啰啰咔咔地响了起来，您没有看错，我也没有打错，那个电话的确是发出这样的声音。

"喂……"

虽然他很想大骂"混账王八蛋"，但万一是银座女人打来的，他可就吃不完兜着走了，所以他还是捺住性子温厚地说，"早安，我是繁田。"

虽然都是在银座，但铁藏一听到是繁田，马上破口大骂："混账王八蛋，你知不知道现在才几点！"

"……嗯，早上八点。不好意思，我以为大哥您在帮妈妈煮稀饭呢。还是说中央区与港区之间有时差吗？"

这家伙怎么那么惹人厌，他一定是对我起疑了吧，说不定他想当下届总长的传言是真的呢。铁藏在心中低语，调整语气后慎重地答道："繁田，你这个笑话不太好笑啊，我跟你说，我昨天整个晚上都在照顾我妈妈，现在好不容易才能休息一下。"

铁藏摸着他理成小平头的头，从路易皇朝风格的帘幔床中起身，当他按下身旁的按钮，女仆便马上将餐盘端进房里。

"那真是辛苦您了，因为我有一件急事要跟您报告，所以才会一大早打电话过来。"

"要是不怎么重要就算了，之前关西火并的事情也已经了了吧。"

铁藏像是喝老人茶般啜饮着咖啡欧蕾，滋润干渴了一夜的喉咙。铁藏眯眼凝视着窗外，白金台的森林不禁让人想起法国的布洛涅森林，他告诉别人一年会带妈妈去箱根泡个三次温泉，但其实他一年会去法国旅游三次。

"其实是武田的……"

才听到武田的名字，铁藏便合不拢嘴，咖啡欧蕾从他的嘴角滴落。

"武田他怎么了？"

"没有，武田他已经死了。事实上，是武田他的……"

"喂，你跟大哥说话不要这样拖拖拉拉，讲重点，重点！"

"嘿是，那我就直接问了，有没有一个在调查武田的律师到您那边去呢？"

因为问题太过直接，铁藏将咖啡欧蕾喷了出来。

"没，没有啊，什么律师啊？"

"嘿是，虽然我不太清楚，但好像是武田的旧识。昨天早上到我办公室来问东问西的，我想他可能也会到大哥您那里去，所以想跟您报告一下。那么,我先挂电话了。"

电话就这样断了。冷静,铁藏试着说服自己,并点燃一根Gitanes。

根本不需要紧张啊,我家租的房子在芝大门,所以那个律师不可能到这里来。那个杀手真是个白痴啊,还说什么自己绝对不会出错,他怎么会把武田看成新宿的市川呢?简直莫名其妙。

"老大,您还好吧。"年轻的手下透过门板问道。

"没什么,不用担心。"铁藏用丝质的睡袍包裹自己结实的身躯,走向微风徐徐的阳台,弯腰坐在白色折叠椅上。

"阿勇,原谅我吧。"铁藏呼唤着武田勇的名字,忍不住低下头去。

最后的任侠、神农道之光、有容乃大、安贫乐道……这些佳评非武田勇莫属,武田的光芒实在是太闪耀了。

"如果让神明来决定下届总长,阿勇,你一定是不二人选。"

大哥,您就不要开我玩笑了——武田的笑脸浮现脑海,他清心寡欲的程度简直就是不可思议。

"阿勇,我跟你说……"Gitanes的烟呛得铁藏睁不开双眼,他低着头开始自言自语,"市川那混账在歌舞伎町搞得太嚣张了,简直就是乱七八糟。本派要我当继承人,我就得帮市川擦屁股。那混账也不想想我的立场,他自己一点事也没有,但就算我有好几条命也赔不完啊,所以我一定要把他给做了。没想到,那个杀手竟然认错人,把你给杀了……"哭完,铁藏抬起头来用手抹了抹脸，他虽然很容易受到打击，但恢复得也很快。

话说回来，那个到处调查武田事情的律师，到底是何方神圣。总之先打电话给老妈，万一有陌生男人到家里，就叫她装死好了，这不是什么困难的事情，老妈只要一动也不动，看起来就像具尸体。二十年前他也用过这招来吓唬 NHK 的收费员，从那个时候开始，NHK 就不曾派人来收费了。

铁藏走回房里，才拿起洛可可风格电话的话筒，手下的声音就从外面传来，"老大，有个客人来找您。"

什么？铁藏叫出声来，话筒自他的手里滑落。

"是个律师，他说他想问武田大哥的事情。"

铁藏忽然觉得全身无力，但他也明白现在不是失神的时候，于是立刻打起精神。其实很难判定他的个性到底是坚强还是软弱，这是许多流氓的共同特征。

"是吗？不要怠慢了客人。还有，你们好好搜他的身，以防万一。"

"搜身"原本是警察用语，但由于流氓与警察的关系既长久又密不可分，最近两者之间的文化愈来愈相似，遣词用字不说，他们就连饮食起居或生活习惯也日益相同，更惨的是有人连脸都非常像。日子一久，会愈来愈像的例子还包括夫妻、美军与日本自卫队，还有作家与编辑等，族繁不及备载。

那我应该要穿些什么衣服面对他呢？铁藏在更衣室里摆了满间的衣服，最后，他决定穿上蓝色的工作服。这世上应该没有比它更方便的服装了吧，国籍不详、职业不详、真正身份也不详。僧侣也好、流氓也好，甚至连陶艺家都很适合这套衣服。

好！鼓舞精神，铁藏"心如止水"地走出寝室。"心如止水"出自《庄子·充符》，"人莫鉴于流水，而鉴于止水"。也就是说，唯有静止的水才能清楚地映出倒影，而人们也只有在平心静气的时候，才能做出正确的判断。诸桥辙次博士以此为基础而自号"止轩"，可见这句话真的是至理名言啊。

当然，为了诸桥博士的名誉着想，先在这里声明，铁藏老大之所以也视其为座右铭，完全是种巧合。

那名律师在二十坪大的起居室中，正襟危坐地等着大哥的出现。

哇哩，好像在哪里见过这个人……铁藏暗自起疑，但一想到眼前这个人是"好像在哪里见过的律师"，不禁觉得有点讨厌。

"让您久等了，我是蜂须贺。"

"不好意思，突然前来打扰。"

律师的那种表情怎么好像也在哪里见过……不能慌，得心如止水才行。

"嗯……我们在哪里见过吗？"铁藏看着对方递上的名片问道。

"啊，没有，虽然久仰大名，但我没有跟您碰过面。"

奇怪，律师显得有点手足无措，而且好像看到了什么出乎意料的东西，不停地东张西望。

"你为什么会知道这里呢？"

"我问了一个号称知道世上所有事情的地方。"

"是哪里?"

"抱歉,站在我的立场,真的无可奉告。"

铁藏兀自烦恼起来。本派、警察,甚至是国税局都不可能知道这个房子啊。听他说的话,应该是哪个公家机关派来的人。若提到情报收集能力超越警察及国税局的公家机关,不就只有自卫队或者CIA了吗?我可不记得自己有那么伟大,铁藏最后推测应该是媒体才对,朝日新闻可能没这种本事,但朝日娱乐就很有可能了吧。

"暗示。"

"暗示吗?嗯……那是个与世脱离的地方,我不能再多说了,否则会发生很可怕的事情。"

我知道了,虽然很简洁,但却是一个好暗示。说到与世脱离的人,就只有老妈了吧,我竟然晚了一步,真是可恨啊。

"对了,大哥……啊,不好意思,蜂须贺先生。"

他怎么会叫大哥叫得那么顺口,这家伙到底是何方神圣。

"其实我跟过世的武田就像亲生兄弟,他常常大哥长大哥短地提到您的事情,所以我一时也跟着他称呼您大哥了,请您包涵。"

关于武田的回忆一时涌上心头,铁藏忍不住用工作服的袖口擦了擦眼睛,"阿勇常常提到我吗……"

"是的,他老是说想成为铁藏老大这样的男人。"

"呜……阿勇他……想跟我一样吗……"

我才想成为他那样的男人呢,铁藏的脑海浮现武田的身影,双手合十地想着。虽然不知道这个家伙有什么事,既然他与武田的交情像亲生兄弟,那说不定武田的灵魂就跟在他身旁。

铁藏自沙发滑落,"阿勇,对不起,你原谅我吧。"

"你说什么!"律师吃惊地站了起来。

糟糕,我一时不察讲了奇怪的话。铁藏在心中不断复诵"心如止水",表情才终于恢复平静。

"不,你不要误会了,我没有对阿勇怎么样,只是身为他的大哥,却让他遭遇不幸,我真的觉得对他不住。"

律师松了一口气,再度坐回沙发上。看来,这个家伙也深谙"心如止水"的道理。

女仆端来了红茶。既然被他知道了这里,就不能白白让他回去。反正老妈再活也没多久,但这个家伙来日方长呢。

"那,请问你有什么事?"

律师高举茶杯,对照着Wedgwood的古典茶杯与铁藏满脸的横肉。女仆注入Baccarat高级水杯中的,可不是随便什么地方都买得到的矿泉水,那是法国进口的沛绿雅。

"律师先生,请问你有什么事?"

"啊,是……"律师这才静下心来开始说道:"身为武田的好友,我最了解武田的人品,他不是那种会招人怨恨的人。我想他一定是被误认成谁才被杀死的,因此,我想要询问您一个很失礼的问题,听说蜂须贺先生曾经与关西的帮派有所争执……"

正所谓单刀直入,蜂须贺闻言便失了神,直到手下咳嗽示意,他才清醒过来。

"您刚刚失神了吧。"

"没有,我刚刚听你说才发现搞不好真的是这样,所以我闭上眼睛认真地一想再想,可是因为我们都已经搞定了,我觉得应该不会有人想要我的命才对。"

律师像是要确认虚实般上下打量铁藏的表情。打从小时候开始,虽然吵架老是吵不赢别人,但只要玩大眼瞪小眼的游戏,铁藏总是稳操胜券。

"我没有说谎,若是武田地下有知,也一定会相信我的。"

的确,他没有说谎,至少针对律师的问题,他一句谎话也没有。但武田勇的确是因为被错认才遭杀害的。

"这样啊……"律师无力地垂下肩膀,两眼空洞的他盯了桌面一会儿后,像是鬼魂般无声无息地站了起来。也许是铁藏的答案让他很失望,他修长的身影感觉不到一丝生气。

"律师先生,谢谢你关心阿勇的事情,但事情都已经过去了,这样追根究底没有任何好处吧。"铁藏一边喝着红茶一边说道。

"我明白就算现在知道真相一点意义也没有。"

"既然如此,为什么你要这么拼命呢?"

"因为这是我唯一能做的事情。"

铁藏心想,真是个重情重义的男人啊。他说他是武田的朋友，的确，他看起来和武田一样不重名利。这家伙一定不知道在这世上讲道义是多么吃亏的事情吧。

"大哥，不，蜂须贺先生，打扰您了，我先告退。"

面对坐在沙发上稳如泰山的铁藏，律师双手伸直贴紧大腿两侧，深深地低下头来。真是个奇怪的家伙，现在就算刚出狱的流氓，也不会这样正经八百地行礼了。而且他的表情怎么会有"永别了"的味道……

"另外，虽然这可能是我多嘴，关于您的私生活，我绝对不会告诉别人的，请您放心。"

哦，他又说了这么一句令人在意的话。难道说这家伙知道我的私生活关系着我的风评吗？

此时铁藏再度觉得，不能让这家伙活着回去。

"让您费心了真是不好意思。"律师再度弯腰敬礼后，忽然想起一件事情，"对了，武田的手下们还好吗？"

"你是说义雄和一郎吧，他们真是不错啊，今天应该是到高幡不动尊那儿去了吧。"

纳入旗下的那两个人彬彬有礼，的确是难得一见的年轻人。

"您是说高幡的庭场吗？"（"庭场"为日本帮派中神农道之用语，意指"地盘"——译者注）

什么啊，这家伙，竟然那么顺口就说出他们这一行的专业用语，那不就表示他对这一行很熟悉吗？也许他常常担任其他组的顾问律师吧，这下子，更没有理由让他活着回去了。

"大哥，那么，我先走了。"

"……"

"抱歉，我是说蜂须贺先生。"

"……嘿是，再见了。"

律师走出起居室后，铁藏低调地示意手下到自己身旁，"阿康，把那家伙收拾干净。"

阿康是值得信赖的手下，而且他是那种老大说一，他绝对不会说二的典型。他曾经代替铁藏坐牢七次；从十四岁开始，他几乎有将近半个世纪的岁月都待在铁牢里。因此，虽然铁藏知道阿康很值得信赖，却不怎么了解他这个人。

"嘿是，我知道了。"

阿康从暗袋拿出一把小型手枪，解除它的保险装置。

"阿康，对不住了，你才刚出来一个星期就……"

"您不用在意，我现在已经搞不清楚哪里才是外面了。"

"是吗？那还真是方便呢。"

"老大，我先走一步。"

"辛苦你了。"

阿康像一阵风追了出去，真了不起，虽然他出狱后这个星期都像电线杆一样呆呆站着，但只要一有任务，他马上身轻如燕。铁藏心想，这下子绝对不会有什么差错吧。

但是，五分钟之后，阿康铁青着一张脸回到起居室。

"啊……老大，糟糕了。"

"阿康,怎么?被发现了吗?那你还回来做什么,在那儿直接死了就算了啊。"

"不是啦,不是。"

阿康拿起已经冷却的红茶猛灌,说出令人难以置信的话。

"那家伙就这样咻地消失在电梯里了,就像鬼一样。"

什么?铁藏听到阿康说的话只能傻眼,但他马上回过神来,"……阿康,我知道你很辛苦啦,这样啊,连你也会失误啊。"

"不是,就说不是这样了,我在电梯里朝他的背部开了一枪,结果他就变成一阵烟消失了。"

"嗯……"铁藏看着手下发青的脸,真想叫他编个好一点的理由,但又不能责怪这家伙。就算是马,也不能连续跑两场啊,而且自一年有六场相扑大赛以来,相扑力士受伤的消息也时有所闻。他都这么一把年纪了,才刚出狱一个星期就要执行任务,的确是太为难他了。

"不管了,就算那个律师再怎么制造谣言,别人也不会相信他的。而且就算知道了又怎么样,谁敢讲总长接班人的坏话啊。"

他以乐观代替不安,小心翼翼与胆大包天正是铁藏的写照。

"还有,阿康你那个坐牢的朋友,就是那个关西的杀手……"

"嘿是,那件事您不用担心,那个人只要出手,新宿的市川马上就会没命,因为他在广岛火并做掉三个,而且在第一次、第二次大阪火并也做了五个人,是个狠角色。"

"他该不会是在报税吧。"

"什么意思？"

"阿康啊，我跟你说，这世上没有比报税更假的事情了，你想想，如果全部的人都会认真报税，那要国税局做什么？"

"老大，您讲话别这样拐弯抹角的，你愈是这样讲，我愈听不懂啊。"

阿康就是难得一见的"狠角色"的介绍人。虽然说铁藏没有理由怀疑他，但他又不能把话放在心里，所以他只好硬话软说了。"我们把钱汇给那家伙已经很久了吧。"

"嘿是，是的。"

"在这段期间，市川还活着，但武田却死了。这不是很奇怪吗？"

阿康又成了大白天立在路旁的电线杆子，顿时脸上无光。

武田眼前一片亮白，就像是在光的旋涡里游泳一般，接着，他发现自己站在一间熟悉的寺庙前面。

"苏醒工具包"里的手机响了起来。

"你在搞什么啊，很危险啊！"

话筒那端惊慌的女人是重生服务中心的麻耶。

"对不起……"

他还记得铁藏的手下送他进电梯之后，马上对自己开了一枪，他还以为自己又要再死一次，但事情看来没有那么简单。

"还好我们有启动自动空间扭曲系统，如果还是以前的手动装置，你就要再死一次了。"

"再死一次？嗯……好像很麻烦呢。"

"当然啊,而且到时候追究起来,你没事我却要负责任啊,不止会被主管臭骂一顿,还要写报告,说不定还会被开除呢。总而言之,请你一定要自重,知道了吗?"

麻耶实在太生气,才把话讲完就立刻挂上电话。

他大概明白这是怎么一回事了。但是,虽然麻耶一直抱怨,还是把他送到他想去的地方,服务得还真周到。

武田站在高幡不动尊金刚寺前,他穿过仁王门环视寺内,由于这天正值"紫阳花祭",眼前的景象热闹非凡。当他用力将飘来的袅袅青烟吸进体内,原本的饥饿感便消失得无影无踪。

那真言宗的古刹是铁藏港都一家的庭场。占地宽广、群山环绕,让人无法想象这是在东京的市郊。而华丽的寺内让人不禁觉得不动明王一定非常灵验,信徒们才会如此虔诚地前来膜拜。

以往是庶民日常一大乐趣的庙会,目前已经渐趋式微,但集中在此的摊贩却未曾减少。走在参访的路上,武田每每遇到熟人就会忍不住想要停下来打招呼,关于身为亡者的悲哀,他又有了更深一层的体会。

义雄和一郎的摊贩摆在往五重塔方向的石梯下方,他们卖的是"奶油马铃薯",武田远远地注视着两人好一阵子。

在孩子们里最年长的义雄今年三十岁,其实我已经无法再教他任何东西,他早就是个能独当一面的男人了。如果行情好,我早就让他和其他大哥一样金盆洗手了,但站在老大的立场,我又不希望让他到外头吃苦,所以一直没把这话说出口。

仔细想想，武田的死去对义雄来说影响最大，他既失去了成为普通人的机会，又因为养子算是新人，所以他在港都的地位连年纪最小的手下都不如。一样是死，如果当初我是卧病在床慢慢地等死，应该会指名义雄继承这个位置，接下一家的香火吧，相信义雄一定能做好这个工作的。此外，武田还想，如果义雄希望可以金盆洗手，我应该会拜托他至少挂个名吧。

义雄是个沉默寡言的人，他从来不曾向人抱怨或诉苦，所以武田不太了解他成长的经过。其实也没有必要了解，因为义雄一直都是个让人放心的孩子。其实武田也不用操心，在不久的将来，义雄一定会利用某些方法，重揭"第五代共进会"的招牌。

义雄正在观察着蒸笼里的情形，站在他身旁招揽顾客的是一郎。一郎拥有绝佳的口才，而且他面对顾客的笑容很真诚，无论是什么商品，到了这家伙手上一定都能卖出去。

当初，一郎未婚生子的妈妈抛弃他，选择了自己的幸福。他两年前从感化院出来的时候，一时找不到监护人，后来因为他当时的保护官是武田的旧识，于是就将他托付给武田照顾。

武田与他妈妈见了好几次面，虽然知道她很薄情，但也狠不下心来恨她。武田那个时候就决定，我要让老是强颜欢笑的一郎发自内心笑出来，我要让少年老成的一郎拥有孩子的天真。

一郎年纪小小就很稳重，武田明白在他笑容的背后，隐藏着摸索自己人生的认真。无论何时，一郎总是带着笑容，总是积极乐观地面对这世上的人和事物。

"来买来买哦，要吃马铃薯，就要吃北海道十胜平野的马铃薯。松软可口的马铃薯配合浓郁奶油只要四百元！来买来买。"

葬礼上，义雄大概咬紧了牙根，逼自己不能哭出来吧。一郎一定是用他的招牌笑容，安慰着其他弟兄吧。

"请给我一份。"武田走近摊子说道。

"没问题，奶油马铃薯一份！虽然也有美乃滋，但还是奶油比较好吧，而且我们用的是植物性乳玛琳，对身体比较好哦！"

真得为一郎的口才打满分才行。明明招牌上写着用奶油，就算他们挂羊头卖狗肉地用了乳玛琳，他也能想出一个那么好的借口。

"先生，您一个人吗？要不要带一份回家给家人吃吃看啊，回家只要用微波炉加热，马上就热乎乎、香喷喷啦，而且这不是普通的马铃薯哦，是北海道十胜平野的男爵马铃薯呢！"

一郎明白庙会时人潮都会聚集在有客人排队的摊子，所以不能急着赶客人离开，要趁客人在的时候，赶紧招呼下一位客人上门。今天风很大，装在铝罐里的乳玛琳里因此沾了些灰尘。

"喂，扇起来啦，快点把盖子盖上。"

当一句行话脱口而出，义雄望着蒸笼的视线马上转向，紧盯着武田。而一郎也吓了一跳，赶紧盖上盖子。

义雄解开额头上的布，用行话问道："您是朋友吗？"

看武田的样子不像是摆摊的流氓，有可能是当地巡视摊贩的庭主（负责管理巡视摊贩的人——译者注）。

"嗯，类似。"武田的表情满是怨怼。

"刚刚真是抱歉，一郎，拜托你了。"

义雄伸出手掌，示意武田往摊子后方走去，也许他是想为了没察觉一事，向庭主道歉吧，武田低调地向树荫处前进。

一身白衣的义雄蹲着马步向武田行礼，他小声却诚恳地说道："我们是刚被收养的新人，没能好好拜码头真的很抱歉，方才如有冒犯，还请您多多包涵。"

义雄！武田在心里大喊。

"请容我自我介绍。"

武田好不容易才将想一把抱住义雄的冲动压抑下来，他也蹲马步回礼，"请。"

"谢谢您那么快就愿意让我自我介绍，小的我出身东京深川的神农道，平时跟着第四代共进会的武田勇老大。"

眼神不能有所闪躲，这是讲究道义的仪式，但面对手下的武田早已泪水满盈。义雄这个时候称呼死去的武田是老大，很符合道义的要求。

"至于小的我，则是姓杉浦名义雄，初到贵宝地，造成庭主以及各位朋友的困扰，真的是十分惶恐。请您大人有大量，原谅我们刚刚的失礼。"讲得真好。虽然用语很老派，但拜码头时最重要的就是尊人卑己。

武田也打算来个自我介绍，但蹲下马步与义雄面对面后，他才发现自己没有立场自我介绍。

"义雄……"武田带着些许迟疑呼唤手下的名字，"你现在还是武田的手下吗?"

义雄总是稳若泰山,他不会回避突如其来的问题,只见他盯着武田坚决说道:"是。虽然小的我目前暂时在港都蜂须贺铁藏手下工作,但不会有两个老大,武田勇永远都是我的老大。"

武田的双腿忽然一阵疲软,他赶紧站起身来。

"真的很抱歉,如果小的我有任何不合您意的地方,请您原谅。"

不……武田喃喃地说道,并用双手扶起义雄。

"其实我不该让你这么做的,因为我早就金盆洗手了,我和你老大是老朋友,刚才真是抱歉啊。"

"您是我们老大的朋友吗?"义雄的脸上看不见一丝不悦,他只是有点意外地看着武田的侧脸。

"我听说了武田的不幸,你们应该很难过吧,不过这也是一种人生的考验,你们要加油啊。"

武田握了握义雄的手再抱住一郎,向他们告别后便走入人群。不能再跟他们多说什么真的很痛苦,因为义雄与自己相处了那么长一段时间,一定已经察觉眼前这个陌生人有些蹊跷。

横越寺内的武田正要过马路的时候,听见背后传来凄厉的叫喊声。"老大!"义雄在仁王门下搜寻着亡者的身影。

也许义雄实在对自己倾心已久,甚至能感受到陌生男子体内的灵魂。不,不能暴露真实身份。

武田低着身子加速离去。

夏季的星座

星星好美啊。"冥界"在哪个星座呢？织女星、牛郎星、天津四、心宿二……是哪颗星星呢？

这是人类尚未探知的问题，是科学无法解开的宇宙之谜。人死了以后，灵魂会以超光速的速度移动至"冥界"，展开新的生活。

其实死亡一点都不可怕，人们之所以会感到恐惧，是因为面对未知的事物，是因为不晓得自己将何去何从，只是这样而已。其实我们要面对的，只有少少的痛苦，以及与所爱的人暂时分别的心伤，就跟搬家一样吧。

三岁的时候爹地妈咪带我离开育幼院，我向照顾我的老师们还有对我很好的哥哥姐姐们告别，我现在的心情其实就跟那个时候一样。三岁以前的我在那个时候死去，重生为爹地妈咪的小孩。

阳阳好慢哦……公园里黑漆漆的，如果我跑去荡秋千，说不定会被警察带走。

等天黑了我就来接你，所以你在附近的公园等我，阳阳是这样说的啊。

今天晚上要住在阳阳的房间里，也许他要跟他妈妈解释一下吧。但是，我现在竟然觉得我们好像罗密欧与朱丽叶，真是浪漫呢，比起与恋人相会的时间，等待恋人的时间更是绚丽。

咯——吱，咯——吱。星星围绕着夜空下的秋千。

在上方闪耀的是北冕座与武仙座，而牧夫座最亮的那一颗星是……是什么呢？对了，是大角星。

这是我搬到新家后，我最喜欢的奶奶在院子里教我的。

奶奶说，如果觉得伤心就看星星吧，这样一来，就会发现自己的烦恼多么渺小又没意义了。

虽然阳介的爷爷说包在他身上，但真的没有问题吗……他说他和育幼院的老师都是朋友，一定可以问出我爸爸妈妈的事情，接着就打直背回去了。

凝望夏季夜空，仿佛能看见一条天上的河流，还有天琴座的织女星、天鹰座的牛郎星。

咯——吱，咯——吱。星星闪啊闪地照着夜空下的秋千。

如果能跟亲生的爹地妈咪说声谢谢，平安回到"冥界"，我要去找奶奶。

关于地球这个我不太了解的星星，我有好多问题想问奶奶。

啊，阳阳来了。

别怪他太晚来了吧，因为等待的时间是那么的绚丽。

"对不起哦，我一吃饭就忘了时间，小莲，你也饿了吧。"

"不会啊，我好像不会饿啊。"

"别客气啦，我至少有点心和泡面可以吃啊，嗯，走吧。"

阳阳的手好温暖啊，从我们在成城第一次见面，阳阳就一直牵着我的手。我们牵着手坐在电车里，他开始说令人伤心的事情。他说他爸爸几天前过世了，因为实在太难过，我只能一直点头。强颜欢笑地说着这些事情的阳阳实在太可怜了。

我和阳阳手牵手经过一条长长的坡道。坡道上路灯连绵，最后，我们抵达了一间传说中的可爱房子。门前的大树上开着白色的花，与开在"冥界"路上的是同一种花。

"客厅看得见大门这儿，你先在院子里等我一下。"

我不了解这种小房子的构造，大概和连续剧中出现的那些房子一样吧，吃饭的时候一回头就能看见大门。

阳阳进到屋里，我则是蹑手蹑脚地往院子走去。院子虽小却很漂亮，阳阳的妈妈也喜欢园艺吧。

啊，不行，有一只小狗。

不要叫，我不是什么奇怪的人，是阳阳的朋友哦。

它好像懂了，边用鼻子嗅着边将头靠过来。

星空下的院子里有好多玫瑰。

阳阳打开二楼的窗户，将头伸出阳台外。

救生梯慢慢地降了下来。阳介悄声说道："好了，爬上来吧。"

好美啊，真的是罗密欧与朱丽叶啊。

我爹地工作遇到瓶颈的时候，就会大声地朗诵莎士比亚的作品，拿着书摆动身体在家里走来走去。据说当他消沉的时候，这招最是有效，而爹地一天常常会消沉个好几次，于是连我都把莎士比亚给记下来了。

等一下，上下颠倒了吧，怎么会是罗密欧在阳台而朱丽叶在院子里呢？嗯，还是算了吧。

哎哟，小狗不要在下面偷看我的内裤啦，好色哦。

"还剩一下下，加油！"

阳阳的手穿过栏杆抓住我，把我拉上来以后，他马上把救生梯折起来。真是个值得信赖的男孩，一定很受女生欢迎吧。

突然，他妈妈打开起居室的窗户，对着楼上问道："阳阳，你在做什么啊？"

呜哇，糟糕，真是千钧一发。

"没有，我没有在做什么啊，因为路易在叫，所以我看它一下而已。"阳阳真冷静，了不起。

"嗯，有谁在院子里吗？"

"怎么会有人呢，那我要看书了。"

"加油哦。"

"因为我会分心，所以你绝对不要到楼上来哦。"

阳阳吐了吐舌头后便走进房间。

"欢迎光临，不要客气哦。"

这家伙真的是太可怕了，他过世的爸爸一定是个帅哥吧。

"打扰了。"

关起纱窗，拉上窗帘，我在床沿坐下。怎么有种紧张的感觉呢，没办法，我现在用的是女生的身体嘛。

"阳阳，这不是你的第一次吧。"

"什么？"

"把女生带到家里。"

"怎么可能，当然是第一次啊。"

骗——人——他的眼神在闪烁，我还以为这家伙只是个书呆子呢，没想到这么厉害。

环视阳阳的房间，虽然不像我房间收拾得那么整齐，但却有好多梦幻的东西。

"那是什么？"

书架上排着许多古老飞机与船的模型。

"零式战斗机还有大和战舰。"

"那是我爸爸小时候做的模型，他说以前日本有很优秀的战斗机还有军舰，那时候还跟美国打仗，但最后还是输了。"

我听说过这件事情，不只是美国，当时的日本还向全世界很多国家宣战，真像是在开玩笑。

"你喜欢阅读吧。"

"嗯，我不太喜欢电视还有游戏这些东西。"

哦，我们真是气味相投呢，真希望在我还活着的时候跟他成为朋友。

"你看过全部的《哈利·波特》了吗？"

"当然啊，很有趣呢，但我还是比较喜欢托尔金的《魔戒》。"

嗯嗯，我也是，如果我们曾经在哪里认识，那一定会成为知己吧，"你会用计算机吗？"

"虽然我不是很喜欢，但为了要跟爷爷通信，所以一定得用，而且由于某种原因，我们不能讲电话。"

"某种原因？"

"爷爷失智是假装的啊，知道这件事情的只有我一个人，所以我们只能互通电子邮件。"

虽然有点奇怪，但还是别问太多比较好，每个家庭一定都会有些不为人知的秘密。

"等查到你爸爸妈妈的事情，爷爷就会写信给我的。"

"查得到吗……都已经是那么久以前的事情了。"

"没问题的，我爷爷以前在公家机关就是从事社会福利的工作啊，他是专家。"

这是偶然吗？还是"冥界"的人安排让我们相遇的呢？

"糟糕，我妈来了，快点躲起来。"

外头传来走上阶梯的脚步声，我赶紧躲到床铺底下。

"阳阳，岛田先生买蛋糕来给我们吃呢。"

妈妈端着红茶还有蛋糕走进房里，是怎么样的一个人呢？偷看一下好了，呜哇，真是个大美女啊，根本就是模特儿吧。声音就像黄莺一样动人。

"不需要。"阳阳不耐烦地说道。

"为什么呢？还很饱吗？"妈妈把托盘放在桌上后坐了下来，阳阳为了要挡住我便坐到床沿。

"我不喜欢岛田先生。"

阳阳说这句话的时候，像是在宣读某种宣言。

"不要说这种话嘛，人家对我们很好啊。"

"那就叫他晚上回自己家啊，每天晚上都有个陌生人在家里过夜，真的是莫名其妙。"

好啦好啦，妈妈试着安抚阳阳的怒气。虽然我搞不太清楚，但总觉得事情没有那么单纯，可能还是别问的好吧。

"阳阳啊，那是因为家里只剩一个女人和一个小孩，我才拜托人家留下来照顾我们的啊。"

"少骗人了。"阳阳说，"不要讲这种像是日美安保条约的话，就算大家都相信，我也不会上当。"

"什……什么嘛。"

这家伙应该是想讲什么吧，因为我从一开始就知道他真的很聪明。

"妈，我跟你说。"

阳阳挺直身体说着，就像要讲什么大道理似的。妈妈虽然是个大美女但却略显笨拙。面对阳阳的咄咄逼人，她很明显在害怕。这家伙，好厉害哦。

"你不觉得拜托外国人保护自己国家这种事情很奇怪吗？就

算有任何原因，或者是任何历史背景，冲绳也好、横田也好，让外国的军队进驻自己国家，真的是一件很奇怪的事情。虽然大家都说这样很好，但我却不喜欢。既成事实绝对称不上是正义。"

嗯……这家伙讲得真好，将来一定能成为一个出色的政治家吧。阳阳，没错，我也有同感，既成事实不一定就是正义，如果将历史演变而成的结果视为一种正义，那就没有国家，没有民族可言了。

"……真是的！爷爷都教了你哪些奇怪的事情啊。"口拙的妈妈完全无法招架，遇到这种情况，大人都会忽然把小孩当做小孩。

"不要把错推到爷爷身上。"

很好，阳介，绝对不要输给大人的敷衍。

"妈，我跟你说。如果因为爸爸死了，就拜托岛田先生照顾我们，怎么想都是我们太天真了。因为担心我们生活而每天晚上住在这里的岛田先生也可以说是缺乏常识。这就跟日美关系一样啊，日本和美国是世界上的笑柄，而妈妈和岛田先生是邻居们的笑柄。难道不是吗？"

妈妈变成了木偶，嘴唇紧闭，眼睛也眯成了一条线。她小巧的脸庞转向气窗外的夜空，说了句："哎呀，星星好漂亮啊。"

"对不起哦，打扰你念书，等念了一个段落就下楼来吧。"

妈妈无视阳阳的发言，径自走出房门。

"那个，阳阳。"我从床底下探出头来，对着心情不太好的阳阳说道，"美女真是好呢，遇到什么紧急状况，只要转头说句'星星好漂亮'就没事了。"

我看我就别问岛田是谁了吧,对阳阳来说,那可是跟日美关系一样重要的事。阳阳看起来好消沉啊,我得想办法鼓励他才行。

"你不可以让妈妈太伤脑筋哦,跟一个口拙的大人辩论,不就跟欺负弱小没什么两样了吗?这样就不像阳阳了。"

嗯,阳阳点头表示反省,他不仅聪明还非常正直。

"说得也是,虽然我不觉得像是在欺负弱小,不过的确少了点大人的风范。"

而且他竟然有绝顶的幽默感。再过四十年,等他成了日本的总理大臣,日美关系就能获得解决了吧。

阳介,加油!虽然我帮不上任何忙,但我到了来世还是会用功念书,将来一定可以成为你的助力。我会拜托释迦牟尼佛,让我成为你的守护灵。

"吃蛋糕吧,你应该饿了吧。"阳阳把妈妈端来的蛋糕推到我面前,虽然我真的饿了,但我却怎么也不想吃,光是看到就觉得很烦。

刚刚我肚子之所以会发出声响,是因为闻到一阵微微的熏香。

我把门稍微打开,对着门外深呼吸,楼梯下的青烟缓缓地飘了上来。好好吃哦。

"小莲,你怎么了?"

"你们有帮爸爸上香吧。"

"嗯,每次岛田先生来我们家就会在爸爸的骨灰前坐上好一阵子,也会上好多的香。虽然我明白他不是一个坏人……"

"下面好像有人在吵架。"

凑近耳朵一听，是阳阳的妈妈还有岛田先生的声音。

"……不管怎么样，你今天就先回去吧。我也觉得阳介说得没有错啊。"

"可是，由纪，你不觉得快点把事情告诉他比较好吗？"

"但现在还太早了吧。等阳介心情恢复平静再告诉他也不迟啊。"

"那倒也是……我也觉得一直待在这里，对课长真的很抱歉。"

"你这样说算什么，我们藕断丝连到现在才更对不起他吧，他一直被蒙在鼓里。"

我把竖起耳朵的阳介推回房里，并关上房门。虽然我不太了解详情，但总觉得他们在讨论很可怕的事情，阳介还是不要听比较好。

"岛田先生是我爸爸的部下，他跟妈妈以前就是朋友，所以很担心我们母子俩的事情。"这家伙应该知道些什么吧，因为他察觉到不对劲，才找借口打算蒙混过去。

"他好像要回去了。"锵——那是敲钟的声音。我的脑海里浮现那个岛田先生临走前再上一炷香的画面。

过了一会儿，楼下传来温柔的男声，"阳阳，叔叔今天先回去了哦。"

我轻拍面向窗外不做声的阳介，不回答的话就太没礼貌了。

"谢谢你的蛋糕，很好吃。"

很好，阳阳，你说得真好。

我和阳阳一同望向夏季的星座，喝着已经冷掉的红茶。我们两个这样并肩坐在阳台的木地板上，真的就像一对恋人。

爱是奉献吧，但我却无法给阳阳任何东西。

"那是我爸爸的星星。"阳阳啜着红茶指向夜空。

"哪颗？"

"那颗亮橙色的星星啊。"

"你说的是大角星吧，在希腊文里，它是牧熊者的意思。"

阳阳吃惊地看向我的侧脸。"你真清楚呢。"

"是我奶奶教我的，你为什么觉得大角星是你爸爸的星星呢？"

"没有为什么啊，我随便定的。"

我觉得说不定大角星真的就是"冥界"的星星呢。

"那颗星星离地球有三十六光年那么远哦。"

"原来啊……那我爸爸应该还没有到吧。"

"不知道啊，如果站在科学的角度来看，应该是还没有到吧，但科学目前还没有办法解释人类的灵魂。"

是触景伤情吗……阳阳愈来愈消沉了。

"你怎么了？"

"我觉得好无力啊，这样念书有什么用。"

不是这样的，阳阳，虽然科学还没有办法解释灵魂的存在性，但它绝对不是什么空虚的事情。能够努力是身为人类的幸福哦，我也是到了自己变成灵魂，再也无法努力的时候，才终于明白这个道理。加油啊，阳阳，你拥有可以努力的肉体，利用你接下来的人生，成为与命运对抗的西塞弗斯（希腊神话中的人物。他因犯错被处罚要将大石推上陡峭的高山，每当他用尽全力，大石就快要到山顶时，石头就会从其手中滑脱，又得重新推回去——译者注）吧。

我没有办法好好地传达我的心情，只能从阳阳手中接过茶杯，将嘴唇贴近杯沿。

"这是间接接吻哦。"阳阳笑着说了令人害羞的话。

"你要试着看看真的接吻吗？"

这家伙竟然可以毫不害臊地说出这种话，他爸爸一定也是个花花公子吧。

"不用了，谢谢。"我坚决地拒绝了他。

"为什么？"

"阳阳，'不用了，谢谢'这句话里面没有为什么吧，真是没礼貌。"

现在的心情真是复杂，虽然我的内心是男生，但身体却是女生。我想应该不会有任何一个女生拒绝阳阳的请求吧。

我望向星星，把话题拉了回去，"阳阳很喜欢你爸爸吧。"

"嗯，超喜欢的。"

"他是怎么样的一个人呢？"

"他又坚强又温柔，而且很幽默。"

"他应该很帅吧。"

"完全不帅。我长得像妈妈，我爸爸是个秃头的胖子。"

"什么……"

"小莲,我跟你说……"阳阳欲言又止,紧咬着嘴唇。

"我想告诉你一个我们家的秘密。"

"不是你爷爷假装失智的事情吗?"

"不,比这个秘密更夸张。"

他到底想要说什么呢?但我觉得他一定是把我当成朋友才愿意告诉我秘密,这让我很高兴。

"什么?你说吧,我保证我不会告诉任何人。"

嗯,阳阳重重地点头之后,说出一个令我怀疑我是不是听错了的事实。

"我不是我爸爸的亲生小孩。我想,岛田先生一直是我妈妈的外遇对象。"

"那是怎么一回事啊……"

"小孩子虽然表面上装作不知情,但其实都看得很清楚吧,你也是一路这样走过来的吧。"

没错,我就是这样一路走过来的。自从离开育幼院之后,我就假装自己什么都已经忘得一干二净,其实我一直都记得。

"那是一种礼貌啊。"

"嗯,对啊,所以我也都装作不知道。"

"你没有想过要告诉你爸爸吗?"

阳阳静静地摇了摇头,"我不想让我爸爸难过。"

多么心痛的一件事情啊,我抱住阳阳因悲伤而颤抖的肩膀。

"然后呢?"

"我跟你说,这是我有一天照镜子时忽然发现的。我的脸一点也不像爸爸或是爷爷,反倒有点像岛田。"

"你多心了吧。"

"不,我的亲生爸爸就是那家伙。"

"血型呢?"

"我想那家伙的血型应该和我爸爸一样吧,所以都没有人发现。而且我爸爸的个性很单纯,他完全不会想东想西,但我爷爷应该有注意到才是。"

"什么!"我大叫一声后赶紧捂住嘴巴,还好院子里已是一片黑暗,阳阳的妈妈应该去睡了吧。

"我知道了,所以爷爷才假装成失智老人。"

"很奸诈对不对,爷爷好像想以生病来面对这一切。"

"我想一定是因为他也不知所措吧。"

我忽然想起阳阳方才说的话,既成事实不一定就是正义,那一定是在讽刺妈妈吧。

"的确,若是考虑到什么都不知道的爸爸,还有什么都不应该知道的我,爷爷不想掀起轩然大波,他抱着对家人的爱,才能努力撑到今天。但是,假装失智逃出去还是很卑鄙啊,你不觉得吗?"

我总觉得我能了解爷爷的心情,虽然我也觉得独自留在战场的阳阳很可怜,但爷爷一定是受不了了才会这样。

"人在遇到危险时,肤桡目逃也是难免的啊。"

"什么啊,你不要用那么生僻的词。"

"也就是说,如果爷爷不这么做,迟早有一天他会真的失智。我想爷爷一定受不了那种压力吧,所以不算是卑鄙。"

我为爷爷辩护的话更成了阳阳的压力。这家伙很爱他的家人,但他的家人却都弃他于不顾。阳阳只能默默地掉泪。

"阳阳,你不要哭嘛,你这样子我也会觉得很难过的。这样吧,我们来收电子邮件吧。"

阳阳瞥向时钟上的数字,用手抹去脸上的泪水。

"嗯,好吧。"

这家伙真的是个男生,无论何时都不会一直哭啼啼的。他拉上纱窗,和我并肩坐在桌前面向计算机,我们两个人的脸颊贴得非常近。

"准备好了吗?"

好紧张,身体因为阳阳脸颊的触感而紧绷,电子邮件也让我小鹿乱撞。

"每天晚上这个时候护士们就会结束巡房,所以爷爷都会利用这段时间写信给我。"

"你不要卖关子了。"

"啊,对不起。"阳阳紧紧环住我的肩膀,打开电子邮件信箱。

我短短七年的人生之谜就此打开。

阳阳：

　　晚上好。你的小女友平安抵达了吗？虽然我有点担心，但我还是假设她已经顺利到达我们家来写这封信吧。

我和阳阳面对计算机，同时比画出胜利的手势。

　　好了，接下来就要讲正事了。
　　莲子所说的那间育幼院，应该就是离成城不远的南多摩爱育园，爷爷在公家机关工作的时候，也负责过那个区域，所以听莲子回忆的时候，我就马上想到了这间育幼院。我觉得很不可思议，似乎冥冥之中有神明在安排这一切的事情呢。因为爷爷退休还没有很久，所以那边的园长和老师们都还认得我。

"小莲，太好了。"
虽然阳阳很高兴，但我却笑不出来。我犯了一个很大的失误。为什么我一直没有发现这个失误呢……我的本名叫做根岸雄太，但我却告诉爷爷我叫根本莲子，这样根本就查不到吧。

　　但是，我们发现了一件很神奇的事情。这间育幼院里没有莲子的记录，我把事情的原委告诉那边的老师，他们也觉得很奇怪。

"小莲,怎么会这样呢,你该不会是记错了吧。"

我没有办法回答这个问题。这个失误真的太大了,但我又不能告诉他们我的本名,因为根岸雄太已经因为车祸死了啊。

爷爷在信里继续写道:

> 如果莲子记得没错,那一定就是这家育幼院了。小孩子不可能说这种谎骗大人的啊,关于这个问题,爷爷和老师们想了好久好久。
>
> 这时候,有位老师想起一件事情。四年前的春天,有个小孩被成城的有钱人家给领养了,但那个小孩是男生,名字也不一样。因为这件事,园长与老师们又沉思了好一会儿,没有人能够解开这个谜。总而言之,我先影印了那个男孩子——根岸雄太的资料。
>
> 莲子在那边吗?

在,我不禁出声应道。我从来不知道说谎是一件那么痛苦的事情。因为我的谎话,让大家如此烦恼。

此时大家歪着头伤脑筋的画面清楚地映照在我的脑海里。

戴着一副圆眼镜的园长老师、温柔的老师们、上高中夜间部的哥哥姐姐、义工阿姨,大家都想不透我的谎话。

我难过到几乎无法继续把爷爷的信看完。

莲子,你是不是在说谎呢?你的记忆和根岸雄太的存在实在太相符了。

我从园长那边听说了一个悲伤的事实,根岸雄太小朋友,几天前因为车祸过世了。你其实是雄太的朋友,想要代替他确认他生前怀疑的事情吧,然后,代替他向他亲生的爸爸妈妈说对不起还有谢谢,是不是这样呢?

请把实情告诉爷爷还有阳介,我们绝对不会怪你的,这么久以来,爷爷都是站在弱者这一边,如果要说爷爷八十年的人生做了些什么,也就只有如此而已。我会把帮助你当做我最后一份工作,请你一定一定要相信爷爷。

我在阳阳的胸前哭泣。被亲生的爹地妈咪丢掉,我不觉得伤心,死掉也没有那么难过,但是让大家因为我的谎话而感到如此困扰,真的让我悲从中来。

阳阳抱着我诚恳地说:"小莲,告诉我们实话吧,我也想成为你的力量。"

阳阳,我好痛苦哦。我今天终于知道对人们来说什么是最痛苦的事情,那就是背叛别人的好意。

我想把实话说出来,就算违反冥界的规定也无所谓。

"咦?你的手机在响哦。"

被阳阳这么一说,我边哭边从黑色手提包里拿出手机。

按下☆号键后,我便听到麻耶小姐紧张的声音。

"喂，小莲，你不可以说，不可以，不可以。你如果告诉他们你的真实身份，就会发生很可怕的事情哦，快点深呼吸。"

"麻耶小姐，对不起。"我靠着窗边仰望星空，认真地向麻耶小姐道歉，冥界一定有个很大的望远镜，可以看到地球上的我吧。

"小莲，你懂了吧，你不可以再多说什么哦。"

"不是这样的，麻耶小姐，对不起。"

"……什，什么意思？"

"就算会发生很可怕的事情，我也没有关系。我一定要向我亲生的爹地妈咪说谢谢还有对不起，无论如何都要。而且，与其背叛大家的好意，我宁愿发生可怕的事情。"

"不行！"

"麻耶小姐，对不起……"

我关上手机的电源。这样很好，我觉得我作的决定并没有错。接下来，我向心仪的阳阳说明了一切。

我的本名是根岸雄太，四天前被车撞死了，后来接受冥界的复审，以莲子这个女孩的身份回到人世。虽然如果让人发现我的真实身份，就会发生"很可怕的事情"，但是，我没有办法继续向爷爷或是阳阳说谎了。

阳阳相信了我说的话，他的脸上青一阵白一阵的，不是因为害怕，而是因为太生气了。

"笨蛋！"阳阳突然打了我一巴掌，而后，他抓着我的裙摆开始颤抖，"你为什么要说出来呢……赶快死心回到那里不就好了吗?"

"这种事情,我做不到……"

"笨蛋,笨蛋,你这个笨蛋。你以为会发生什么可怕的事情,那一定是要下地狱的,要泡在血池里,要上刀山下油锅的。"

地狱——这个我知道,但就算我会下地狱,我也不想再说谎了。比起没有向爹地妈咪道谢就往生极乐世界,下地狱也许还落得轻松。与其背叛大家的好意而往生极乐世界,我还不如下地狱算了。

阳阳也跟着我哭了起来,"你这家伙真是个好人呢。"

阳阳边哭边说道:"如果你没有死,等我们长大一定可以改变这个世界吧,一定可以让日本成为一个更美好的国家吧。"

"我们做得到吗?"

"当然可以,虽然不知道我们会成为科学家、政治家还是艺术家,总之我们可以打造一个完美的世界。"

"那种事情也太难了吧。"

"很简单的,只要不说谎就可以了。"

星星好美啊。

"冥界"在哪个星座呢?织女星、牛郎星、天津四、心宿二……是哪颗星星呢?

"爷爷会相信我吗?"

阳阳闪耀着眼中的光芒答道:"一定会相信的,因为我们没有说谎啊。"

我们对着三十六光年远的大角星,衷心地祈祷。

胸之火焰

椿独自走在深夜的青山通,前方没有目的地。载着恋人的轿车一辆辆经过她的身旁,车尾灯拉长的光芒仿佛在嘲笑她的哀伤。

等天一亮,就只剩两天了。说长不长,说短却又不短的两天,好像时间还很充裕,但她不知道还能做些什么。

必须处理的事情好多,但就连一件事也办不到。

佐伯知子在公寓阳台朝着我挥手,她没有说"再见",但她的笑脸却烙印在我的脑海。"邪淫罪"这三个字像是一件湿透了的皮衣,重重地压在我的身上。

冥界的审判没有错,讲师的声音再次在我耳边响起。

"并不是只有出轨、不正常的性行为,或金钱交易的肉体关系才能算是邪淫,若是自己的行为伤害了别人,或者我们为满足一己之私欲,而利用对方付出的真心,这才是邪淫真正的定义。"

再也找不到任何反驳的理由……我伤害了佐伯知子,彻底践踏了她的真心。我怎么可能没有注意到呢？其实我早就看穿了知子的愿望，只是我决定视而不见，甚至不停地说服自己，不可能会发生这种事情，最后，我夺走了知子的幸福。

如果这不是一种罪，那世上就不会有罪人了吧。审判的确是公正的。椿踩在自己湿漉漉的影子上，思考着下一步该怎么做。只剩下两天了，她不想只是按下按钮免除自己的罪孽，就算一点点也好，她想要弥补自己的过错。

但任凭她怎么想，她都不知道自己还能为知子做些什么，这一辈子，她从来都没能为佐伯知子做些什么。

椿心想，这辈子我是注定要亏欠她了。

"椿小姐，你听好喽，这世上有一百种恋爱，其中九十九种都是骗人的，为什么呢？因为那都是为了自己而谈的恋爱。而我却经历了那唯一的真爱，那就是为了所爱之人奉献的感情。为了那个人，我可以不要命、不要钱、不要尊严，也可以抛弃自己的幸福。"

知子用食指指向椿坚决地说道。接着，她说了一句"谢谢"便漾出微笑。那洁净的笑容属于将话托给风儿，尽情驰骋草原的人们。

椿伫立街头，就像是个迷路的孩子，她从黑色手提包里拿出手机，按下☆号键后，铃声响了良久，麻耶才慌慌张张地接起电话，"喂，干吗啦，我现在很忙，如果不是什么急事，等一下再打来。"

椿感觉到冥界发生了很严重的事情,赶紧问道:"怎、怎么了,发生什么事情了?难道是宗教战争吗?"

"你不要在那边说些有的没的,是有人违反了特别遣返设施法啦,嘻——烦死了!上面会怀疑我的管理能力,绝对不是写写报告就算了,我一定会被开除的啦!天啊,这是什么世界!"

"麻耶小姐,你冷静一点,你既然领公家的薪水,就不能只想到自己啊。"

"说、说得也是,不过这跟你没有关系吧,请问你有什么事?"

不愧是专家,麻耶的声音就像变了一个人。

"那个……我……我错了,冥界的审判并没有错。"

太好了,麻耶总算松了一口气。

"很好,昭光道成居士,也许托你的福,我可以不用被开除呢,让特别遣返设施使用者认清事实,这分数可是很高呢!好,那你快点回来吧。"

"等一下。"椿紧紧抓住手机恳切地请求,"我还有些事情想做。"

麻耶的不安又慢慢地扩大,"什么啊……你该不会想做什么危险的事情吧。"

"家人……我要好好安排我家人以后的生活。"

"我跟你说,"麻耶显得很不耐烦,"我真的不想批评你的私生活,但好像不讲一下又不行。你们家早就已经乱七八糟的,现在才想要收拾,怎么会来得及呢。"

真过分,但我不能就这样放着他们不管啊。椿现在满脑子都是佐伯知子说过的话。虽然她没有办法为知子做任何事情，但知子却教了她很重要的事情，那就是为爱奉献。将憎恨、苦恼全部化为爱人之心，一定要挺起胸膛带着微笑说："谢谢。"

现在她所冀望的是所爱的人的幸福。虽然她不知道亡者还能做些什么，但她一定要将遗留在这世上的所有想念，尽可能地用目前柔弱的身躯为他们带来幸福。椿仰望夏季的夜空。

"麻耶小姐，请您一定要相信我。我绝对不会报什么仇，也会遵守时间限制，而且我会避免可能暴露真实身份的行为。所以，拜托您，让我再多待一下。"

麻耶稍微沉思之后叹了一口气，"不好意思，刚刚我话说得太过分了，谁叫你要那么可怜呢，什么都不知道，只知道为了家人拼命工作，猝死竟然还是件如此值得高兴的事情。昭光道成居士，我跟你说，我现在没有办法得知你想要做什么，因为我没有办法读你的心。"

就连我自己都不知道到底还能做什么，也没想过接下来这两天应该做些什么，难怪冥界的承办人没有办法读我的心。

在胸口点燃的那团火，终于稍微看得见形状了。那团火是佐伯知子在亡者冰冷胸口点燃的勇气之火。

"直到现在，我还深爱着由纪，深爱着阳介，就算要我牺牲生命也无所谓，就算我死后一切灰飞烟灭，我的心仍然不会改变。"

"但由纪小姐她不爱你啊，阳介也不是你的亲生骨肉。"

"没关系，那样也没关系。我从来不会奢求她爱我，也从来不觉得自己的血统有多么重要，我只是希望我打从心底爱着的人能够得到幸福。"

当她说出自己的血统，支持椿胸口那团火的勇气又多了一笔，她心想，爸爸就是这样爱着所有人的。

"我读到你的思绪了，加油吧。"麻耶留下一句话便挂上电话。

当椿精疲力竭地回到新宿的饭店，东方的天空已是一片白茫茫。由于忙于私事，她今天一整天都将武田勇抛诸脑后，当她向柜台拿钥匙的时候才忽然想起这个人，于是她向还没完全清醒的门房询问他的行踪。

"这位客人还没有退房，但今天尚未回到饭店。"

看来他也很忙吧……说得也是，我们辛勤工作了将近半个世纪，却只能花三天整理心里头牵挂的事，当然会很忙啊。

说不定连回饭店休息都是在浪费时间，但这活生生的肉体在她搭上出租车的那一刻，便完全失去了力气。

难道——椿搭上电梯后倏地想起麻耶说的话，感到一阵不寒而栗。麻耶说，有人违反了特别遣返设施法，那该不会是武田勇吧。

冥界的复审制度非常"特别"，应该不会有很多亡者被遣返才是。不要看武田现在像是个大学教授还是律师，但他心里却是个不折不扣的黑帮分子，总觉得他会想为自己被误杀而死这件事讨个公道。

虽然现在没有时间管别人的闲事，但她的嘴唇不禁回忆起昨晚的那次长吻。"真是爱让人操心的家伙！"

椿在走廊上自言自语，一手在"苏醒工具包"里翻弄着，既然他们两个有一样的工具包，那应该可以互相联络吧。

她进到房里，在天色渐渐亮起的窗户旁紧握手机，就算拨"105"应该也查不到他的号码吧……她搜寻存入手机的电话簿，赫然发现"义正院勇武侠道居士"这个法名。

按下拨号键，铃声持续了好一段时间。

那个人该不会在这宽广都会的某个地方破戒了吧，还是说他已经被带回冥界，面临"很可怕的事情"了呢？

当她正打算放弃的时候，耳边却响起武田沉稳的男中音。

"喂，你有什么事情？"

椿紧绷的胸口稍微放松了些，"我不是麻耶小姐，是椿。"

武田似乎想了一下才惊讶地说道："嗨……"

从武田的语气判断，应该没有发生什么严重的事情。

"你该不会违反规定了吧。"

武田沉稳依旧，"请不用担心，反倒是你，没有再逞强吧。"

椿简短地转述了出现违规者的这件事情。

"也就是说，除了我们之外，还有人被遣返回来的意思喽。"

当椿话一出口，她就马上想起那个少年——莲空雄心童子，难道他也被遣返回人世了吗？

"小莲？"武田思考了一下椿脱口而出的名字笑道，"你是说那个小孩吗？他应该只是在耍性子吧，我想冥界的审查官不会依他才对。"

遵守时间限制、禁止复仇、隐藏真实身份，椿也是在亲身体验之后，才发现这些规定究竟有多么困难，如果那个孩子真的被遣返了，那他应该无法遵守这些规定。

"等一下……"武田讲到一半又陷入沉思。

"什么啊？你要说什么啊？"

武田以清晰的学者口吻说出他的疑虑，"因为他是小孩，所以不会被遣返——这应该只是人世间的论调吧。现代社会资源丰富，人们有过度把小孩子当成小孩子的倾向，因此，人们的精神年龄与古时候相比幼稚许多，那是由于整体社会过度保护孩子而造成的。我们那个年代的小孩，只有有钱人家的少爷还是小姐，才会被那样对待吧。这样一来……"

武田的推测十分具有说服力，古时候没有被社会过度保护的孩子，既自由又坚强。如果现代社会对孩子们的过度保护，会妨碍人们精神方面的成长，那古时候的观念真是健全多了。

"对，这样一来，审查官们就会客观地判断莲空雄心童子的要求，说不定会通过他的申请。椿小姐你知道吗，冥界是个纯净原始的世界，什么资源丰富并不会对他们造成影响，所以他们不会因为对方是个小孩，而另当别论吧。"

"我明白了，我来查一下。"

椿再度搜寻手机的电话簿，男孩的法名确实登录在其中。

莲空雄心童子被遣返回人世了，外表改变了的他与椿、武田拿着相同的黑色手提包,流连在这个都会的某个角落。

拨出男孩的电话号码后,椿俯瞰清晨的街道,话筒另一端传来的是冷冷的语音,"您播的电话号码目前没有响应……"

啊……椿叹了口气将手机丢在一旁,她感到全身虚脱,连鞋子也没脱就倒在床上。

旭日缓缓地自地平线那端升起,橘色的光芒透过椿湿润的睫毛,唤醒她内心深处关于幸福的记忆。

椿山站在威基基海滩旁饭店的阳台,新婚妻子与远方的夕阳,构筑出他充满梦与希望的美好人生。

老实说,他从来没有想过像由纪这样的妙龄美女,竟然会答应自己的求婚,他当时根本就是抱着"战死沙场"的决心向她告白的啊。

虽然平时"明知山有虎,却向虎山行"是他的一贯作风,但他心知肚明,这次的求婚根本就是件"不可能的任务"。

威基基海滩是历史悠久的人造沙滩,从饭店的阳台俯瞰,会发现它被远近的珊瑚礁包围,偶尔还能看到大海龟从海面冒出头来。

"你看,在那边,那边。"

由纪白纤的手指追着海龟的身影,以钻石山为背景,由纪染上夕阳余晖的侧脸,美得就连上天也会分神。想到这个女人一辈子都要称自己为"老公",那光荣着实令人雀跃。

但妻子其实并不像自己想得那么幸福吧。迟迟无法修成正果的恋情令她身心俱疲，她只好妥协，选择另一头渺小却很实在的幸福。

"你看，那边也有啊。"由纪的声音荡在耳际。从那天开始，她每天都要不断与向人生妥协的自己搏斗。

不可思议的是，面对妻子的背叛，他毫无怨言，但他却无法停止责怪自己为什么从来不曾察觉。他沉浸于到手的幸福，并自以为带给自己幸福的人一定也是同样幸福。真像是个小孩。

当椿从睡梦中清醒过来，宝贵的一天已经日落西山。要不是整理房间的工作人员无视门把上的"请勿打扰"，执意地敲了敲她的房门，她可能会再继续睡上一天，然后就这样一觉不醒了吧。

看来这个暂时肉体不是很健康，血压也蛮低的，虽然意识已经清醒，但身体却无法自由活动。

"天啊……"这真的是她一生中最糟的睡眠。

生前用的那具肉体每天早上起来都感到神清气爽，不管前一天喝了再多的酒，只要妻子呼唤一声，不到五分钟，就可以完成出门前的准备。

剩余的时间只有一天了，虽然起不来真的很痛苦，但仔细想想，现在她要面对的又不是只要有时间就能解决的问题。

"听清楚了，时间是你觉得有就有，觉得没有就没有的东西。不要把自己的工作责任推给时间，不管你们有没有准备好，上午十点一到，百货公司的大门就会打开迎接客人，客人才不会配合卖场的时间，所以，能够在不同的时间内做好同样的准备，才能称得上是专业。"自己说的这几句话，真的是至理名言啊。

但总是会有一两个专柜小姐没有办法完全清醒，死白的妆容把人弄得仿如一具尸体，就连应个声都像在打呵欠。

"怎么了啊？昨天晚上喝太多了吗？"每当他这样问，那些女员工就会同时转身看着自己，眼里充满了怨怼。

"真的啊……男人跟女人真的不一样呢。"

椿在浴室里自言自语，当她低头看着脚边，便哇的一声尖叫出来，明明身体也没那么脏，但浴槽却浮着一片淡淡的红色。

"天啊！"她顾不得自己还是裸体，马上从浴室冲出来，拿起电话就按下☆号键，一听到麻耶的声音，她便破口大骂，"搞什么鬼啊，这不是月经吗！"

麻耶安静了一会儿后大笑出声。

"有什么好笑的啊！难怪我一直觉得怎么睡都睡不够！啊……可恶，简直就是不幸中的不幸。"

因为实在太有趣了，麻耶的笑声一直没有间断。

"哈哈……不好意思哦，可是没有办法啊，因为你用的可是一个活生生的女人身体啊，哈哈哈，好好笑哦。"

"怎么办啦，我应该要怎么办呢？"

"这下你明白女孩的痛苦了吧。"

"明白，好不好，我明白啦，那你还是要告诉我该怎么办啊。求求你。"

"我很了解你的不安，啊，我想起来了，那个时候我才小学六年级，我还记得那是发生在秋天的事情……"

"我不是要问你的事情啦，应该要怎么办呢？"

"保健室的老师跟我说，这不是生病，所以不用担心。"

"我要生气了哦。"

"其实我现在也是生理期呢。"

"我就跟你说，我不是要问你的事情啦。哇——怎么办怎么办？"

"你慢慢烦恼吧，方法只有一个，必需品都放在手提包里了。"

"啊，等一下……"电话无情地断了，她可以想象麻耶趴在服务中心桌上狂笑不已的模样。

椿一边抑制想哭的情绪，一边翻着"苏醒工具包"的底部，这是个有求必应的便利手提包。

有件事情在这边讲讲就好，事实上我曾经使用过生理用品，那不是什么异常嗜好，真的，只在这边讲讲就好，当时因为痔疮开始恶化，妻子才劝我用的。

"老公，我跟你说，你不要再说什么丢脸，还是男人的面子了，虽然我了解你的心情，可是你也帮我着想一下吧，我还要洗你的内裤啊。"

自己之所以抛弃男人自尊而答应妻子请求，绝对不是为了内裤，而是因为我深深爱着我的妻子。

椿洗净身体，将生理用品用在它原本的用途，那一瞬间，椿不禁掩面痛哭。自己深爱着由纪的心，完全没有改变。

谜题与真相

静子在市川的梦话中惊醒。

"老公，振作一点，快点醒过来。"

背上青色的文身满是汗珠，市川每天晚上都被梦魇缠身。

哇——伴随一声大吼，市川这才坐起身来。

"没关系，我拿水过来给你哦。"

静子赤裸地站在厨房，她常常自问，为什么眼前这个男人会成为流氓呢？我明明年纪比他大，为什么会让他成为流氓呢？

"啊……我又梦到勇哥的事情了。"他抱膝蹲着的画面，与暴走族时代一模一样，当时的同伴现在都已经过着普通人的生活，为什么这个最没有气势、就连吵架都吵不起来的人会变成流氓呢？

其实，有好几次，他们可以选择金盆洗手，但总觉得欠了太多人情，何况就算现在洗手不干，他们还能够做些什么呢，于是就这样一直待在这个世界。

就算是在无数帮派瓜分的歌舞伎町，新宿的市川组也是排名前三的大组织。但这对静子来说，只是一场永远无法醒来的噩梦。

"来，喝一点水。"

市川没有擦去身上汗水的意思，只是不停地颤抖。

"静子……"

"怎么啦，说吧，我会听的。"静子环抱着市川的肩膀，轻拂着他的头。为什么他会走上一条与自己完全不适合的不归路呢？为什么他一定要过着每晚被梦魇纠缠、全身颤抖不已的生活呢？

"果然勇哥是被我杀死的，所以他才每天晚上变成鬼来找我……"

"才不是这样呢。"

现在不管说什么都没有办法安慰他了，虽然说认错人的是杀手，但雇杀手的却是他。

"银座的繁田还真是的，竟然借高利贷给你，你是他兄弟啊，他竟然用这招来控制你。"

静子想起繁田那银行职员的脸，便不自觉地咬牙切齿。

虽然自己不可能了解市川全部的工作，但有重要的事情，他就会和自己商量。我们两个彼此之间没有秘密、没有背叛，比起相敬如"冰"的夫妻，这才能算得上互相信任吧。

市川雇杀手解决繁田的时候，并没有先知会静子，直到杀手认错人导致武田身亡，他才哭着向她告白。

我杀了勇哥——

但静子没有责备市川，虽然打从他们俩年轻时，武田勇就对他们非常照顾，对他们来说，他就像是无可取代的恩人，但这绝对不是市川的错。面对得杀掉繁田这件事，市川一定也感到非常痛苦。

"这不是你的错，你不能一直这样责怪自己啊。"

"不，是我的错，我找了一个不知道从哪里蹦出来的杀手，原本想说他是华人黑手党陈先生介绍的人，广岛火并时也表现得很精彩，一定没有问题，唉，我就是会被这种名牌给骗到。"

他绝不是那种贪爱名牌的奢侈流氓。代步的车子是两年的MAJESTA，算一算，我们在大久保两房一厅的房子也住了十年，就算是手表，他最贵也只戴过S-Watch而已。想当初爱马仕专卖店在银座开幕时，市川打扮成一般人跟着大家排队，但最后竟然为了要不要买一个钥匙圈，烦恼了近三十分钟。

他一定是被情势所逼。其他能干的兄弟都已经金盆洗手，或是受扫黑行动影响被送进监狱，歌舞伎町的地盘可以说是在团伙的消减中被重新划分的。

也就是说，他并不是特别有天分或有能力，只是毫不马虎地做着他的工作，就跟上班族一样，这种人迟早都会显露头角，但市川的悲剧就在于他不是上班族，而是个在道上混的流氓。

他耳根子实在太软了，当初根本就不应该听繁田的话开那么多风月场所，现在的竞争那么激烈，加上他原本就不是当老板的料，所以最后没赚到钱反而还负债累累。繁田根本就是看穿了市川的能力，才设个陷阱让他往下跳。

虽然说是千百个不愿意，但他也只能让繁田消失在这世上，但万万没想到的是杀手竟然会杀错人。

"静子，对不起，我从来没有让你过过一天好日子。"

"你在讲什么傻话啊。"

静子擦了擦市川的背，为他盖上棉被。他们两个人穿过旧公寓的窗户，眺望着新都心的摩天大楼。静子指着摩天大楼闪烁的红光说道："真像是个大萤火虫呢。"

"如果是绿色就好了，萤火虫才不是红色的勒。"

静子试着摸索过往的记忆，萤火虫的光是绿色的吗？当他们两个还是乡下地方的暴走族时，曾经在田里一起追过萤火虫。

"对啊，真的是绿色的。"

当两人看着掌心抓住的萤火虫，第一次双唇交叠。静子长市川两岁，当时的暴走族并不能接受姐弟恋，因此，当暴走族的前辈们发现他们两人的关系，他们就开了一辆改装 GLORIA 逃到东京。

"如果当时勇哥没有出现，不知道我们会变成什么样子。"

"可是如果我们没有遇见勇哥，说不定就能一辈子过着普通人的生活了。"

静子明知这些话无法安慰他，还是说出口了。已经二十年了，这二十年来，他一定很后悔吧，真不该让他想起不堪的回忆。

"我做了一堆坏事，就连……"

"别说了。"静子阻止市川继续说出后悔的话语,无论人生有再多的悔恨,她都不希望他说出来徒增伤心。

"静子,对不起。"

如果两个人有小孩,一定就可以义无反顾地离开,在世界上某个地方安居乐业吧,但他们的年纪都已经过了四十,对于生小孩这件事,已经是不抱任何期望了。

"别说了,这样真不像你的作风。"

市川将一直摆在心里的话说了出来,暗暗地掉着眼泪,静子见状,强作镇静地抱住了市川的肩膀,绝对不能和他抱头痛哭,就算他的悔恨全都来自于对自己的爱情。

"我们不能后悔,他一定过得很幸福。"

市川抓住静子的手腕,痛苦地说道:"我竟然把小孩送人了,我竟然把你怀胎十月的小孩送给别人。"

市川在静子手臂里安稳地睡着,静子心想,他也只有在这个时候才能称得上是幸福吧。

在黑暗里闭上眼睛,便感到一阵睡意袭来。从七年前炎夏的那天开始,静子失去了做梦的能力,每当她闭上双眼,脑海里只会一直重现那天的画面,就像录放机一样准确,那段画面不断地循环播放着。

蝉的叫声真是烦人。静子怀中抱着一个还没有断奶的婴儿,与保护官一同走进育幼院,一直到这个时候,保护官仍然希望她能改变心意。

"我跟你说,养小孩就是这样,想当初我也是一边种田,一边把四个小孩拉扯长大的。"

静子觉得他讲的尽是些不负责任的话。如果我有家,如果我有爸妈,如果我先生不是在监狱里,我也能养活一个小孩啊。

"为什么不拜托你先生的朋友呢,他们应该都是些重道义的人吧。"

由于这次的事件发生在市川缓刑期间,所以免不了一定要坐个三四年的牢,如果他们在这段日子里接受了任何人的帮忙,市川就一辈子无法金盆洗手了。

她心想,保护官身为正义的象征,绝对无法了解她的苦衷,于是说了一个与事实完全相反的谎话。

"我不喜欢小孩,当初我根本就不想把他生下来。"

面对保护官充满轻蔑的叹息,天知道静子真想让市川抱一抱这个他们期待已久的孩子。

"老公,对不起,我把孩子送人了。"

当她到东京看守所的会面室里告诉市川这个消息时,透过中间的塑料板,她看着他那惊讶又震怒的表情。

"你这个混蛋,怎么会做出这种事!"

他的怒吼回荡在空气里,却一点力量也没有。

那个时候,烦人的油蝉似乎又不停地叫着。

他问她为什么,但她连一个字也回答不出来,她只希望先生了解自己内心说不出口的哀伤。

我站在妻子与妈妈的立场仔细地想过了，你的人生还有孩子的人生，我不想用流氓的钱把那个孩子养大，我还想跟你重新再来过。求求你，一定要了解我的无奈。

"大姐，有客人。"

静子一听到值班年轻人的声音，便醒了过来。

"知道了，我马上过去，是哪里的客人？"

"老大……不，是武田老大的朋友。"

今天值班的年轻人是武田生前的手下，他的名字叫做纯一。

"是你见过的人吗？"

"是的，是一位与老大感情很好的律师先生。"

静子为了不吵醒市川，蹑手蹑脚地起身。他每天晚上都为了武田辗转难眠，绝对不能让他见到这个客人。

真想搬离这个狭窄的公寓，值班的年轻人都只能睡在起居室的沙发上，而且，这里有太多不好的回忆。

虽然不知道这个客人有什么事情，但得在老公醒过来以前把他打发走才行。她走到玄关，向眼前这名看来很有教养的访客说："不好意思，我先生在休息，我们到附近的咖啡店谈吧。"

然而这名访客却带着令人怀念的笑容答道："没有关系，我不会浪费您太多时间，只要五分钟就可以了，或者我们在这里讲也行。"

他仿佛一个旧识般看着静子，他坦荡荡的态度，让静子不禁有些讶异。

"阿纯，你到老大那里去，记得把寝室锁起来。"

"要叫老大起来吗？"

"不用了，让他睡吧。"

武田手下的少年虽然很懂得应对进退，但就是少了点警觉心，她刚刚的意思是希望他能好好保护老大。

"有话跟我说就行了。"

男子瞄了瞄寝室的门，问了一个很唐突的问题："我觉得武田应该是因为对方认错人才被杀死的，不知道您有没有什么线索？"

当然有线索，原本他们雇来要杀繁田的杀手，失手将武田给杀了。

"嘎？"静子开始装傻。女人一过四十岁，这个"嘎"字也就愈来愈顺口了。

"市川先生的事业做得很大，会不会是……"

"您该不会是说，"静子以凶狠的大姐大表情对着男子，"武田先生是因为被错认为我先生才被杀死的吧，这怎么可能呢！"

这个答案并不是在说谎，正确来说，应该是丈夫雇用的杀手把武田认成繁田，才把他给杀死了。

"我先生走的路的确比武田先生来得危险，但他没有做那些让人要取他性命的勾当，真是不好意思哦。"

男子像是要确认话中虚实般，盯了静子好一会儿。

这个男的到底是谁？虽然他说是武田的朋友，但总觉得在哪里见过，而且不是只见过一两次，而是那种很熟的朋友。

"我必须向市川先生及夫人道谢。"

"道谢？道什么谢？"

"谢谢你们收留我……不，武田的手下。"

静子此时终于敞开心胸。她怎么可能忘了武田的恩情，从年轻到现在，武田不知道帮了他们多少忙。

"告诉您也无妨，"静子悄声说道，"我一定会找机会让纯一、卓人离开这个圈子的，不管我先生怎么说，我都一定会这样做，我一定会让他们恢复普通人平静的生活。"

静子眼前这名男子眼眶湿润，这个人到底是谁？这双充满泪水的眼睛，怎么会那么似曾相识呢……

"小静……"男子轻轻唤着静子的小名，"谢谢你，我代替武田向你道谢。真的谢谢你。还有，不管发生了什么事情，请你一定要跟着市川，那家伙如果没有了你，就连一天也活不下去的，那家伙只能依靠你了。"

静子从来没有想过会有人那么了解他们夫妻，在觉得奇怪以前，她的胸口满是感动。

"市川就拜托你了，我一直没有办法为那家伙做些什么。"

男子丢下这样一句话，就转身头也不回地离开了。

静子站在玄关，忽然想起死去的武田，她曾经在这个玄关，把来探视她的武田赶走。

"我把孩子送人了，所以我不需要钱，我会一个人等他回来的。"

那个时候，武田打了静子一巴掌，接着，他把钱包里的钞票，还有从超市买来的东西丢在地上便回去了。

一定只有那个人才能了解我当时的心情吧。

浅草六区一带被夏夜的雨包围着。

悲伤的红绿灯闪着无意义的光。

立起雨衣的领子，戴着鸭舌帽的五郎抬起头来，望向下着细雨的天空。他伫立在雨中，像是等着雨水带走他身上的血迹以及硝烟。

景山五郎——无论从他的名字、他的外表、他的存在感来看，都没有第二个人比他更适合演出日本电影巨作《无仁义之战》（以广岛在战后实际发生的黑帮火并为题材拍成的电影——译者注）。

不管怎么说，他出场时没有配上《无仁义之战》那磅礴的音乐，实在是太遗憾了。

"大哥，你现在有空吗？"流莺从毫无人烟的骑楼下走了出来，亲密地向他搭讪，五郎仍旧抬头仰望天空，一动也不动地答道："就算有时间，也没有空抱女人啊。"

太绝了。从这一句话，观众们马上就知道他演的是哪个角色。

"哎呀，跟人家一起玩嘛。"

五郎哀伤地看了那个女人一眼，随即将视线滑落脚边，踏着水洼向前走去。他甩开抓住他手臂的女人，低声吼道："你不要碰我啊，我不是那种可以与你同床共枕的男人。"

五郎从口袋掏出一叠票，数也没数就往女人的胸前塞去。

"你今天一个人睡啊。"

"咦……这怎么可以……"

"你不要想太多啊，反正又不是什么干净的钱，如果觉得不安心，就送给你心爱的男人啊。"

五郎低下戴着鸭舌帽的头，把脸埋进雨衣里继续向前走去。

景山五郎。本名不详、年龄亦不详，听他说话的方式很像是广岛人，但听在真正的广岛人耳中，根本不是这么一回事，他只是把《无仁义之战》的台词全都记下来而已。

另外，据他为了申请信贷而经常带在身边的健保卡判断，他目前的住址是在"埼玉县埼玉市"，当他写下"埼玉市"的时候，已经严重地威胁到他身为流氓的自尊。

反正钱也已经汇进来了，赶快搬家比较要紧。

哎，真不该在六区的路边摊喝酒的，赶不上地铁最后一班车，坐夜间加成的出租车又太浪费，只好在观世音菩萨面前好好忏悔，然后去胶囊旅馆住上一晚了。

啊，五郎大叫了一声回过头去，他模仿电影情节把一大笔钱给了那个女人。早知如此，跟那个女人去旅馆还比较好吧，就算他老了力不从心，也可以在床上说那句台词啊，"你今天一个人睡啊"，更何况，这样造成的戏剧张力也比较强烈吧，哎，五郎沉痛地反省着。就算他回头一百次，女人是再也不会出现了。

五郎四肢冰冷地走进遮雨棚下的商店街。根据他独特的美学，避雨是一种堕落的行为，但"传说中的杀手"总不能死于脑中风或心肌梗死吧。

拉上铁卷门的商店街，让五郎想起了他的第二故乡——广岛。话虽如此，其实他待在广岛的时间并没有超过一个月，想当初，他才刚加入帮派不久，帮派火并就如火如荼地展开，他为了保命逃出广岛，后来看《无仁义之战》才明白自己有多没用，他深深地反省过后决定像个男子汉参加大阪火并，但最后还是夹着尾巴逃走了。

人们若是真的看见了鬼怪，绝对会吓得不敢说给别人听，甚至会希望自己快点忘记这件可怕的事情。爱说鬼故事的人，绝对不是亲眼所见，或者他们只是看见"很像是鬼"的东西。既然能说出口，就不会是什么可怕的事情。

在这种"体验理论"之上，五郎还有"临阵脱逃者的阴影"，不知不觉地，他一直以为自己是个传说中的厉害杀手，幸好他将《无仁义之战》全系列看了又看，就算他口中的世界是虚构的，也是个很完美的虚构世界。他最近脑筋愈来愈不清楚，明明是捏造的记忆，但连他自己也深信不疑。

景山五郎走在深夜的商店街，鸭舌帽上雨水滴落，就像悔恨的泪水刺入五郎的眼睛。"我竟然认错人啦，真像个笨蛋……"五郎将广岛腔改为大阪腔自言自语说道。

因为看了太多的黑帮电影，景山五郎的语言一致性已然崩溃,他可以随着不同的场景,任意转换东京老街用语、关西腔以及广岛腔。

当他在银座街头射杀一个完全无关的男人,就视觉效果来说,"呀——糟啦!认错人啦!我杀错人啦!"这句话真是毫无缺点,如果他用的是广岛腔,"哦——不对,认错了,我杀错人了啊!"总觉得少了点紧张感;若是一般的东京腔,"哇,糟糕!不是他,我杀错人了啊。"又有点不对味,果然还是"呀——糟啦!认错人啦!我杀错人啦!"最适合。

五郎一面莫名地佩服起自己,一面走出商店街,再度回到黑暗的雨中。眺望远方深山的森林,仿佛能看见观音殿的屋瓦。

谣言真是个可怕的东西。当初在牢里掰出来的无聊剧情,随着刑期一久,更增添了几分真实的味道,加上里面的环境既封闭又悠闲,五郎竟然就这样从一个无用的卒仔,被众人恭维成"传说中的杀手"。

他出狱后成了银发打工族,过着领政府津贴度日的悠闲生活。有一天,他的手机上显示了一通未接来电,虽然不知道对方是怎么样得知他的电话,反正他也没别的事情好做,就回了对方电话,没想到打来的竟然是目前很活跃的帮派分子,而且还是个地位不低的组长。

委托者是个姓繁田的男人。酬劳是一千万日元,目标人物是他的大哥,人称"港都阿铁"的蜂须贺铁藏。

问题是五郎根本没有杀过人,于是他慌了手脚。这是一个人生的选择,看他是要吃些难吃的食物控制血糖值,然后长命百岁呢,还是要享受美味的食物,早日驾鹤西归。虽然他还搞不太清楚状况,总而言之先接下来再说吧。

不可思议的是,以前在牢里认识的男人——阿康,几天后也打了通电话给他,难怪,他原本就觉得"港都阿铁"这个称呼很耳熟,原来那是阿康的老大,当时他还以为他接下繁田委托的事情曝了光,好像事情并非如此,阿康是想委托他杀另外一个人。酬劳是一千万日元,目标人物是铁藏的小弟,出没于新宿的市川。

五郎再次不知所措,仔细想想,杀人这种生意竟然还会重叠,真是太巧了。没想到隔天他收到一封寄件者不明的电子邮件,委托人竟然就是那个姓市川的老大。酬劳是一千万日元,已经汇入他领津贴用的户头,而市川想要杀的,就是在银座经营金融业的繁田。就算找遍目前所有的航空公司,应该也很难找到这种三重订单吧。

五郎当然急了,但急归急,最近的医疗费实在不是一笔小数目,而且也无法期待社会福利还能为自己做些什么,当他眼前一片黑暗,却在此时出现了一道曙光。一想到这个烦恼,别说要他杀一个人,就算两个人还是三个人,他都已经无所谓了。

经过一番深思熟虑,或者说五郎的思考已经进入某种停止状态,他将接踵而至的委托案一个个吃了下来。若要举例说明,发生在五郎身上的事,与一个小说家甫获直木奖时的情形完全相同,否则一般来说,小说家的工作量应会随着其经验与实力慢慢增加。然而，五郎平日就像只猫慵懒度日，他既不可能得到直木奖，而所谓的经验与实力也全出自于他的幻想，没想到他却一夕之间走红。

就算是狙击十三（日本漫画人物，是一名技术高超的杀手——译者注），遇到这种三角委托案，也会觉得很头痛吧，但五郎已经没有时间迟疑了，那三千万日元的酬劳已经陆续汇入他的户头。

他原本计划带着钱逃到南美洲，于是将钱都转到花旗银行，但仍旧抵不过良心的谴责。广岛火并、第一次、第二次大阪火并，这三次临阵脱逃的回忆，并没有办法让他理所当然地再度退缩。

埼玉市出租公寓床下的那把左轮手枪，是他为了让幻想现实化，才从暴走族小哥那儿买来的。他保养得很勤快，而当他凝视着这把枪时，表情就跟传说中的杀手没有两样。

五郎心想，就算要逃到南美洲，至少也得先解决一件案子吧。这三个已经支付酬劳的委托人兼目标，几乎每天都在催促他赶紧把事情办好。

归纳他们提供的资料后，五郎发现下手的最佳时机在六月中旬的某个晚上，他们三个人会一起到银座的俱乐部喝酒，三个委托人兼目标异口同声地说："拜托你啦。"

就连狙击十三都会头大的问题，五郎更不可能冷静判断。

繁田说他会想办法跟蜂须贺先离开，而蜂须贺说他会带市川一起走出大楼，市川则说他会想办法把繁田约出来；三个人都慎重地将目标的照片寄给五郎并表示，当对方喝得醉醺醺的时候，你就开枪解决他吧！不知道是数码相机的画质太差，还是五郎的打印机太老旧，这三个人看起来都好像，根本无法分辨。几乎所有的帮派老大脸都很大、一身黝黑的皮肤加上平头，而且看着镜头的表情都很锐利，光从外表来分辨，很难记得谁是谁。

但这对五郎来说，并不会造成困扰，反正不管他最后杀了谁都一定没错。就算他的枪法很差，多射几发总是会打中的吧，而且这份工作太简单了吧，他只要随便打中谁都可以交差。

当天，五郎在三人指定的路上，等着指定时间的到来，那种期待目标出现的感觉，简直就像是打麻将时听十三幺，恨不得快点自摸的心情。

工作一结束，马上飞到南美吧！他打点好了一切事情，就连明天一早前往机场的电车票都已经订好了，当然他订的是头等舱。五郎过去数十年的梦想即将成真，他将在南美某个附游泳池的豪宅，怡然自得地度过他的下半辈子。

虽然不知道是哪位仁兄，但第一个走出来的家伙还真倒霉啊，他才这样想，就有人从那栋大楼里走了出来，眼看手里的十三幺就要和牌，说时迟，那时快，他马上朝着那名男子开枪，枪响"砰——"在他耳里竟成了"我和啦"的欢呼声。

但当他就着街灯仔细瞧了瞧倒在路旁的男人，才赫然发现那张脸与手里的三张照片完全不同，天啊，好好的一副牌竟然是相公！

"呀——糟啦！认错人啦！我杀错人啦！"

五郎只丢下一句再适合也不过的关西腔台词，便急急忙忙地逃离现场，他边跑边想，那三个男人有三分之一的可能性会被杀死，不论他射中的是哪一个，那个人真的很倒霉，但最后竟然还有人成了那三个男人的替死鬼，那他不就是倒霉中的倒霉吗？就像明明是牌桌上另外三家要摸来放炮的牌，却被一个在旁边插花的人摸去，这简直是莫名其妙嘛。

再怎么说，五郎还是将他的幻想现实化了。但他万万没想到，在他的虚构世界里有个难以想象的陷阱，那就是他根本没有护照……于是，五郎这几天只能忐忑不安、四处躲藏。

独自走在雨中的五郎踏上观音殿前的石阶。

这个时候，他脑海里播放的背景音乐，已经从《无仁义之战》那气势磅礴的主题曲，转变为《唐狮子牡丹》（日本知名男星高仓健担纲演出的著名电影——译者注）充满光辉的旋律。

序曲绝对不能草率了事。锵恰恰恰啦哩拉锵恰恰恰拉哩啦，当铿锵顿挫的小调涌上心头，五郎马上化身成侠客花田秀次郎。

走上阶梯后这才发现观音殿大门深锁，五郎失望之余仍在门前合掌，"观世音菩萨，我是五郎，请原谅我的不孝。"

别说什么不孝了，五郎就连他爸妈长什么样子都不知道。他之所以会这样说，是因为他觉得观世音菩萨从小守护他成长，一定可以了解他心中的悲伤，只要他双手合十，便觉得内心轻松许多。

他猜想他爸爸应该是前往战场后就再也无法回到故乡,而独守空房的妈妈一定也很年轻就去世了。虽然说他是个浪迹天涯的独行侠,但他认为自己不孝却是不折不扣的事实。对于抛下他先走的父母,他心中没有任何怨恨,如果有一天能够遇见他们,他想亲口对他们说"对不起",还有"谢谢"。他这一辈子的路崎岖难行,为的只是找到吐露这两句话的对象。

他从口袋里拿出一把钞票,数也没数就把钱投入香油箱,走下石阶时不禁又开始后悔……

寺院凄凉的石板路上,站着一名陌生的年轻人。

"你是景山五郎吧。"

"不,我是高仓健。"

五郎没打草稿就脱而口出这句谎话,这跟他回答:"是的,我是。"根本没有两样。

年轻人那双在黑暗中燃烧怒火的眼睛,狠狠地瞪着五郎,"父仇子报是天经地义的道理。"

年轻人话才说完就从皮带拔出一把手枪,对准五郎的胸口。

好帅啊。不!不妙,被我杀死的那个人是他的老大吧,如果是这样的话……他也太帅了吧,不!我该糟了。

五郎心里暗潮汹涌,但他仍故作镇静地答道:"我不曾想过要违背天经地义的道理,虽然我不知道您是哪位,但您就动手吧。"

他话才出口,就觉得胸中的那块石头落了地,因为他明白这句话既不是谎言也不是台词，而是他发自内心的肺腑之言。

他终于找到了葬身之地，这一定是观世音菩萨显灵吧，他忍不住回过头去望了望观音殿。

年轻人正要扣下扳机的那一瞬间，有个黑影从暗处冲了出来。

"卓人！住手！"

一个看起来完全不像流氓的高大男子从背后抱住那名年轻人。

"放开我，你放开我！"

子弹向天空射去。

"你这个笨蛋在做什么！"

身份不明的男子抢过年轻人手里的枪支后，顺势将年轻人摔了出去，尽管如此，卓人仍然不死心，抱着男子的腰哭吼道："求求你，我要帮我们老大报仇！"

"不，不行。卓人，这样我不会原谅你的。"

男子又再一次叫了年轻人的名字，年轻人抬起头来问道："你是谁？"

瞪大双眼的卓人嘴唇颤抖，"你不是我们老大啊……"

五郎不敢相信发生在他眼前的事情，这到底是怎么一回事，他屏气凝神地观赏着这段豪迈的演出。

男子看着年轻人的神情，就像是父亲一般慈爱，他先是咬着牙，随后轻轻地叹了一口气，接着满足地笑了，"还好来得及，我怎么能让你杀人呢……卓人，这真是太好了。"

"你是老大吗？真的是老大吗？"

男子点头，年轻人抱着男子的腰又哭了起来。男子抬头望向飘着雨的天空，打从心底再次怜爱地呼唤年轻人的名字。

"卓人，过去我什么也没教你，一点都没尽到做老大的责任，就抛下你们而去，但是呢，我现在只能教你一件事情，听好了，卓人……"

"是！"年轻人跪坐在石板路上。

"不要杀人。说谎、背叛也许都还情有可原，但千万不要杀人。如果不得不下手，那就自杀吧。我能对你说的只有这些话了。"

男子话毕，将年轻人抱入怀里，并将枪口对准五郎。

五郎闭上眼睛等着吞下子弹，能在临终时听到陌生父亲掷地有声的教诲，所谓"朝闻道，夕死可矣"，死亡一点也不恐怖。

"嗯……虽然你们这样说，但这也太突然了……"爷爷双手交叠歪着头说。

会面室的窗口飘过一大片云朵。

"我们没有说谎，小莲她宁愿发生可怕的事情，也要告诉我们实话。"阳阳因为在意经过身旁的人刻意压低声音。爷爷一直用温柔的眼神看着我。

"这样啊，为了见到亲生的爸爸妈妈，就算被打入地狱也没有关系吗？如果是因为这个理由，就算她违反了规定，佛菩萨也会法外开恩吧。"

我摇摇头，这个预设立场太过乐观，一切都只是人们自己想得太美好了。

"为什么?"

"因为那边是公家机关,冥界有个叫做'中阴界公所'的地方,我想应该是没有法外开恩啦特例啦这种事情。"

长年在公家机关服务的爷爷点头表示认同,看来他相信我说的话了。

"椿山先生——"走入会客室的护士大声地呼唤,因为住在赡养院里的全都是些老年人,护士小姐的声音也自然大了起来。

"你的血压有点高哦,今天还是别外出的好。"

"没问题的啦。"爷爷笑着说。

"我最清楚自己的身体,而且难得我孙子和他小女朋友来带我出去散步呢。"

护士有点不安地向阳阳交代,"那……只能在附近散散步哦,阳阳,拜托你喽。下午可能会下雨,记得带把伞出去哦。不可以坐电车到很远的地方哦!"

我和阳阳分别握着爷爷的双手。

"我再问一次,你就是根岸雄太吗?"

虽然我知道爷爷觉得很困惑,但他还是相信我说的话,"是",我认真地看向弯着腰的爷爷,毫不犹豫地回答。

"那我带你去见你亲生的爸爸妈妈,虽然不知道会发生什么事情,但爷爷会完成你这个心愿。"

我们手牵着手走出医院,当我们走向站牌等公交车时,天空忽然一片黑暗,并下起雨来。

"小莲，不，根岸雄太，我跟你说，爷爷今天早上打电话给你妈妈，跟他们约在新宿的一间饭店。那时候，我当然没有想过要带你去，因为根岸雄太已经因车祸去世了，而他们还不知道这件事，我也不打算让他们知道。其实，他们都已经放弃了这个小孩，根本没必要告诉他们这些事情，告诉他们也违反了社会运作的原则。只是呢，爷爷想要知道他们是怎么样的人，放弃小孩之后，他们的心情又是如何。"

不对吧，我心里暗暗想道。虽然就连科学都无法证实我的身份，但爷爷大概已经隐隐约约地察觉到了吧，因为我们刚刚在会面室告诉爷爷实话的时候，他看起来并不怎么惊讶啊。

"真是可怜啊……"

雨滴重重地打在公交车的窗户上，爷爷抱着我，他的胸口好温暖呀。有东西打在我的脸颊上，热滚滚的，那是爷爷的眼泪。

爷爷一定了解我的心情吧。虽然养育我长大的爹地妈咪、生下我的爹地妈咪都不了解，但非亲非故的爷爷却了解我的心情。

奇怪，我也懂爷爷的心情，这是为什么呢？

爷爷以前去打过仗吧，后来战争失利，他被对方抓起来，被迫在西伯利亚寒冷的森林里做工，过了很久才终于回到日本。当时爷爷就开始这么想，我不需要钱，我不能浪费，我一定要为弱小付出我全部的力量。在爷爷的眼里看来，这世上尽是些弱小。

爷爷一直在说"对不起"，为什么呢？他明明就没有做什么对不起别人的事情啊……

"雄太，对不起啊……"爷爷一边掉着眼泪，一边在我耳边说道。

我知道了，爷爷认为这世上所有的不幸都是自己的责任，这真是太了不起了，爷爷是男人中的男人。

从咖啡屋落地窗滑落的雨水，扭曲了静子眼前的世界。当他们夫妇坐下之后，两个人都没有说过一句话。当那个自称是武田朋友的律师回去之后，静子接到一通令人不安的电话。

一个长年从事社会福利相关工作的老人想见他们夫妻一面，而且是愈快愈好。当市川问她，有看过老人在公家机关做事的吗？她起了一身的鸡皮疙瘩。

虽然她随口敷衍市川说，可能是要问那些年轻人在保护观察期的生活情形吧，但其实他们俩都心知肚明，只是谁也不敢说出口，那个孩子，他们每天都在想着那个当初被他们抛弃的孩子。

"静子……"

喝着咖啡的市川试探性地问道："难道不能把他要回来吗？"

静子以叹气代替回答。他们不是没有想过，但当她没头没脑地打电话到育幼院，才发现那个孩子已经被人领养了。从那个时候开始，这个话题便成了夫妻俩的禁忌。因此，他们才会把今天早上那通电话视为一线希望，连忙赶到老人指定的饭店咖啡屋来。

当然为了以防万一，两个带枪的手下在隔壁包厢待命，而且在远一点的位置、大门外都配置了保镖。

手下的手机响起。

"老大……"手下在他们之间悄声说道:"看来应该是不用担心,有一个虚弱的老人带着两个小鬼从大厅往这里走过来。"

"两个?"市川眉头深锁,偷偷地瞄了静子一眼。

"我知道了,你们先退下吧。"

嘿是,手下应声之后便离开座位。

这是怎么一回事呢,但静子心想,虽然老人带了两个孩子来,但不管怎么样,其中一个一定就是那个孩子。

会不会是他的养父母因为某些理由,想要把孩子还给我们了呢?还是说他们只是想让我们见上一面呢?

"我好怕……"静子的良心不断苛责着自己,交错的恐惧与期待,全都写在她的脸上,使她心力交瘁。市川抱住她颤抖的双肩。

这个时候,身形消瘦的老人谨慎地走进咖啡屋,他带着一个男孩和一个女孩,与其说他"带着"那两个孩子,不如说是因为有了两个孩子的扶持,他才能缓步向前。

静子与市川从椅子里站了起来,"不对,那不是雄太。"

静子无力地摇摇头,虽然她不可能知道孩子长大后的样子,但她的直觉告诉她,眼前的男孩不是雄太。她反倒比较在意那个女孩,为什么呢?丈夫的视线也投射在那个女孩身上。

"您是市川先生吧?"老人拿下被雨沾湿的帽子有礼地询问,并为了临时联络的事情向他们道歉。

"请问您有什么事呢?"市川的声音显得有些狼狈。

"市川先生、夫人，恕我没有办法详细说明，也希望您两位能够听听我这个老人今生的恳求。"

静子无来由地被打动了。老人就像个刚从战场返乡的士兵，他拉直背，任凭脸上涕泪纵横，诚恳地看着市川。

市川向老人点头示意。

"谢谢您，那么，就请您两位安静地听这个女孩子说吧。"

"安静地听？"

"是的，只要听她说就可以了，请您不要问她任何问题，只要安安静静地听就可以了……"

老人话才说到一半就哽咽不语，只能轻轻地推女孩子的背。

女孩长得清秀脱俗，雨水打湿了她的辫子；在旁人的眼中看来，她就连一根辫子都是如此可爱，她就是这样的一个女孩。

女孩靠着桌沿站在市川面前，她的眼里尽是闪耀的光芒，接着，她决然地说："爸爸，对不起，这辈子我再也没有办法报答你的恩情，过去这段日子，我过得很幸福，真的真的对不起。"

女孩转向静子，她紧咬嘴唇，强忍泪水地说："妈妈，谢谢你，谢谢你把我生下来。真的谢谢。"

静子将痛哭失声的女孩拥入怀里，窗外的雨声震耳欲聋。这个孩子到底是谁，想要跟他们说什么，这一切都已经不再重要。

女孩短短几句话，拯救了自己和丈夫。

桌面开始晃动——老人昏倒了。

"啊，爷爷！"

男孩开始大叫,到底发生了什么事?原来老人一路上都在硬撑,直到女孩和市川夫妇见了面,他就像达成任务般全身虚脱。

"你们还站在那里做什么!快点叫救护车啊!快点!"

市川斥责呆滞的手下,扶着老人的身体。

"你到底是谁,简直是莫名其妙嘛,难道你连命都不要了吗!"

静子第一次看到丈夫在旁人面前慌了手脚。

"您说我莫名其妙也没有关系,请您两位千万不要多问。市川先生,谢谢您,谢谢您体谅我的无理要求,我这个老人很任性吧。"

"什么无理啊!你一点也不任性啊。而且应该要说谢谢的是我们吧,静子,你说是不是?"

静子泣不成声,只能一直点头。她只知道一件事情——这个与他们素昧平生的老人拼上自己的性命,将他们从无止境的苦恼中拯救出来。

"阳介,阳介。"老人拉起男孩的手。

"我有件事要跟你说,不管我们的亲生父母犯了什么错,我们都不能恨他们,你愿意答应我吗?阳介。"

"不要。"男孩断然地拒绝。

"这样爸爸太可怜了。"

"笨蛋,你难道不知道爷爷为什么要带你来这边吗?"

男孩满脸泪水地望向女孩,"小莲……"

"对,爷爷就是想让你听听小莲说的话。爸爸他一点都不可怜，可怜的是你妈妈还有岛田叔叔，被孩子憎恨的父母亲实在太可怜了。阳介，你听好，跟爷爷做个约定吧，这是男人跟男人之间的约定，不要再恨你妈妈跟岛田叔叔了。"

到底是怎么一回事呢，静子仿佛在看一部电影，只能痴痴地看着。

男孩用力点头。

"太好了，这样就好了……"老人握住女孩伸出的手，电影就要落幕，面如土色的他合上了双眼。

那天晚上，我在爷爷被送进的医院与阳阳告别。

夏季的夜空有好多美丽的星星，我的灵魂离开地球之后，应该也会到某颗星星上吧。

我已经死了。爷爷刚才握着我的手，就像是要把我一起带到天上，但是，我们两个人要去的地方不一样。为了别人奉献自己的爷爷可以到极乐世界去，而违反规定的我会下地狱。

阳阳抽抽噎噎地哭着，这也是情有可原吧。

我在长椅上给了阳阳一个拥抱，当人们说不出心里的话，也只能这样做了。

急诊室里乱糟糟的。阳阳的妈妈到了以后，岛田叔叔也来了，他们两个人对着爷爷的遗体一边流眼泪，一边不停地道歉；接着又来了好多人，大家都哭得好伤心，这一定是因为爷爷是个非常伟大的好人。

星星好美啊，我要去的是哪颗星星呢？我不想说再见。如果我们能说出再见，那绝对不是真正伤心的离别。就算是如梦一般遥远的记忆，甚至是幻觉也好，我希望这家伙一辈子都记得我。

"阳阳，把眼睛闭上。"

"为什么？"

"你闭上就对了，快点。"

急诊室的入口人来人往，但我想应该不会有人看见藤棚下这张长椅，其实就算有人看见也没有关系。等阳阳闭上眼睛，我就亲了他，长长的，就像在电影里头出现的那种吻。

就算你忘了这些难过、伤心的事情，也不能忘记我们的初吻哦，因为我不会忘记，所以阳阳你也不要忘记。

当我们的嘴唇分开，我为我七年的人生画下一个句点，在阳阳的耳边轻轻说了一句话："阳阳，你要连我的那一份一起好好地活下去……"

我们身旁闪过一个人影，我和阳阳马上保持距离，糟糕，该不会有人看见我们亲嘴了吧。

咦？这个女人好眼熟，她是谁……我在哪里见过她吗？啊，她也拿着"苏醒工具包"，跟我一样。

"啊，椿小姐。"

阳阳用手背抹一抹嘴唇后站了起来，椿小姐？是谁？

"我爷爷他……"

"我知道，阳阳，你要打起精神哦！"

椿小姐看起来很累，黑眼圈好深……但她的眼睛还是闪闪发光。

"对了,阳阳,你跟阿姨玩一下接球吧。"

"什么?接球?可是……"

"我带了手套还有球来哦。"

椿小姐打开黑色手提包的拉链,然后像变魔术一样,从里面拿出棒球用具,投手手套、捕手手套还有棒球。

"哎呀,不是软球啊,硬球没问题吗?"

我总觉得很开心,于是越俎代庖地帮阳阳回答:"阿姨,没问题的啦,阳阳已经不是小孩子了。"

有求必应的手提包——没错,椿小姐,阳阳现在需要的已经不是软球了,而是职棒选手们用的硬球哦。

椿小姐套上捕手手套,并将投手手套还有球交给阳阳。

"好了吗?投过来吧!"

在街灯的照耀下,阳阳摆出投手的姿势,哦,好帅哦,这家伙在学校一定是个风云人物吧。

棒球在夜空中划出很清澈的声音,进入椿小姐的手套里,"好球!阳介很棒哦!"

椿小姐的口气就像一个爸爸。

像一个爸爸……原来如此,我知道了,原来是这么一回事。

椿小姐一面投着球,一面用只有我才听得到的音量喃喃自语,"阳介,忘了我吧,你一定要忘记我才行。"

椿小姐,我懂你的心情,真的,因为我也希望爹地妈咪不要再难过了。

"活着的时候,不要浪费时间叹气,人生并不是像你想的那么长。再怎么伤心、生气、烦恼,都一定要一步一步向前进,站在原地向后看的人,绝对不会幸福。"

阳阳看着手中接到的球,忽然觉得很不可思议,于是他停了下来。

"怎么了,怎么了,阳介,快投啊,你在发什么呆。"

椿小姐敲着手上的捕手手套,又再度小声地说,"阳介,忘了我吧,你一定要忘记我才行。"

阳阳你真的是个很幸福的孩子,你们这一瞬间的对话,是其他父子花一辈子都无法完成的对话。你从你爸爸那里获得了比生命更重要的东西,用力地,投出一个像你一样的直球吧!

"椿小姐,我要投喽!"

直球就像是阳阳锐利的视线,投向椿小姐的胸口。

往生极乐

椿山伫立在白花盛开的娑罗树下。

他的身体跟羽毛一样轻,感觉十分清爽。初夏醺人的微风扑面而来,林荫道的另一头是 SAC 的白色建筑。

对了!他开始观察自己的手掌、腿部,并且确认自己的西装,这不是和山椿的身体,他又恢复成椿山和昭的模样。

亡者们慢慢地超越椿山,他深呼吸后从黑色手提包中拿出手机,得先向麻耶报告自己已经平安无事地回到冥界。

打开电源按下☆号键,铃声响了良久后,才听见麻耶忧心忡忡的声音,"啊……你是昭光道成居士吧,欢迎回来,你真的做得很好。你承认你犯下'邪淫罪',也解决了你心里牵挂的事情,真是不容易呢……"麻耶无力地叹了一口气。

"难不成其他两个人……"

"昭光道成居士,我跟你说,就是你说的'难不成'啦!"

"真的吗？两个人都……"

"对啊，这下可好，我要写两份报告，还要被主管骂个三十分钟，也许因为我现在是生理期，所以不会被开除，但是年终奖金一定会受影响的啦。"

"那两个人现在在哪里呢？"

"因为他们犯下的都是重罪，所以被关在 SAC 的拘留室。莲空雄心童子暴露了他真实的身份；而义正院勇武侠道居士不只暴露了身份还动手报仇，而且他还超过了限制的时间，这跟在人世间犯下强盗杀人、遗弃尸体的罪一样重。"

"这样啊……那我接下来该怎么做才好呢？"

"你跟前几天一样到中心报到就可以了，记得通过标示'特别'的地方，这样就不用再办那些麻烦的手续了。那就先这样啦，辛苦你了。"

"谢谢你。"椿山挂上电话，迈步于娑罗树林荫道上。

他完全了解那两人违反规定的心情，或者应该说自己没有违反那些规定真是太神奇了。

"不不不，不可以这样。"有个自言自语的身影朝着椿山的方向走了过来。那竟是他的父亲。

"爸爸！爸爸！"

父亲的脚步跟年轻人一样轻盈，停都停不下来。

"等一下，爸爸，你在急什么？"

爸爸一边跑着一边回头，"哦哦……我还想说是谁呢，原来是你啊,你在这里做什么?"

这……可能要花上三天三夜才能把整个故事说完吧,于是,椿山说了一句好听话敷衍道:"我是来接你的啊。"

"这样啊,辛苦你啦。"

"爸爸啊,你跑得那么急,对身体不好啦。"

"哪会,我一点也不急啊,而且都已经这个时候了,还说什么对身体好不好啊,而且我觉得很舒畅呢。"

"拜托,你有看过死人在慢跑的吗?"

"哎呀,那你就用走的嘛,谢谢你来接我啦。"

椿山根本赶不上父亲如风一般的速度,果然受过军人训练的就是不一样,父亲穿越亡者人墙,不断地向前。

其实也不用追啊,反正我们会在极乐世界见面。

进入 SAC 的大门后,澄净的声音自屋顶扩音器流泻,椿山想起了妻子在百货公司广播的声音,脸上不禁浮现出一丝苦笑,"请大家不要担心,依照人员的指示向前行进;也请不要与身旁的人窃窃私语,有任何不了解的地方都没有关系,只要沿着指定的方向整齐前进就可以了。"

爸爸一定不需要参加讲习吧。他应该会像几天前在门口遇见的那个老妇人一样,接受职员们的掌声,直接搭乘往极乐世界的手扶梯向上。度过一段无祸无罪的人生,比功成名就要困难多了。

椿山在馆内拥挤的人群中,不,正确来说,应该是椿山在馆内拥挤的灵群中，找到了麻耶说的"特别"标示，当他沿着箭头方向走去，忽然注意到一个小小的亚克力板。

"拘留室"——椿山叹了一口气，推开那扇不怎么起眼的金属门。眼前是一段没有窗户的长廊。对自己的去世有所异议，充耳不闻讲师及审查官的建议，一心只想着要返回人世，却在返回人世后违反规定的亡者应该不多。自己已经无法为那两个人做些什么了吧。

走廊底端的房间笼罩着一种危险气氛。椿山将耳朵贴近房门。

"你们怎么讲不通呢，听好，公家机关不是为了管理人民而存在的，如果是这样，那干吗要有公务员啊，全部交给计算机来做不是更快吗？公务员的工作是要让人民能够过更好更方便的生活，如果老是摆个架子，也难怪人家会说我们是偷人民税金的无耻之贼。税金是人民一滴一滴的血汗钱啊，你们这些靠人家血汗生活的人，怎么会一点自觉也没有呢！"

那是爸爸的声音，他似乎在对冥界的职员们说教。

椿山想起父亲疾走的背影，他到底是在着急什么呢？

"我说好不就好了吗？如果哪里有问题，你们倒是说个道理来听听啊。"

父亲只要自认有理，就绝对不会退让，而且父亲坚持的事情向来都是对的。除了父亲以外，椿山没有看过第二个像这样不管利害关系，只讲正义与否的人。

"看吧，结果你们谁都无法反对吧。这是当然的啊，虽然我不知道你们偷了几百年的税金,但我这四十年来可是很认真地在工作。也许跟你们比,我只是一个小小的市公所职员,但如果别人问我有没有浪费人民的血汗钱,我有绝对的自信说没有做过这些事。总而言之,我就是正义。我说的话绝对不会错。希望你们答应我的要求。"

爸爸。椿山心惊肉跳,但他的身体却动弹不得。

他明白父亲希望他们答应什么事情了……

"你们到底还在犹豫什么呢?你们把一个还不懂事的小孩送回人世,等人家违反规定后就说要处罚他,所谓'律设大法,理顺人情',你们这样做也太过分了吧!"父亲激动地拍桌大骂。

爸爸,别说了,你对别人也太好了吧,为什么你都不替自己想想呢。椿山握住门把的手滑落,我还能跟爸爸说什么呢……他实在太伟大了。

"喂!你们还有什么好想的?你们到底在怕什么?如果你们是公务员,就应该帮助弱小啊,就算于法有违,只要符合正义,你们就应该拿出勇气来!"

爸爸,爸爸,爸爸!我求求你,别再说了。

"就让我代替那个孩子下地狱吧!"

室内一片安静,只听见有人翻着文件的声音。

椿山抱着膝盖不停地哭泣,就像小时候被父亲责备一样。

虽然妈妈过世之后,他们父子俩就一直相依为命,但自己却完全不了解爸爸,其实他不是无法理解,而是他想得太天真了。

房门打开之后，椿山感到有一只粗厚的手掌抓住他的肩膀，但那不是爸爸，而是恢复怒目金刚模样的武田勇，他露出一口白牙张嘴大笑，"哟！兄弟！你老爸真是个男子汉啊，老子就算再活七辈子，也比不上他一根脚趾。"

武田到底在人世间做了些什么？明明就要下地狱了，他的神情却跟太阳一样充满光辉。

"武田先生，你知道西伯利亚是什么样的地方吗？"

"西伯利亚啊……不知道啊，不过老子小时候吃过那种面包哦，你见过吗？就是在海绵蛋糕上铺上羊羹的那种。"

爸爸当年被俘，成了西伯利亚的苦工，他到底在那里看见了什么，又体验到了什么，他从来没有告诉过别人。

锄强扶弱的士兵日益茁壮，最后，终于能再一次踏在故乡的土地上。从那个时候开始，爸爸滚烫的怒气便化为温情万千。

"本来老子以为自己很倒霉，但这样看来老子还是很幸运的！"

武田在禁烟的走廊上叼住一根烟，高声地笑道。

"幸运？"

"如果是跟你老爸一起的话，就没什么好怕啦。"武田嘴里哼着歌优哉游哉地向前走去，他那威风凛凛的背影，怎么看都不像是个罪人，他应该是秉持自己的信念而违反规定的吧。

父亲牵着男孩的手走了出来，看见儿子蹲在门边，他着实吓了一跳。

"儿子。"

"嗯。"

"不好意思，这个孩子就拜托你了。"父亲唯有在面对儿子的时候才会三缄其口，这却使得椿山焦躁不安。

"还有，你妈妈也麻烦你了。"

椿山只能在这短短的两句话里，摸索父亲的心思。

爸爸之所以在妻小面前沉默寡言，也许是因为他认为家人是他的所有——爸爸真的是个彻头彻尾无私的人啊。

妈妈过世之后，幼小的椿山总是坐在门口等着晚归的父亲，当父亲提着晚餐的食材回到家，也只会默默地轻拍椿山的头。

对，一句话也不说。

父亲的手轻抚椿山光秃秃的头，他还是一句话也没有说，但他无声的感情却透过指间，流进椿山的心里。

儿子，你可以帮我跟妈妈说一声吗？

我一直想着如果有一天我们在那里重逢，我一定要握着她的手向她道歉。但因为爸爸任性的要求，现在连这件事都做不到了……

真纪子，你为我付出了一生，我却一点都不体贴，不是因为我不爱你，虽然我一直没说出口，但我真的打从心底喜欢你啊。

人家说，若要使别人幸福，就应该从最亲近的人开始，这么理所当然的事情，我却做不到。

打仗的那几年，我很多部下战死沙场，也有很多战友死在冰天雪地的西伯利亚。目睹这一切的我，怎么能因为我深爱我的家人，就先让你们得到幸福呢？这世上还有太多太多不幸的人了。

我之所以从来不曾将我爱你挂在嘴边,也是因为这样。若是我把话说出口了,我就必须负起责任,让你比任何人都幸福。

真纪子,一想到我这个丈夫带给你的寂寞,就觉得我经历过的所有劳苦连处罚都称不上。你没有穿过婚纱,没有戴过戒指,连一天好日子都没有过过,是我害死了你。

我真的很想告诉你我多么爱你,如果在那里遇见了你,就算要我讲一百次、一千次、一万次甚至是一百万次,我都愿意。

真纪子,请原谅我无法挽回的任性要求,并不是我无情,所谓的男人原本就是这种生物吧。

我真的爱你,从以前到现在,还有未来。

椿山牵过傻傻地看着父亲的男孩,"小莲,不可以哭哦。"

鼓励的话起了反作用,小莲一听到这句话便哭出声来。

"可是爷爷刚刚叫我等一下,我就一直安静地听他说,后来,我才知道爷爷想讲什么……如果是因为我,我不要,爷爷……这样一来,我就变成卑鄙的小人了。"

父亲没有回答,只说了一句"儿子,拜托你了",便放开他的手。

"哎呀,你是武田先生吧,让你久等了,我们走吧。"父亲与武田仿佛一对相约小酌的旧识,留下洪亮的笑声便继续往前走。

"爷爷!"

椿山阻止了动身欲追的小莲。

父亲却再也没有回头。小莲大叫道:"爷爷,我不会忘记你的，就算全世界的人都忘记了爷爷，我也不会忘记你的。"

父亲仍然背对着他们一句话也没说，两个强壮的守卫陪伴着轻举双手的他，就这样离开两人的视线。

"孩子，不要在意。保重了，再见。"

武田代替父亲回应后，随即跟着父亲走了出去。当走廊上只剩他们两个人，小莲靠着椿山的肩膀，哭了好一阵子。

"我之前不知道叔叔你就是阳阳的爸爸呢。"

"我不是他爸爸，阳阳的爸爸是另外一个人。"

"可是，阳阳他绝对不会忘记叔叔，也不会忘记爷爷的。"

"那就糟糕了呀，他如果不忘了我们就糟糕了。"

"他一定忘不了的。就算他假装已经忘记了，但他一辈子都忘不了的。那家伙就是这种人，虽然我们才相处短短几天，但我很了解他。那家伙知道怎么样同时守规矩又有礼貌。"

哦……椿山这才恍然大悟。也许真的是这样，规矩与礼貌乍看之下极为相像，但却大相径庭，要两者兼善比想象中要困难多了。如果是这样，那阳介将来说不定会成为肩负社会责任的大人物呢。

"我真是个笨蛋爸爸呀。"椿山喃喃自语后站起身来。

总之，要先将这个孩子交给在等待他的人。

"父——母之言——，阳奉——阴——违，六区风吹——，乱——乱吹。"

讲师瞄了瞄阶梯教室最后一排的位置。

"孩儿——不孝——，孩儿——不孝——，妈妈——，请你原谅我——。"

终于，讲师再也无法忍受地大声吼道："坐在那边的那个人！就是你，没有法名的五郎居士！你以为这里是哪里啊！"

亡者分散的视线瞬间集中，尽管自己沐浴其中，五郎也丝毫不以为意。

"我知道啊——这里是走廊最底的一百号教室吧！也就是说，这些人全都是杀人犯吗？哇噻，难怪都长得这副尊容。"

其实他并没有任何不满。说到学校，他也只上过小学，而且那时候还在打仗，他们一群人就在避难所的寺庙里上课，所以讲习才一开始，他就觉得百无聊赖，只能唱唱歌打发时间。

"反正，你不要再唱《唐狮子牡丹》了。听好了，本中心不会说一些坏人就该下地狱这种过时的话。我们尊重各位的基本灵权，就算是杀人犯，只要有心也可以往生极乐世界。我们提供的是最好的服务。"

往生极乐世界，当讲师说到这几个字，阶梯教室里的亡者便齐声欢呼。

五郎乐得站了起来。老实说，他原本认为自己一定会下地狱的，就跟四次连续得到天皇奖的 TM Opera O（赛马的名字——译者注）一定会跑第一是相同的道理。而且说什么往生极乐世界啊，那根本就跟把所有财产拿去买一张万马券，最后竟然中奖一样，简直就是奇迹嘛！

虽然五郎很喜欢《唐狮子牡丹》，但讲师说不能唱，只好忍耐一下，"说到——做到——，说到——做到——"

"不要唱了！"

"咦？《人生剧场》也不能唱吗？"

"不是，我不是这个意思！我是说你不要再唱歌了！"

"……嘿是。"

讲师透过油腻腻的镜片瞪着五郎，讲习的节奏都被他一个人打乱了。"反正就是这样，大家应该已经很明白自己生前犯下的错误，那么……"讲师环视亡者卖了卖关子。

"现在，请大家看一下桌面上的红色按钮，这个教室里目前有二十五个人，不管是否曾经被刑法判刑，不管有没有被发现，不管是故意杀人还是过失杀人，如果你已经为自己犯下的杀人罪感到后悔、觉得抱歉，待会儿请在反省过后按下按钮，只要按下这个按钮，各位的罪孽就会被消除，准备好了吗？"

就像是要进行按铃抢答游戏般，亡者们纷纷摆出预备姿势。

叮咚——

"喂！我还没说可以按了！"

五郎前方座位上的壮汉缩了缩身子，"啊，老师，对不起，对不起。"

"再抢跑一次就失去资格了哦！"

教室里充斥着紧张的氛围。当然先按铃的人也不会得到什么奖品，只是因为讲师把话讲得太美好了，让人总觉得好像有名额限制。

"那么，请按钮。"

五郎聚集了全身的力量，就像深夜里凝结的霜一般，慢慢地按下红色按钮。

黑板上的电子显示板在跳到"25"时停了下来，空气也跟着缓和许多。亡者们鼓掌欢呼，现在素不相识的杀人犯彼此拍肩、握手，给予对方祝福。

"现在我会在大家的讲习券上盖章，请在讲台前排成一排。"

五郎真的觉得自己死的时机真好。他之前曾经买到有马纪念赛 Mejiro Palmer 的大万马券，就连那个时候都比不上现在来得兴奋。我要往生极乐世界啦，五郎心想，一定要好好谢谢那个在浅草观音堂前把自己杀死的男人。

"盖完章的人请回到一楼，依照人员的指示向前行进。"

当五郎拿出讲习券，他问讲师："那个啊……在极乐世界能见到观世音菩萨吗？我要向他道谢才行啊。"

他脱口而出的广岛腔真是不错，没想到善恶两方都很适合使用这种方言。

"你到那边就知道了。"讲师满脸笑容地答道。

由于所有讲习几乎是同时结束，一楼大厅正面临人流高峰时段，亡者们都沉醉在往生极乐世界的喜悦中。

唯有五郎显得有些不知所措。他真的不太喜欢这种人山人海的地方，当他进入人群，就会想起战后上野车站的地下道——他满身泥泞地蹲在角落，看着人来人往的脚步，那个时候每个人为了养家糊口而疲于奔命，谁还有余力关心一个流浪儿呢。

五郎的父亲在五郎尚未出世时就战死前线，而大规模空袭过后一个月，五郎才在学童避难所收到妈妈的讣告。他还记得那时候樱花正要盛开，他的父母就连骨灰都没有留下来。

从那时候开始，五郎就一直是个流浪儿，胸无点墨、体质虚弱、靠谄媚他人讨口饭吃，只要一有危险就将道义人情抛诸脑后，总之先逃走再说。他的成长过程一路上不明道理，就连语言都缺乏一致性。有一天，他就这样老了。

曾经听说在地狱里会被小鬼们追赶，还要爬上插满尖针的山坡、在血池里浮沉，但也许地狱对自己来说反而比较舒适呢。

突然，古时候的铜锣声大作，亡者们纷纷回过头去。

"押——送——"

职员们个个抬头挺胸，齐声大喊，"押——送——"

"押送者两名，使用零号手扶梯。"

"了解，押送者两名，往零号手扶梯方向前进。"

金属门打开之后，一名怎么看都不像坏蛋的老人走了出来，职员陪着他走到大厅深处的手扶梯。

五郎一看到紧接着走出来的男子，便开始大叫。

是那个男的！我那天半夜在银座街头，把那个男的给杀死了。

"等一下，为什么那个人要下地狱？"

五郎拨开人群，追赶着男子的身影。

"走开,让我过去。喂——负责人,为什么那个人要下地狱?这不是很奇怪吗?杀人的我可以往生极乐世界,结果被杀的人却要下地狱,这简直是莫名其妙。"

男子在手扶梯口回头看向五郎。

他笑了,五郎从未见过那么晴空万里的笑容。

五郎一直觉得笑只有谄媚的笑、轻蔑的笑、附和的笑、害臊的笑、自大的笑……他一直觉得笑容是为了生活不得不挤出的丑陋表情。

"哟!兄弟,你好吗?"男子开朗地说道。

"怎么可能好呢!这是怎么一回事?到底……我……我把你给……"

"老子知道啊,不过我们是彼此彼此啦。"

"我才不是你的兄弟。"

"可是老子不觉得你是外人啊,所以称兄道弟也很自然吧。"

男子身旁的老人问道:"是你的朋友吗?"

"我们才认识没几天,不算朋友吧。"

职员催促着二人,五郎靠近手扶梯的把手,阵阵带着湿气的微风使他的眼睛几乎就要睁不开来,黑暗深处偶尔能看见爆裂的火焰,竖起耳朵还可以听到亡者痛苦的呻吟。

地狱的风刮在即将搭乘手扶梯的老人及男子脸上。

五郎的泪水滑落。这是他头一次流下没有苦痛、没有悲伤的泪水。

生而为人却不懂人的本质，身为男人却不懂何谓男子汉。他认为这世界只是虚幻的布景，一路走来充满了叹息与迷惘。他一直希望能够遇见真正的侠士，就像追寻着一位实实在在的天神。

我终于见到了真正的侠士，这个人是观世音菩萨的化身。

男子收敛笑容，向五郎行礼道："接下来小的就要踏上旅程，请恕我在此向您自我介绍。小的名为武田勇，是个天涯沦落的浪子。人说'君子一言，驷马难追'，小的未能信守诺言，就算得以升天落座莲台，亦是如坐针毡，若能如愿，地狱即是男子汉的极乐世界。大哥，就此拜别，我们后会无期。"

五郎不知该如何回礼，只能竖直腰杆目送男子离去。

老人与男子毫无犹疑地步上手扶梯的踏板，消失在黑暗深处。

"没有法名的五郎居士。从埼玉县埼玉市前来的五郎居士。"

职员不停地呼唤五郎的名字，他这才回过神来，大叫了一声"有——"

"不可以发呆哦，来，你过来这里，快一点，下一场讲习结束就更挤了。"

举着手的五郎环视大厅后走到手扶梯的搭乘口，"那个……我是那种没有人带就会不知所措的人。"五郎话才出口，便觉得将自己的心情坦白地说出来，是件很舒服的事情。

"您不用担心，到时候会有人来接您的。那就请您搭手扶梯上去吧。"职员温柔地推了五郎一把，他便走上踏板。

仰望远方布满粉红色光芒的天空，他离大厅的人群愈来愈远……这让他偶然想起小时候曾经住在上野车站月台上的候车室里，那时候从高处向下俯瞰，也是这种感觉。

他在避难所接到妈妈的讣告后，漫无目的地逃往东京，他从信州山中的村落一路走了六十公里，沿途只是不断地叫着"妈妈——"。

躲在上野车站的候车室，他一心想着其实妈妈躲过了空袭，只是暂时失去音信而已，只要他不停地找，就一定可以找到妈妈。

人群愈来愈远了。

五郎用一条草绳绑住他的短裤，他总是将伤痕累累的脚放在冰冷的水泥块上，凝视着自天花板被炸弹轰出来的洞射下的光芒。白天他会收集空罐拿去卖，再买一些食物果腹。瘦弱的五郎无法像其他少年从事偷窃的勾当。

那些他不愿再次想起的回忆被粉红色的光芒包围，"如梦幻泡影，如雾亦如电"。五郎再度仰望天空，手扶梯好长好长。

他看见一个穿着西装的男人牵着一个男孩。他无法按捺心中的不安，走上前去靠近他们两人。

"那个……我想请问一件事。"

"好的，是什么事情呢？"男子的语气活像是百货公司的店员。

"我们到底要去哪里呢？"

"不好意思，其实我也不太清楚。不过依照刚刚的说明，似乎到了那里之后，就会有不同的人来迎接我们。"

五郎心头一寒，"才不会有人来迎接我呢，我连法名都没有，根本就是孤魂野鬼吧。"

与男子手牵手的男孩，眼神敏锐地看着五郎，"叔叔你以前是人吧。"

"当然啊。"

"那就不用担心了啊。"

什么意思？五郎陷入沉思，粉色光芒转为鲜艳的朱红。在一片亮晃晃之下是万里晴空，草原上轻风徐徐，吹拂着五郎的脸颊。

"啊！是爷爷奶奶！"男孩自手扶梯上冲出。

"小莲，不要跑啊，很危险的。"

"不会不会，爷爷奶奶，我来啦。"男孩向着光跑了过去。

手扶梯那尽头就是极乐世界了吗？穿着西装的男子一边"啊……"地叹息，脚步踉跄地走在草原上。

"儿子，我在这儿啊。"

他母亲看来比他要年轻许多，男子开口便说："爸爸……爸爸他说他很爱很爱你，他说他从以前到现在都非常爱你，往后也是，他说会永远爱着妈妈，爱着真纪子。所以请你原谅爸爸吧！"

青绿的草原无边无际，花朵迎风微笑，马群聚集在湖边；远方红、黄、蓝的屋顶升起炊烟，早餐时间到了吗……五郎心想虽然自己是孤魂野鬼，但这里一定是传说中的极乐世界。

就在这时候，尘土飞扬，一匹马自草原那头奔驰而来。

年轻骑士剽悍的脸上绽放笑容，呼唤着五郎的名字。

"爸爸！"五郎颤抖着身体大声喊叫，并说出那句一直珍藏在心里，蒙尘已久的话。

"对不起，爸爸！谢谢，谢谢！"

马上的父亲以笑代替回应，举起手里的马鞭指向母亲正在等待的遥远村落。